I0576716

Heinrich Preschers

Uhuhu oder Hexen Gespenster Schatzgräber und

Erscheinungsgeschichten

Heinrich Preschers

Uhuhu oder Hexen Gespenster Schatzgräber und Erscheinungsgeschichten

ISBN/EAN: 9783744636247

Hergestellt in Europa, USA, Kanada, Australien, Japan

Cover: Foto ©Andreas Hilbeck / pixelio.de

Weitere Bücher finden Sie auf **www.hansebooks.com**

Uhuhu

oder
Hexen- Gespenster- Schatzgräber- und
Erscheinungs-Geschichten.

Drittes Pakt.

Dicamme aliquid ridiculosius?
Chrysostom.

Erfurt, 1786
bey Georg Adam Keyser.

Vorrede.

Wenn nach der Meynung des Herrn Canzley = Raths Göcking s. Berl. Monathsschrifft Juny 1786 P. 559. die Periode des Wunderglaubens ihre ordentliche Runde zu halten scheint, dieser Gläube aus England nach Schweden übergangen ist, von da einen Sprung in die Schweiz gemacht und von da den Rhein hinab nach

Deutsch=

Deutschland gefahren; wenn nach eben
diesem Journal P. 563. die Geldsuche=
rei eine eigene Schäzgräber=Ge=
sellschaft in der Pfalz veranlaßt, die
sich auch ins Würtembergische ausgebrei=
tet hat, deren Oberhäupter zwei in
dasigen Gegenden sehr bekannte Aben=
teurer sein sollen, wovon der eine sich
mehrere Nahmen und selbst von sehr ho=
hem Stande giebt, die für jeden in die Kaße
eingelegten Gulden, tausend versprechen,
und unglaublichen Zulauf, vorzüglich von
Landleuten, Krämern und andern Men=
schen, besonders aus kleinen Landstäd=
ten, welche zum Theil ihr ganzes Ver=
mögen daran gewendet; und erst
noch vor einem halben Jahre der eine der
Betrüger seinen Siz in der Reichsstadt
Heilbron aufgeschlagen, und in kurzer
Zeit blos aus dem Würtembergischen
über 10000 Gulden gesammlet haben soll;
So ist es wohl jedes aufmerksamen Pa=
trioten Pflicht, alles anzuwenden, die=

sem

sein, der Wohlfahrt der Staaten und
der gesunden Vernunft und heilsamen
Aufklärung so nachtheiligem Beginnen,
entgegen zu arbeiten und eben durch wirkliche und überzeugende Beyspiele die noch
Schwachen im Volke zu belehren, wie
es von jeher mit dem Wunderwesen
zugegangen.

Ich fahre also fort, Meinungen
und Gegenstände des Wunder- und Aberglaubens aufzustellen, und dadurch manche sich ereignete Begebenheit und Erscheinung, aufmerksamen vorurtheilsfrei-
en oder sonst noch unbefangenen Lesern begreiflich zu machen und sie zu überzeugen,
daß unrichtige Begriffe, Mangel an physikalischen Kenntnissen, listiger Betrug und
phantastische Einbildungen manche unserer Vorfahren in die schändlichen und
gefährlichen Fesseln des Aberglaubens ver-
stricket und diese so viele Jahrhunderte die
traurigsten Folgen für das Wohl und
die Ruhe der Menschen gehabt haben.

A 3   Wie

Wie lange hat nicht schon die, von so vielen in großem Ansehen gestandenen Gelehrten, Richtern und Geistlichen, angenommene Meynung daß der Teufel den Hexen wirklich fleischlich beywohne und mit ihnen Kinder erzeuge, sich erhalten? Man muß aber erstaunen, wie solche Leute auf dergleichen Einfälle nur haben kommen können, da sie auch dem selbst vom Teufel von je herfestgesezten Begriffe gerade entgegen sind, denn derselbe soll doch ein Geist sein, der nur auf göttliche Zulassung körperliche Gestalt annehme, aber doch nie Fleisch und Bein habe und dies ist doch selbst die biblische Vorstellung oder Erklärung nach Luc. 24, 39. ein Geist hat nicht Fleisch und Bein wie ihr sehet daß ich habe.

Ich will aber meinen Lesern aus einem noch in diesem Jahrhunderte 1707 gedruckten Tractat: Johann Kleins I. V. D. Pandect. P. P. Rostock. um des

Net-

Meklenburgischen Confist. Directoris &c.
juristische Untersuchung was von der
Hexen Bekentniß zu halten, daß sie aus
schändlichem Beyschlaf mit dem Teufel
Kinder gezeuget, aus dem lateinischen
ins teutsche übersezt, von einem, bei
welchem Klein Groß Ist. 61 S. stark
in Octav, solche absurde Meinungen und
Begriffe mittheilen. Nach P. 8 "soll der
"Teufel einen aus der Erden, Luft oder an-
"dern Elementen und leicht zertrennlichen
"vermischten Dünsten u. s. f. künstlich zu-
"sammengesezten Leib annehmen, und in
"solchem angenommenen Leibe mit seinen
"Werkzeugen der Liebe pflegen, und bei
"den Hexen die Stelle eines Mannes,
"der seinem Weibe ehelich beiwohnet, nicht
"ohne empfindliche Vergnügung derer-
"jenigen, die ihm ihre mehr denn Viehi-
"sche Leiber zur Stillung ihrer schändli-
"chen Brunst darzubieten, keine Scheu
"tragen, wirklich und in der That ver-
"treten können. Denn ob sie gleich nach P.

„u. 21. keinen eigenen Leib und Saa-
„men haben, ist es doch deswegen nicht
„unmöglich, daß sie nicht in einem an-
„genommenen Leibe dergleichen Händel
„nachäffen und zur Vollziehung desselben,
„des Saamens von den nächtlichen Be-
„fleckungen der Manns- oder Weibsbil-
„der sich bedienen, und an höhere Ort
„bringen könnten, oder der Teufel den He-
„xen in weiblicher Gestalt beiwohnen,
„und den männlichen Saamen in solcher
„verfluchten Vermischung auffangen und
„den aufgefang. nen ferner nachdem er zu-
„vor in geschwinder Eil seine weibliche
„Gestalt in eine männliche verändert
„und solche Gliedmasen angenommen,
„wobinnen er den männlichen Saamen be-
„quem fortbringen kan, seinen wollüst-
„igen Hexen an die von der Natur dazu
„bestimmte Oerter appliciren könte,
„worauf ja nothwendig eine Empfängnis
„folgen, und derjenige das aus solchem
„teuflischen Beischlaf gebohrnen Kin-

des

„des Vater seyn muß, aus deßen Saa-
„men ein solcher Mensch gebohren, die-
„jenige aber die Mutter, so den Saa-
„men angenommen, und nachdem sie das
„übrige, was sonst nach den Gesetzen der
„Natur von ihr gefordert wird, auf ih-
„rer Seite dazu beigetragen, die Frucht
„empfangen, getragen und gebohren. O-
„der es kan nach P. 24. der Teufel eines
„neulich verstorbenen Menschen Leib
„annehmen, und den darinne gefun-
„denen Saamen den Hexen im Beischlaf
„dergestalt beibringen, daß daraus die
„Schwängerung und auf diese die Ge-
„burt eines Menschen erfolge. Denn
„wird P. 29. außer diesen vermeinten Be-
„weisthumsgründen die Möglichkeit, ein
„Kind von der blosen Einbildung und
„entzückenden Liebeszug gegen den ab-
„wesenden Mann ohne alle wirkliche Ge-
„meinschaft mit demselben, zu empfangen
„erklärt; woraus nach ihrer Einbildung
„die Möglichkeit einen wahren Menschen,

A 5   von

"von dem wahren Beischlaf des Teu-
"fels mit den Hexen zu empfangen und
"zu gebähren, richtig fließet; und soll
"diese Meynung mit der lächerlichen und
"schimpflichen Sentenz des Grenobli-
"schen Parlaments bestätigt werden, wel-
"che dieses, einer adelichen Frau,
"Magdalenen Aiguemeriana, ertheilt
"hat, die ihre allzuwahrscheinliche Hu-
"ren-Geschichte auf die Art vor dies
"Gericht brachte.

Jeder nicht gar zu einfältige Leser dieser Schrift wird sich aber das
alberne, unnatürliche, dem ordentlichen
Gange und Wirkung der Natur ganz
zuwider laufende, von selbst erklären und
mir die phisikalisch-anatomische Beweise
schencken, die ich zu Widerlegung dieses
offenbaren Unsinns verschwenden könnte und würde, wenn eine solche Widerlegung nicht die Erklärung und Entwicke-
lung solcher Theile und Begriffe nothwendig machte, welche mir auf der einen Seite

te die Delikateſſe mancher Leſer und Le-
ſorinnen zu verſchweigen anräth, die
aber auf der andern Seite Geweihte
des Eheſtandes ohnehin wiſſen und Unge-
weihte ſo lange vielleicht vermuthen werden, bis ſie in die verſchleierte Geheim-
niße der Natur und des Eheſtandes ein-
zudringen Gelegenheit haben. Indeß
wird kein gewiſſenhafter, mit den heu-
tiges Tages nöthigen Kentniſſen und Ge-
ſchicke begabter Richter, von ſolchen
dummen oder liſtigen Dirnen, die auf eine
ſolche Art ſchwanger zu ſein, vorgeben
würden, ſich jezo mehr blenden laßen und
jeder kluge Ehemann der Herz und Vernunft aufs reine gebracht hat, wird einer
Frau, die ihn auf dieſe Weiſe einen Ban-
kert ins Haus zu ſpielen, Miene machen ſollte, ohne ſchwarze Mäntel und Parla-
mentsſchlüſſe, zu begegnen wißen, wie
ſie verdienet.

Es iſt ferner von jeher ein abergläu-
biſches, Vernunft und Erfahrung zu-

wider

wider laufendes Mittel gewesen, der Hexerey verdächtig gehaltene Personen, durch die Wasserprobe zur Ueberführung, und dann auf den Scheiterhaufen zu bringen, weil man dafür gehalten, daß die Unschuldigen zu Grunde fallen, die Schuldigen aber über dem Wasser bleiben sollten. Denn das wissen jetzt Kinder, gemeine Leute und Soldaten, daß, wenn sie nicht in der, auf besondere Uebung und natürlichen Geschike beruhenden Kunst zu Schwimmen, geübet sind, oder sich nicht mit bekanten Schwimmkleidern versehen haben, sie gewis beim Baden und sonst ins Wasser fallen, und ersaufen würden, wenn sie sich so plumb auf liese Fluten legten, wie die dummen Wasserproben-Richter von je her mit den armen Hexen gethan; da hingegen der Schwimmer von Profession, in welcher Kunst die sogenannten Halloren, die geschiktesten sind, so lange oben auf dem Wasser schwimmen, untertauchen und

so

so lange darunter bleiben, als es ihnen beliebt, ohne mit der Hexerey und Teufels Schelmerey, etwas zu thun zu haben.

Da ich schon im ersten Packt der Hexen-Reisen und Tänze auf den Brocken erwähnet, und nicht leicht ein Leser dieser Schrift seyn wird, der nicht von diesem berüchtigten Berge und Fabel von der Fahrt dahin, gehört haben wird; So will ich meinen Lesern eine sehr natürliche Auflösung oder Erklärung dieser Tradition, aus Schummels wöchendlichen Unterhaltungen 3. Th. p. 292. mittheilen:

Der Glaube an eine solche wunderbare Fahrt ist ziemlich alt, und sehr wahrscheinlich um die Zeiten Carls des Grosen entstanden? Ohngefär tausend Jahr ists wohl her, daß Carl der Grose regieret hat. Er war König der Franken, und hatte einen grosen Eroberungsgeist. Die Deutschen, und besonders die Sachsen, waren damals freie Völker,

ker, die sich keiner fremden Herrschaft
unterwerfen wollten, und ihrer Religion
nach waren sie Heiden, eben so eifrig
für den Götzendienst, als für ihre Frei-
heit. Carl wollte sie überwinden, zumal
da sie öfters seine Gränzen beunruhigten
und als wilde Völker viel Grausamkei-
ten ausübten; aber nicht allein überwinden, sondern auch zum Christenthum
wollte er sie bekehren. Diese beiden
Ursachen, Erweiterung seines Reichs
und Eifer für die Ausbreitung der christlichen Religion, verwickelten ihn mit den
Sachsen in einen Krieg, der über drei
und dreißig Jahre dauerte, darinne sie oft
geschlagen, aber erst sehr spät ganz über-
wunden wurden. Nach jedem Siege
Carls, und nach jedem Friedensschluß
griffen sie immer wieder zu den Waffen,
und nach jeder scheinbaren Annahme des
Christenthums kehrten sie immer wieder
zu ihren Götzendienst zurück. Dies er-
bitterte endlich Carln so sehr, daß er nach

Da-

damaligen sonderbaren Toleranzbegrif-
fen Gewalt brauchte, den, der sich nicht
wollte taufen laßen, niederhauen lies,
und ein Gesetz gab: wer sich weigern
würde, die Taufe anzunehmen, oder
sich unter den Christen versteckte, und
sich stellte, als ob er sie angenommen
hätte, der sollte mit dem Tode bestraft
werden. Auch diejenigen, welche fortführen, als Heyden zu leben, sollten
eben so gestraft werden.

Die heydnischen Sachsen musten
der Gewalt weichen. Sie nahmen öffentlich die Taufe an; aber in ihren Herzen blieben sie Heyden, und wenn Carl
mit seinem Heer wieder zurük gegangen
war: so machten sie schon wieder Anstalt zu neuen Empörungen und opferten
ihren Götzen wieder in ihren Wäldern.
Der König lies endlich alle Altäre und
Götzenbilder zerstören, und da sie nun in
der Ebene gehindert wurden, ihre Feste
zu feyern, zogen sie sich auf den Hatz
und

und die Gebirge, wo hin und wieder
noch Denkmäler ihres alten Götzendien-
stes vorhanden sind; wie man denn noch
die Ueberbleibsel eines Altars in Goslar
von dem Götzen Grady, oder Kroto
zeigt, welcher am Harz verehret worden.
Ja, bis auf den Brocken (den höchsten
Berg der Gegend) stiegen sie, um dort
in Sicherheit und Ruhe ihren Götzen zu
opfern, und ihre Feste um die Altäre
derselben mit Tanz und Gesang zu feyern.
Als Carl davon Nachricht erhielt,
lies er die Zugänge zu den Gebirgen,
und besonders zum Brocken, mit Wachen
besetzen; aber die für ihre väterliche Religion eifrig eingenommenen Heyden san-
nen auf List, dennoch ihre grösten Feste
zu feyern. Sie verkleideten sich in scheusliche Masken und Larven, und erschreck-
ten, des Nachts die Wachen, die bei dem
Anblick dieser grässlichen Gestalten bald
davon liefen und so bahnten sich jene
den Weg zum Brocken, wo sie um ihres

Gö-

Gözenaltar im Schmaus und Frölich-
keit herum tantzten.

Warum aber dies eben in der Nacht,
die vor dem ersten May vorhergeht?
Davon möchte wohl dies die Ursache seyn:
Man erinnere sich, daß es sonst gewöhnlich war, im May junge Mayen oder
Birken vor die Thüren der Häuser, und
in die Kirchen zu setzen, und daß es an
vielen Orten in Deutschland noch itzt üblich ist. Dieser Gebrauch stamt offenbar aus den ältesten Zeiten, und von einer damals üblichen Feyerlichkeit her.
Ich stelle mir vor, weil mit dem Anfange des Mayen die Bäume wieder in
ihrem Schmucke da stehen: so feyerte
man der schönen Jahreszeit und dem
lieblichen May zu Ehren, ein Fest,
schmückte Häuser und Thüren mit jungen
Mayen, und die heydnischen Sachsen
thaten desgleichen, und legten dadurch,
und durch die Feyer eines Festes, ihre
Danckbarkeit gegen ihre Götter, für die

B   Wie-

Wiederkehr des Mayes und der schönen
Jahreszeit, an den Tag. Vielleicht war
dieses Fest am ersten May eines ihrer
größten und frölichsten Feste, woran je=
dermann Theil nahm; und welches sie
sich um so viel weniger wollten nehmen
laßen. Sie mochten also wohl in der
Nacht, die vor dem ersten May vorher
geht, die Wachen um den Brocken am
ersten oder am meisten erschrecken, um
ein so fröliches Fest nicht zu verlieren.
Die Zugänge zum Berge waren besetzt,
und doch war auf der Höhe derselben
Fest und Opfer. Die Wachen sagten
aus, was sie für scheusliche Larven ge=
sehen, und weil die Christen den Götzen=
dienst für Teufelsdienst hielten, und nach
damaligen Begriffen den Glauben hat=
ten, daß der Teufel dabey geschäftig sey,
und seine Anhänger unterstützte; so ent=
stand die Sage, daß der Teufel sie
auf den Brocken geführt, und daß
er oben mit denen die seinem Dienste

an=

anhiengen, einen Tanz halte. Vielleicht geſtanden die Wachen auch nicht,
daß ſie geflohen waren, und ſprengten
lieber aus, daß der Teufel die Leute durch
die Luft auf den Brocken müſte geführt haben.

Auf dieſe hiſtoriſch wahren Umſtände, und auf den noch ältern Aberglauben von der Gewalt des Satans, und
von ſeinem Beyſtande zu Zauber- und
Hexereyen, gründet ſich die unſinnige
Fabel von der Hexenfahrt auf den Brocken. Es mochte ſich oft begeben, daß,
wenn einer von dieſem Volcke der Sach-
ſen die Taufe angenommen, und er für
ſich ein Chriſt war, doch ſeine Frau,
um der feyerlichen Tänze willen, die
bei den Götzenfeſten üblich waren, nicht
von der Feyerlichkeit wegbleiben wollte,
und ſich heimlich in der Nacht vor dem
erſten May, von dem Manne aus dem
Bette ſtahl, und in ihrer Larve mit auf
den Brocken zög; oder ein junges Mäd-

B 2 chen,

chen, die gern tanzte, sich in dieser Nacht
aus dem älterlichen Hause schlich, in solcher Verkleidung den Berg zu ersteigen;
daher entsprangen die Fabeln, daß ein
Mann eine Hexe zur Frau habe, die
des Nachts auf den Brocken reise, um
mit dem Teufel zu tanzen, und daß sie
der Mann bei seinem Erwachen vermißt
habe, und daß die Aeltern aus gleicher
Entweichung eines Mädchens, von ihrer
Brockenfahrt überzeugt zu seyn geglaubt.
Die unsinnigsten Fabeln, die jemals in
der Welt gewesen, haben irgend einen
historischen Grund, und dies ganze Märchen von der Brockenfahrt erläutert sich
recht sehr gut aus dieser Geschichte von
irgend einem oder mehrern Götzenfesten,
die unter angezeigten Umständen von unsern heydnischen Vorfahren auf den Bergen, und vorzüglich auf dem Brocken
gefeyert worden.

Aber einige könnten meynen, es sey
doch unbegreiflich, daß die Sachsen einer

ner so guten Religion, wie der christlichen, sich so halsstarrig widersetzen können.
Man stelle sich aber nur vor, daß wir
immer der Religion fest anhängen,
in welcher wir gebohren werden, und
desto fester daran halten, wenn man sie
uns mit Gewalt entreisen will. Daß
ihnen diese neue Religion aufgedrungen
werden sollte, die ihren vorigen Begriffen ganz entgegen war, welche sie ihre
Voreltern, als Teufels-Verehrer, ver-
abscheuen lehrte, deren Thaten sie doch
in ihren Liedern besangen, und die
ihnen sogar verbot, sich zu diesen Vor-
ältern begraben zu lassen, welche sie
bisher als ihre Muster, als die grösten
Helden, und als den Stolz ihrer Nation betrachtet hatten. Setze man hinzu,
daß sie mit dieser Religion ihre Freyheit verlieren sollten, für die sie noch
jenen den Deutschen eigenen Enthusi-
asmus hatten, daß der Fürst, der ihnen diese Religion aufdringen wollte,

zugleich nach ihrer Unterjochung strebte;
daß sie diese Religion nicht aus ihrer Quelle, aus der Bibel, sondern aus mangelhaften Beschreibungen und Erzählungen
unwissender zum Theil selbst noch sehr
einfältiger Priester, kannten, denen sie
noch dazu den Zehnten geben sollten,
da sie sonst ihren Obrigkeiten nur was
willkührliches gereicht hatten — so ists
gar nicht unbegreiflich, wie sich diese
Völcker der so guten, so wohlthätigen
Religion, so lange und so halsstarrig
widersetzt haben.

Natürlich wird manchem noch die
Frage beigehen, wie der Nahme Walpurgis der auf den ersten May im Kalender steht mit bei der Hexenfahrt in-
teressiret worden?

Walpurgis ist ein Damen-Nah-
me, den in den ältern Zeiten Deutsch-
lands gar viele führten. Und die Walpurgis die auf dem ersten May im Calender steht, war ein vornehmes und heiliges
Mäd-

Mädchen. Sie war eine Tochter Richards, Königs in England, und Aebtißin im Kloster Heydenheim, in Schwaben, wo man ihr Grabmal noch zeiget. Sie hat in den Zeiten Carls des Großen gelebt, und viel zur Ausbreitung der christlichen Religion beigetragen; darum ist sie auch in Rom unter die Heiligen gesetzt, und das Fest ihrer Canonisation oder Heiligsprechung, auf den ersten May gelegt worden, und darum hat sie einen Plaz in dem Calender, aber mit der berühmten Hexenfahrt steht sie wohl in keiner weitern Verbindung, als durch den ehemaligen Aberglauben da man in dem Wahne stand, Frauens-Personen die diesen Nahmen führten, könnten in Ställen und an ihrem Viehe nicht leicht behext werden, oder hätten Macht die Hexerey wieder leicht zu vertreiben.

Da auch das Walpurgis-Feuer mit der Fabel von der Hexenfahrt in

B 4 eini-

einiger Verbindung stehet, und es noch
an einigen Oertern solche Feuer gibt,
so will ich einige Nachricht nnd Erklärung davon geben: die Leute stecken
am Abend vor Walpurgis Strohwische
auf lange Stangen, und laufen in den
Dörfern damit herum, in dem Wahn,
daß dann ihr Vieh, von denen in dieser
Nacht durch die Luft reisenden Hexen
nicht behext werden kann. Der Aberglaube hat also die heilige Walpurgis
auch hier mit der Hexenfahrt in Verbindung gebracht. Die Feuer die in
dieser Nacht angezündet werden, möchten
wohl ihren vorerwähnten Ursprung von
den Opferfeuern der heydnischen Deutschen haben, und da sie Christen geworden waren, behielten sie die Gewohnheit,
Feuer anzuzünden, bei, und gaben ihnen
eine andere Deutung. Indeßen sey dem
Himmel Danck, daß dieser unsinnige
Aberglaube fast gantz ausgerottet ist, und
wir müssen der Meynung mancher Phi-

losophen beipflichten: wenn unsere Zeiten auch keinen andern Vorzug hätten,
als diesen, daß so viele schädliche Vorurtheile verschwunden sind, welche
die Vorwelt ängsteten, und so viele unschuldige Menschen unglücklich machten;
so wär er schon gros genug und der
ganze Streit über Aufklärung, beßere
oder schlechtere Zeiten, jezt oder ehemals, wäre entschieden.   Wünschten
wir wohl noch in solchen Zeiten zu leben,
wo es einem nicht vergönnet war, seine
Tage in Ruhe zuzubringen, und wo
man in der Gefahr stand, um eines runz-
lichten Gesichts willen, der Hexerey
wegen angeklagt, vor den Richter geschleppt, und wohl gar zum Scheiterhaufen geführt zu werden? Warlich! eine
Menge Beschwerden, worüber wir jetzt
Klage führen, sind nichts gegen Zeiten
solcher Finsternis.

Zu ungefährer Erwegung, wie
viel unschuldig Menschenblut vergoßen

worden, will ich nur einige Nachrich=
ten und Berechnungen mittheilen.　In
Saubers Magiſchen Bibliothek im
36 St. ſteht ein Verzeichnis der Hexen=
leute, ſo zu ** Anno 1627. 1628. und
Anfang 1629. verbrannt worden.　Es
iſt in 29. Brände abgetheilt, enthält
aber, wie Hauber verſichert, noch lan=
ge nicht alle die Unglücklichen, welche
damals zu ** als Zauberer, ihr Leben
verloren, und das Verzeichnis geſteht
auch ſelbſt, daß, ”bis daher noch viel
”unterſchiedliche Brände gethan wor=
”den” deſſen ungeachtet beläuft es ſich
auf 157 Perſonen.　Die meiſten dar=
unter ſind alte Weiber oder Fremde
Durchreiſende, (die alte Canzlerinn, die
alte Hoffeilerinn, die dicke Schneiderinn,
ein fremder Schultheiß, Kinder von
12. 11. 10. Jahren); Leute von Stande
und Vermögen, die aber wahrſchein=
lich eben deswegen der Hexerey beſchul=

　　　　　　　　　　　　di=

diget worden, weil ihr aufgeklärter Ver=
stand sie reicher, geehrter und witziger
machte, als ihre mit Aberglauben und
Vorurtheilen befangene Richter. Nach
einer vom Herrn S. Voigt in der Ber=
liner Monathsschrift mitgetheilten Nach=
richt, sind nach Quedlinburgis. Acten
in den Jahren 1569 bis 1598. einige
30 Hexen verbrannt worden, und er
schließt, daß nach berechnetem Verhält=
niß in jedem Jahrhunderte daselbst un=
gefehr 133 Personen zum Scheiterhau=
fen kommen. In dem Theile Europens,
welcher seit dem Ausgange des Sech=
sten Jahrhunderts sich zur christl. Reli=
gion bekannt hat, sind wenigstens 71
Millionen Einwohner anzunehmen. Wenn
nun in einem so kleinen Bezirk Deutsch=
lands, welcher kaum 11 bis 12000
Menschen faßt, in einem Jahrhun=
derte auf 133 Personen als Hexen hin=
gerichtet worden sind, so beträgt dieses

in

in der ganzen chriſtlichen Kirche auf je=
des Jahrhundert 858,454 und vom
6 — 18 Jahrh. alſo in 11 Jahrhun=
derten Neun Millionen, vier hundert
zwei und vierzig tauſend, neun hun=
dert, vier uud neunzig Menſchen.
Muß einem nicht ein Grauen ankommen,
ſagt Hr. R. in Olla Potrita No. 1. 1780.
wenn man ſolche Liſten durchläuft, und
ſich recht lebhaft die Todesangſt dieſer
Elenden, beim lauten Gefühl ihrer Un=
ſchuld denkt, den Kummer der Jhrigen,
den Ruin ganzer Geſchlechter, und
alle die nahmenloßen Scenen des
Entſetzens und Verderbens, die noth=
wendige Folgen davon ſind? — —
Was half ihnen ihr läugnen? Die ent=
ſetzlichſten Martern zwangen ihnen bald
Geſtändniße ab, denen Vernunft und
Gewißen widerſprach. Jch las ein=
mal die Acten eines alten Hexen Pro=
zeſſes, aus einem Amtsdorfe meines

Va

Vaterlandes; die Unglückliche war lange bei der Betheurung ihrer Unschuld beharret" da lies ich sie (berichtet der Schößer) recht derb martern, (eine Zeit von 4 Stunden) und sie geſtand.

Ein vor 15 bis 20 Jahren auch in uñſern Gegenden noch gewöhnlicher Aberglaube, iſt die Gewohnheit und Thorheit: daß mannſüchtige Mädchen, einfältige Mägde und geile Wittwen, zu gewiſſen heiligen Zeiten, gemeiniglich aber in der Nacht vor dem Andres oder Chriſtfeſte ſplinternackend aufCreuzwege ſich ſtellen, oder vor dem Rüchenherd ſich niederſezen — oder mit dem Ropfe in die bei gemeinen Leuten, und auf dem Lande zur Viehpflege angebrachte Blaſen ins Waſſer gucken, Salzhäuſchen ſezen, oder zu Waſſerquellen und Trögen eilen, und bei alle dieſen oft von gewißenloſen, klugen oder dummen alten Weibern gehörte Formeln

mein und Ceremonien anbringen, um
ihre Geliebten zu hören, zu sehen
oder zu erfahren, ob sie in dem Jahre
so glücklich seyn würden, einen zu besitzen. Man hat aber schon warnende
Beispiele erlebt, daß diese Gauckeley
übel abgelaufen, und durch sich selbst bestraft worden, indem einigemal so voll-
blütige Dirnen, wenn sie aus ihren
warmen Betten, oder Stuben so nackend, in die, um die Zeit gewöhnlich
kalte Luft, gekommen, und die natürliche Ausdünstung so schnell gehemmet
worden, der Schlag gerühret, oder sie
in schwere Krankheiten gefallen, und
ihr Leben verlohren, oder ihre Gesundheit in Gefahr gewesen; andere sind
über das unbesonnene oft ungeschickt versuchte Gucken, in das oft noch sehr hei-
se, und deswegen durch seinen betäu-
benden Dampf gefährliche Bläsen-
waßer gestürzt und erstickt, weil sie
niemand

niemand retten können, da solche Dinge immer allein und geheim angestellt
werden. Aus einer topographisch-histori-
schen Beschreibung des Herzogthums
Crain 7. B 7. Cap. will ich eine solche
komi-tragische Geschichte erzählen, die
sich in vorigen Zeiten auf einem Dorfe
begeben: Es hatten sich nähmlich ein
paar mannlüsterne Dorfmädchen auf
eine vertrauliche Art beredet, am heil.
Christabend einen nächtlichen Spazier-
gang in einen kleinen Wald zu einer
Brunquelle zu thun. Ein junger Bau-
erkerl, der dies unbemerckt lauschend mit
angehöret, welchen Ort sie abgeredet
hatten, und der eine dieser Mädchen
gerne zur Braut wünschte, ging vor ihnen heimlich hinaus in den Wald, zu
der bezielten Brunquelle. Weil nun
selbige von einem gleich daranstehenden
Baume überzweiget, und beschattet wurde, hielt er diesen Baum gar schicklich,

und

und zu seiner Abſicht bequem, da er
nähmlich den Wunſch nährte, daß die
beiden Mädchen in dem quellenden
Wahrſagerſpiegel ſein Ebenbild erblicken, und alſo die, die er ohnehin liebte, ihn zu ihrem Bräutigam wählen
möchte. Er beſtieg alſo dieſen Baum,
und ſetzte ſich auf einen Aſt, der über
die Quelle hinweg, nach einen breiten
Pfuhl ging, den dieſe Quelle weiterhin
machte. Er hofte, der Betrug ſollte
ihm um ſo leichter gelingen, weil er unter andern den Vergleich abgehorcht
hatte, daß keine ein Wort reden, noch
über - oder hinter ſich, ſehen ſollte.
Als nun die beiden Mädchen anmar-
ſchirt kamen, und ins Waßer guckten,
um ihre Galans darin zu erblicken,
lenkt und bequemt er ſeinen Körper,
und Kopf ſo lange, bis letzterer nach aller Möglichkeit und ihrer genommenen
Stellung entſprechender Wirckung, ſo

weit

weit zwar über das Waſſer ragte, daß
ſie wohl ſelbigen im Waſſer ſehen können, wenn nicht der Zufall, und die
mit dem Aſt in keinem Verhältnis gebliebene Schwere des Körpers veranlaßt
hätte, daß dieſer, ſtatt nur ſein Ebenbild oder Schatten im Waſſer zu zeigen, mit ſammt dem, unter heftigen Krachen zerbrechenden Aſt in das Waſſer
geplumpet, und ſich alſo originaliter
gezeiget. Die Mädchen, die natürlich nichts anders glauben konnten, als
daß der leibhaftige Teufel lebendig von
oben herab geſtürzt ſei, nahmen mit
emporſtehenden Haaren die Flucht nach
ihrem Dorfe und fielen in eine ſchwere
Krankheit.

C   Um

Um nicht die Gränzen einer Vorrede zu sehr zu erweitern, verspare ich
fernere, der Betrachtung noch würdige
Gegenstände zu künftigen Packten,
Michaelis = Messe 1786.

Der Herausgeber.

Geschich-

I.

Geschichte von einer erdichteten, betrüg-
lichen und fälschlich angegebenen Behexung und Bezauberung. *)

Actum den 3. August 1705.

Auf eingelaufenen Befehl wurde die
summarische Inquisition, wegen der
an Clara Albinn verübten Zauberey
vorgenommen und resolviret, zu mehrern
Glauben den Herrn Pfarrer alhier, mit
zuzuziehen, um zu hören und zu sehen,
was diesfalls ausgeredet, vorgenommen,
und niedergeschrieben würde.

C 2 Hier-

*) Extrahirt aus D. Joh. Christ. Frit-
schii seltsame jedoch wahrhaftige Theo-
log. jur. med. und phisik. Geschichte rc.
Leipzig 1730. P. 104 f.

Hierauf wurde zufördersst Hanß Albin, der Clara Vater erfordert und befragt, was zeither seiner Tochter begegnet?

Er: Es wären auf 50 Stück Ungeziefer insgesamt seiner Tochter aus dem Ohre gekommen, worunter kaum 2 würden gewesen sein, die todt gewesen. Es wäre damals mit ihr beßer worden, und sie auf Lichtmeß zum heil. Abendmal gegangen, und als sie Nachmittag wiederum in die Kirche gegangen, wäre ihr eine Schnecke und nach der Kirchen noch 3 dergleichen, womit also die 50 Stück geendigt, aus dem lincken Ohr gekrochen. Sie wär auch nach der Zeit wieder ins Graß gegangen, gegen den Gerichtstag aber im May dieses Jahres, wie hernach auch mehrmals geschehen, wäre sie wieder schlimmer worden, und hätte sich legen müßen, da denn kurz vorm Gerichtstage ein Bündel Haare, mit zwo Stecknadeln, von ihr gekommen, hernach (das Datum könne er nicht sagen) zwey Nehnadeln in 6 Stücken, und des Tages darauf eine todte Maus, Wolle, 40 Stücke Lappen von grauem wollenen Tuche, ein Zwirnsfaden und ein klein Beinchen; wohl 8 Tage darnach ein klein

Stück

Stücklein Alaune, ferner 2. Spulwürmer, auch ein Brodwurm, auf ein und
andermal ein Stücklein ganzer Schwefel,
und noch ein Beinchen; wieder etwan 8
Tage darauf ein zusammen geflochtener
Lappen, von leinenem Tuche, eine garstige
Fliege, ein Stück Pech; etwa 2. Tage
hernach eine spanische Fliege, ohngefähr
8. Tage drauf ein leinener Lappen, 10. Faden rohes Garn, und Schweinsborsten,
woran das Pech noch gehangen aus der
Bürste; noch selbigen Tag des Nachts
um 11 Uhr wieder ein Lappen, Garn und
Schweinsborsten, und letztlich am Mitte-
woch vor 8. Tagen, einen Lappen von
leinenem Tuche, so zusammen genehet, worinnen 20. Stück Lappen von wollenem
Tuche gewesen, ein Stück Pech, ein
Stück Wachs, und darinne ein Zettel
mit Nahmen: Algia Balgia, Lilia
Heraclin.

Gericht. Auf befragen, was er
Albin, seiner Tochter gebraucht hätte?
antwortete

Er: Anfänglich als er in dem
Bierhause gewesen, und von seiner Tochter Zustand geredet, wäre ein fremder
Kerl da gewesen, so sich für den Scharfrichter zu Trente ausgegeben, der wäre
her-

hernach zu ihm hinüber kommen, und hätte eine Pfeife Toback angestecket; er Albin hätte auf der Banck gelegen, jener wäre in die Stube kommen, und hätte die Tochter beklaget, und gesaget: er wolle ihr was geben. Worauf Albin gesagt: wenn es von Gott wäre, sollte ers thun, aber vom Teufel begehrte er nichts; er hätte also 3. gl. gefordert, und wären sie um 2. gl. einig worden, nebst einem Messer so er, Referent, selbst gemacht; darauf hätte ihm der Mann 2. Pulver gegeben, so er in einem Mösel frisch Bier kochen müssen, in der Brühe hätte er 2. Tüchlein netzen, und der Tochter auf den Puls binden, auch alle Tage 3. Löffel ihr davon eingeben müssen, das andremal hätte er der Pulver noch 2. von ihm bekommen, davor er ihm aber 14. gl. geben müssen, weil er gesagt, er thue es nicht mehr, wie zuvor. Nach der Zeit hätte er den Kerl nicht wieder gesehen. Auf diese Arzney, als er sie zum erstenmäle gebraucht, wären gleich den andern Tag die bösen Sachen aus dem Ohre gekommen, wie er schon ausgesagt. Als er hierauf seine andere Tochter nach Trente zum Scharfrichter gesendet, wäre dieser reitend anhero kommen und hätte gesagt,

er

er wäre der rechte Scharfrichter zu Trente, der erstere aber wäre ein Schelm,
anbei versprochen seiner Tochter zu helfen,
ihm auch Pulver gegeben, damit sie sich
räuchern, und davon einnehmen müßen,
ingleichen hätte er ihr Wasser besehen,
und in demselben viel Stücke gewiesen,
so noch von ihr kommen würden, welches
auch nach und nach, wie er solche gesehen,
geschehen. Solche Cur hätte er gebraucht
bis Lichtmeß, da die 50. Stück, aus
dem Haupt gekommen, und hätte er immer neue Pulver bekommen. Als sie
nach der obgemeldten Besserung aus dem
Graße wieder nach Hause kommen, hätte
sie Frost geklagt, derowegen er ihr Wasser des andern Tags genommen und
nach Estremos einem Docktor bringen
wollen, es hätte ihm aber unter Wegs
ein Bothe begegnet, und ihm zu einer
Frau gemeldeten Orts gewießen, welche
das Wasser besehen und gesagt: Er sollte
keinen rothen Heller dran wenden, es
wäre nichts als der Tod, und ihr ganzer Leib voll böser Dinger. Er hätte
einen Groschen davor gegeben, und nichts
von ihr bekommen, bis das Bündel Haar
von freien Stücken von der Tochter gekommen, darauf wäre er wieder in die

Stadt

Stadt gegangen zu vorgedachter Frau,
welche für 2. gl. ein Wässergen wie ein
Oehl gegeben, davon er 30. Tropfen in
Branndtwein oder Kovent seiner Tochter
eingeben sollen, wobei die Docktorin
gesagt, man sollte Achtung geben, es
würden noch graue Dinger von ihr
gehen, es wäre aber auf diese Arzney
nichts gekommen, sondern es hätte inner-
lich nur helfen sollen, weil im Leibe alles
bei ihr zerstochen und geschworen wäre.
Als sie solche gebraucht gehabt, hätte
die Tochter ohngefähr 8. Tage drauf eine Brechpurgation begehrt, welche besagte Docktorinn für 2. gl. gegeben, die
die Tochter eingenommen, darauf sich
dieselbe übergeben, und die Mauß nebst
den andern Sachen von ihr gekommen,
wie oben gemeldet, als sie kaum das Vo-
mitiv eine Stunde bei sich gehabt. Wenn
sie sich gebrochen, wäre nichts von Speise und Tranck mitgekommen, sondern
nur etwas von blutiger Materie, als
wenn die Wunden eitern. Als sie die
Mauß von sich gegeben, wäre der Ge-
richtsknecht dabey gewesen, nebst andern
Leuten, die er nicht mehr wüste ꝛc. Er
hätte den Herrn Pfarrer gerufen, früh
um 5 Uhr, der es gefunden, wie es auf
ein

ein Bret gelegt gewesen. Der Herr
Pfarrer referiret: der erste Scharfrichter hätte, ehe er zu Albin gekommen,
sich für einen vertriebenen Scharfrichter
ausgegeben, und ein Almosen in der Pfarre
gefordert. Als das letztemal Albin den Herrn
Pfarrer gerufen, hätte er die Stücke so
von der Tochter gekommen, erzehlet, und
gesagt, daß eine Wachskugel dabey wäre, worin ein Zeddelchen, worauf
vielleicht die Nahmen derer stehen würden, die es gethan hätten, worauf er
gleich hingangen und Albin auf dem Hofe Toback trinckend angetroffen, welcher
nicht in die Stube gangen, es wären aber
andere Bauern drinne gewesen, und die
Mutter hätte am Tische gesessen, und
gesagt: Siehet er Herr Pfarrer, diese Sachen sind wieder von meiner
Tochter gekommen, und da ist ein
Briefchen in dem Wachse, da wollen
wir sehen, was drauf stehet, vielleicht finden wir die Nahmen, hätte
auch das Wachs von einander gebrochen,
er aber der Herr Pfarrer, hätte das
Briefchen, welches hervor geguckt,
und an den Ort naß gewesen und zusammen gekleber, mit einem Federkiel
von einander gemacht, und nebst der

Män-

Männern so gegenwärtig gewesen, hätte man auch Albin hinein gerufen; die Tochter hätte sich in seiner Gegegenwart nocheinmal gebrochen, es wäre aber nichts von ihr gegangen, als schleimige Materie.

Gericht was es mit den Vögeln so an dem Fenster gewesen sein sollten, für eine Beschaffenheit habe?

Albin antw. Wie er den ersten Arzt gebraucht hätte, wäre des Nachts um 9 Uhr einmal ein Vogel, wie ein Sperling an das Fenster gekommen, und hätte an solchem geflattert, als wenn er zienen (vermuthlich fußen) wollte, die andere Nacht, als er bei der Tochter gewachet, wäre dergleichen Ding an das andere Fenster gekommen. Er hätte gesagt, es würde wohl ein Geist seyn, welcher hören wollte, was sie redeten. *)

Ferner referirt Albin: als die Tochter das erstemal wieder besser worden, wäre er mit ihr nach der Stadt gangen, um ihr die Ader schlagen zu lassen; als er wieder nach Hauße gangen, und
ben

*) Um die Zeit fliegen die Fledermäuse und bekanntlich nach dem Lichte.

A. d. L.

bei einem gewißen Orte, die Hölle ge=
nannt, noch Fahrwegsbreit von dem
Waßer gegangen, wäre es gewesen, als
wenn ihn jemand hinein stieße, da er
auch hineinfallen müssen, und keinen trock=
nen Faßen gehabt. Seine Tochter hätte
er als sie an das Waßer gekommen, vor
sich hergehen laßen, weil er sich gefürch=
tet, sie möchte hineinfallen, und wäre
ihm begegnet was er gefürchtet.

Das anderemal als er um Pfing=
sten nach Ribes früh um 3. Uhr gehen
wollen, und über einen Steg zu gehen
gehabt, hätte er von solchem hineinsprin=
gen müßen, weil ihn auch etwas gesto=
ßen, er hätte aber nichts gesehen. Hier=
auf hat man in Albins Gegenwart die
von der Tochter gekommenen Sachen,
so viel derselben vorhanden, nochmals
aufgezeichnet und in einer Schachtel ver=
wahret, wie folget.

1) Von dem Gewürme, so aus dem
Ohre gekrochen, sind viele Stücke in ei=
nem Glaße befindlich, das übrige ist
theils zerdruckt, theils von Albin selbst
verbrannt worden.

2) Ein Bündel Haar mit Steckna=
deln.

3) Zer=

3) Zerbrochene Nehnadeln, davon noch 4. Stücke da, die übrigen aber verloren.

4) Eine Maus, so Albin gedörret.

5) An die 4. Stück kleine tuchene Lappen, so grün aussehen, theils auch von grünem Tuche zu seyn scheinen.

6) Ein Stück Zwirnsfaden.

7) Ein klein Beinlein, wie von einem Haasenbeine abgebrochen.

8) Ein klein Stücklein Allaun, bei dem Nehnadeln befindlich.

9) Ein Stücklein ganzer Schwefel.

10) Zwen dürre Spulwürmer.

11) Ein Brodwurm.

12) Ein zusammen geflochtener Lappen von leinenen Tuche.

13) Eine Fliege welche verloren, aber von dem Herrn Pfarrer besehen worden.

14) Ein Stück Pech. Die spanische Fliege ist wegkommen.

15) Ein leinener Lappen, 10. Faden Garn, und Schweinsborsten, ingleichen ein Lappen, Garn und Borsten, welche zum Consistorio eingesendet worden.

16) Ein

16) Ein Lappen von leinenem Tuche, mit 20 Stück Lappen von wollenem Tuche deren 4 grün, und 16 schwartz sind.

17) Ein ander Stück Schusterpech, so fast 3 Finger breit und eckig gewesen.

18) Ein Stücklein Besen-Reisig.

19) Ein Stück Wachs, worin ein Zeddel, auf welchen geschrieben:

Algia Balgia, Lilia Heraclin, und berichtet der Herr Pfarrer, daß es ordentlich Schneiderwachs gewesen, woran man noch sehen können, wie die gewächseten Faden durchgezogen. Ferner referirt der Herr Pfarrer, daß er den andern Scharfrichter von Trente, welcher der rechte Meister sey, in Albins Hauße, ehe die letztern Würme noch von der Tochter gekommen, den 26. Januarii angetroffen und als er in Beiseyn etlicher Nachbarn aus dem Dorfe, und des Albins, die bey ihm am Tische gesessen, und getruncken, ihn gefragt, wo er denn gleichwol seine Künste her hätte, daß er so curiren könnte, hätte der Scharfrichter hierauf geantwortet, daß er es von den Hexen bey der scharfen Frage gelernet hätte, welche bekennen müßen, wie sie es den Leuten an- und wieder abmachten.

Da

Da nun der Pfarrer ein vernünftiger Mann
gewesen zu seyn scheint, welcher wohl das
Gerichte auf die Umstände und besonders
den geschriebenen Zeddel aufmerksam gemacht, sind noch verschiedene als der Schulmeister, um die Hand des Zeddels zu erkennen, und Nachbarn welche die Sachen gesehen, vernommen worden, und die Aussagen
niedergeschrieben befindlich. Dann ist ein
Consilium Medicum eingeholt, das freilich
mit albernen Allegaten verbrämt, zwar möglichen Betrug geäußert — aber doch endlich
schließt daß die Krankheit nicht natürlich,
sondern von Hexerey sei. Auch die sogenannte Doctorin von Estremos ist vernommen worden. Ein anderweites Judicium
Medicum fällt auch auf übernatürliche Wirkung und folglich Hexerey und enthält noch
gar närrischere Casus, die der Mann erzählt oder gesehen haben will. Auch der
Scharfrichter wurde vernommen. Eine
Registratur folgenden Inhalts bringt aber
schon auf Spuren des Betrugs;

Actum rc. den 19ten Oct. 1708,

Demnach sich verschiedene Umstände
hervorthun wollen, indem auf den von der
Albinin angeblich gekommenen Zeddel ein
Vornahme allein, und dann bey dem andern der Zunahme stehet, die Schrift auch
mit Levin Wassermanns des Jungens
Hand gar genau überein kommt (welche
aus

aus den vom Schulmeister von allen
Schulkindern genommenen dem Gericht
übergebenen Probeschrifften zu ersehen war)
und dessen Mutter so wohnt, daß ihm die
Albinin zu sich rufen können; Als hat man
nöthig gefunden, weil solches ad Verita-
tem Corporis delicti gehört, diese Umstände weiter zu untersuchen und Melchior
Wassermanns Wittbe Magdalenen wie
auch den Knaben selbst hierüber zu befragen,
diesem seine Schrift und den Zeddel vorzu-
legen auch des Schulmeisters nochmali-
ges Judicium in Specie hierüber zu vernehmen, und ist anfänglich die Wasserman-
nin erfordert worden.

Magdalena Wassermanin deponirt.

Sie wäre mit dem Sohne Levin
am jüngst verwichenen Michaelstage über
Feld zu ihrer Mutter gegangen. Da sie
denn von der Albininn zu reden gekommen
wie man so zu schwatzen pflegte, wenn
man über Land ginge, da denn der Junge
gesagt: Ja Mutter, es ist ja ein Brief
von der Albininn gegangen, ich habe
ihr ja auch einen Brief schreiben müssen,
und als sie ihn gefragt, was es für ein
Brief gewesen, hätte er geantwortet: Es
wäre ein klein Zeddelchen gewesen, darauf
er zwey Nahmen und, zwar nur einen Zu-

nah-

nahmen schreiben müssen, wie sie ihn weiter gefragt: hätte er gesagt, er hätte müssen Algia Balgia und Lilia Heraclin darauf schreiben. Sie hätte sich freylich darüber verwundert, und der Sache nachgedacht, auch hätte ihr ihre Mutter, der sie es erzählet, gerathen, sie sollte es dem Herrn Pfarrer sagen, als sie aber nach Hause gekommen, hätte die Frau Pfarrerin in Kindesnöthen gelegen, wäre auch wie bekannt darauf gestorben, worüber es nach blieben.

Gerichte fragt: Wie der Junge zur Albininn gekommen?

Antw. Es sollte an einem Sonntage gewesen seyn, da denn jemand zu Hauße bleiben müste, unter der Kirchen, und hätte der Junge vor der Thür gesessen, die Albininn hätte ihn zu sich unter das Fenster gerufen, und ihm Spule und Papier herausgegeben, da er ihr die Nahmen, unter dem Fenster drauf schreiben müssen, so hätte es ihr der Junge erzählet. Auf die Frage wie alt der Junge wäre?

Antw. Auf Johannes - Tag würde er 14 Jahr.

als Levin Wassermann (der Sohn der
vorigen) deponiret.

Er hätte an einem Sonntage, Vormittags unter der Kirche, vor seiner Mutter
Hause unter dem Fenster auf dem Mäur-
lein gesessen; und da hätte ihn die Albinin
aus ihrem Fenster zu sich hinüber gerufen,
und begehrt, er sollte ihr ein Briefchen
schreiben; hätte ihm auch zugleich eine Feder voll Dinte und das Briefchen, welches
so gros gewesen, als wie man zu den Bak-
ken (vermuthlich Einquartierungs-Bil-
lete) nähme, zum Fenster herausgegeben,
und dabey gesagt, er sollte die Namen darauf schreiben Algia Balgia, Lilia Hesselin,
welches er auch auf der Erde geschrieben,
und ihr das Briefchen wieder hinauf ans
Fenster gegeben. Die Albinin hätte weiter
nichts dabey gesagt, noch ihm verboten,
davon zu sagen.

Auf Befragen: Ob jemand von ihren
Leuten zu Hause gewesen wäre?

Antw. Es müßte gewiß kein Mensch
zu Hause gewesen seyn, weil er niemanden
in der Stube gehört.

Auf Frage: Wenn es geschehen?

Antw. Er könnte sich nicht besinnen,
und hätte nicht gedacht, daß es etwas auf
sich hätte; seiner Mutter hätte er es gesagt,

Uhußu! 3s Packt. D als

als er mit ihr am Michaelistage über Feld
gegangen, da er daran gedacht, weil sie
____ ____ daß solche Sachen von
den ____ gegangen. Zweymal hätte sie
ihm ____ Zeddel, ____ weiter hätte er ihr
nicht geschrieben. Er wollte den Zeddel
wohl noch kennen, und seine Hand, wenn
es ____ ____ ____ ____
____ Hierauf wurden ihm der Zeddel und
denn auch die Schrift vorgelegt ____ ____
____ Mit Befragen ____ ____
____ Ob dieses der Zeddel und seine Hand
wäre ____ ____ ____ ____
____ Das wäre er, und hätte er
die Worte geschrieben, das Wort Alm
hätte er nicht recht geschrieben gehabt, so
hätte er es wieder ausgelöscht. ____ ____
____ Die Alm hätte weiter
____ ____ Actum den 20. October ____

Nachdem dem Herrn Schulmeister
der Zeddel nebst Levin Wassermanns Hand
vorgelegt, und er befragt worden, was er
davon halte?

Resp. Es schiene freylich nicht anders,
als daß die Schrift auf dem Zeddel Levin
Wassermanns Hand wäre; und hätte er es
gleich anfangs vor des Knabens Hand gehalten.

Eodem

Eodem wurde von der Algia Belgia
Langin und Lilia Heraclin, und ihrer beyden Männer eine Injurienklage wider Charin Albinin bey den Gerichten übergeben,
und das Acta genommen. Hierauf erfolgte
folgendes.

Erste Urthel.

Als aus gehaltene Inquisitions-
Acta, darinn verschiedene Anzeigungen einiger
von Charin Albinin verübten Zauberey betreffend, nebst demjenigen, so in Injurien-
Sachen Valentin Langens, und seines Eheweibes, und Hans Christoph Heracki und
dessen Eheweibes wider besagte Albinin ergangen; desgleichen was sich wider diese
ihre Verdacht geäußert, in Neun Volumi-
nibus ....
....
.... Dennach so sprechen wir für Recht;
...... so viel zu befinden, daß zuförderst
...... Albinin Eltern, woher sie die Nach-
...... auf dem in Wachs steckenden
...... die Nahmen deren, die es gethan
...... sehen würden, (maßen sie nach
...... des Pfarrers Vol. I. Fol. 13. es
...... selbst erwehnt), herbekommen
...... zu befragen, wie auch diejenigen
......, so dabey gewesen, und gesehen,
...... wie Fol. 14. und 15. specificir-

ten

vor Stücke von der Albin kommen seynd,
umständlich und articulsweise zu verneh=
men, worauf und wenn zumal der Albinin
Eltern mit der Wahrheit, wie ganz vers
muthlich, nicht herausgeben, der Tochter
selbst, was der Knabe Levin Wassermann
wegen des auf ihr Begehren gefertigten
Zedduls angegeben, mit allen Umständen
vorzuhalten, und sie ernstlich darüber zu
befragen, auch alles allenthalben fleißig zu
registriren. Nicht minder ist auf die Albi=
nin hinführo, wenn sie weitere Symptomata
bey ihr zu äusern vorgeben wird, ob man
Spur einigen Betrugs finden könne, gute
Acht zu haben, und ihr nebst ihren Eltern,
daß sie von verdächtigen Leuten keine Medi=
camenta weiter brauche, nebst behörigem
Beweiß wegen des beschehenen, bey Straf=
fe zu untersagen. Im übrigen bleiben die
wider mehr=gedachte Albinin erhobene In=
jurien=Klagen noch zur Zeit zwar ausgesetzt,
jedoch werden die bishero in dieser Sache
geführten Acta beyden Klägern, wenn sie
darum Ansuchung thun, nicht unbillig vor=
gelegt. Der Albinin und ihren Eltern aber ist
die Vorlegung, wenn sie gleich darum anhal=
ten sollten, vorjetzo zu verweigern. V. R. W.

Verordnete Dechant, Senior und andere
Doctores des Schöppenstuhls zu Jena.

Actum

Actum den 5. Nov. 1780.

Ist dem eingelangten Urtel zufolge, Hans Albin, der Vater nebst seinem Eheweib, Bondinen und die Tochter Clara, gefordert, und nach Inhalt des Urtels befragt worden, wegen des Zeddels und darauf stehenden Rähmen.

Hans Albin Resp. An den Worten, so der Herr Pfarrer erzählt, gestünde er nichts, er hätte ihn aber begehrt, er sollte sehen, was auf dem Zeddel stünde. Der Herr Pfarrer möchte geredet haben, was er wolle, er gestünde nichts davon.

Judic. Wie er denn darauf gekommen, daß etwas auf dem Zeddel stünde? will er nicht heraus; sagt, darauf antworte er nicht, wüßte nichts darauf zu antworten.

Judic. Thut ihm Remonstration, daß er gar wohl die Frage verstehen könne. Ille. Gott sollte ihm seine Sünden verzeihen; er würde ja nicht den Zeddel gemacht haben. Er wollte dieser Sache halber nicht einmal wiederkommen. Wollte, daß er im ersten Bad ersäuft worden wäre, wenn man es ja nicht glauben wollte, daß es wahr wäre, so wollte er, daß es diejenige im Leibe hätte, so es seiner Tochter angemacht, er wollte es sonst niemand gönnen.

D. 3   Judic.

Judic. Warum er solche verdächtige
Leute gebraucht und zu keinen rechten Medico gegangen?

Resp. Darinne könnte kein Doctor
helfen, das sagte er knapp heraus, da mußte
ein Scharfrichter herben. Hätte seine Tochter der Langin den Rock ganz gelassen, so
wäre dieses alles nicht geschehen.

Judic. Wie er hierauf käme?

Resp. Man fragte ihn hinten und
vorne, darauf könne er nicht antworten;
sagte: Wollt ihr es anders haben, so mö-
get ihr es selbst machen, wie ihrs haben
wollt, als er weiter um diese Rede befragt
wurde.

Hierauf wurde ihm nicht nur diese
Grobheit, sondern auch, daß er verdächtige
Leute gebraucht, verwiesen.

Crysania Albin. Auf Befragen, wie
sie denn auf die Gedanken gekommen, daß
die Nahmen würden auf dem Zeddel stehen?

Resp. Sie hätte mehr dergleichen gehöret, Gedanken wären zollfrey, man sprä-
che ja insgemein, ein Briefchen stünde fein
dabey, wenn man was erzählte. Weine-
te dabey, sagend: Sie hätte das Unglück
im Hause gehabt — und noch. Sie hätte gemeynet, weil ein Briefchen da wäre,
würde auch was drauf stehen, wären doch
die Nahmen drauf gewesen.   Cla-

Acta Albin wurde auch erfordert und befraget: was denn ihre Gedanken wären von dem Zeddel.

Illa. Sie gäbe keinem Menschen nichts Schuld, stellete es dem lieben Gott anheim rc. Sie könne nicht sagen, wie die Sache ihr in Leib gekommen, daß man sagte, sie hätte den Zeddel geschlungen, das möchten Huren und Heren seyn; sie gäbe niemanden es Schuld, wäre ja alle zerschlagen gewesen, und hätte nicht vor das Bette kommen können, beliefe sich auf Hans Burbaumen, der wäre da gewesen, wie sie purgirt hätte.

Qu. Wie sie denn darauf käme, daß sie den Zeddel sollte geschlungen haben? Resp. Die Leute sprächen es ja aller Enden, daß sie den Zeddel geschlungen, sie hätte Angst genug ausgestanden, wer es gethan, würde den Lohn schon noch kriegen.

Judic. Es schiene doch der Zeddel geschrieben zu seyn von jemand, der beym Schulmeister allhier in die Schule gegangen.

Illa. Davon wüßte sie nichts, Gott sollte ein Zeichen an ihr thun, wenn sie den Zeddel geschlungen oder im Munde gehabt, es wäre das Wachs mit dem Zeddel aus ihrem Hause gekommen.

Errö-

Erröthete dabey, und redete tremula
voce, auch giengen ihr die Augen über.

Sie wollte einen Eid zu dem lieben
Gott thun. Einstens an einem Sonntage
unter der Morgenkirche wäre ein Mann, in
ihr Haus und Stube kommen, hätte sich
ungeheißen auf den Schemmel niedergesezt
und eine Pfeife Tobak angesteckt, dazu er
Feuer mit dem Stahl aufgeschlagen, als
ihre Eltern in der Kirche gewesen, und
wäre es geschehen, als der Zeddel mit dem
Wachse schon bey ihr gewesen; so hätte er
gesagt, es sollten ja Nahmen von ihr gangen seyn, sie sollte ihm solche lassen aufschrei-
ben, da drüben wäre ein Junge, welches
Levin Wassermann gewesen, der könnte es
schreiben, darauf sie den Jungen hinüber
gerufen, und ihm eine Feder voll Dinte
und ein Papier, so mehr als handbreit ge-
gewesen, und ihr der Mann gegeben, zum
Fenster hinaus gereichet, worauf der Junge
die Nahmen Algia Balgia, Lilia Heraclin
schreiben müssen, auch hätte sie ihm davor
2 Heller, so ihr der Mann zugestellt, gegeben. Dieser hätte hernach das Papier,
worauf die Nahmen gestanden, ab- auch
die 4 Ecken davon geschnitten und zusam-
mengewickelt, auch gesagt, wenn er wie
ihr Vater wäre, so wollte er die Heye bra-

bremsen

bremsen lassen, wäre darauf fortgegangen, und weder Gott behüt euch noch sonst etwas gesagt bey dem Abschiede ꝛc.

Judic. Stellet ihr vor, daß diese Erzählung gar verdächtig schiene, und ermahnte sie zur Wahrheit.

Illa. Werlichen Gott, es wäre ein Mann in das Haus kommen, deme die Zeddel geschrieben worden, sie könnte nicht gewis sagen, noch sich besinnen, ob es vorher gewesen, ehe der Zeddel von ihr gangen, oder ob es hernach geschehen. Anders könnte sie es nicht sagen, wie sie denn sagen sollte? will nicht wissen, daß eben der Zeddel, der von ihr kommen seyn sollte, Levin Wassermanns Hand sey, der Mann hätte den Zeddel genommen und wäre damit zur Stube hinaus gangen. Auf die ihr vorgestellte Umstände, daß solches eben der Zeddel seyn müsse, so vorhanden, kann sie nichts antworten, und bleibt nur dabey, daß sie solchen nicht genommen, noch verschlungen, verfärbet sich dabey öfters. Weiß insonderheit nicht zu antworten, als man ihr vorgestellt, wenn sie nicht eigentlich wüste, ob der Zeddel geschrieben worden, ehe er von ihr gegangen oder hernach, wie sie denn dem Manne die Nahmen sagen

D 5   können.

können, oder dem Knaben, im Fall es vorher geschehen wäre ꝛc.

Das andere Urtheil des Schöppenstuhls zu Jena erkannte, daß nunmehro besagte Albinin in leidliche Haft zu bringen, und über Artickel endlich zu vernehmen und bedürfenden Falls mit dem Knaben Levin Wassermann zu confrontiren, wenn sie aber mit der Wahrheit nicht heraus wollte, dem Scharfrichter auf diese maße zu übergeben, daß er sie möge angreifen und ausziehen, entblößen, zur Leiter führen, die zur Peinlichkeit gehörige Instrumente ihr vorzeigen, die Daumenstöcke anlegen und damit zuschrauben, jedoch, daß es bey dem, wie jezt gedacht verbleibe ꝛc.

Dieses wurde den 24ten Novb. 1708 gewöhnlichermasen vollzogen, und weil sie gütlich nichts gestehen wollen, in die Gefängnisstube gebracht, allwo die zur Tortur gehörigen Instrumente neben dem Scharfrichter auf einer Bank gelegen, auch der Kloben über die Leiter eingeschraubt gewesen. Beym Eintritt sahe Inquisitin etwas verstöhrt aus, und sagte nichts, da ihr denn was bisher ergangen und worauf die Veranstaltung abgesehen sey, angezeigt und erklärt wurde, was schon vor handgreifliche Indicia wider sie vorhanden, und

mit

mit welcher Verstockung sie doch alles ge=
läugnet, umständlich zu Gemüthe geführt
und sie ernstlich vermahnet worden, daß sie
es zur Peinigung nicht kommen lassen, son=
dern, wie es mit der Sache und sonderlich
mit dem Wachse und Zeddel bewand, in
Güte bekennen möchte.

Inquisitin. Sie wollte sagen wie es
wäre, thate dabey ziemlich ängstlich, und
sahe herum hinter sich und nach den Instru=
menten. Es wäre ein Mann hinein ge=
kommen, und hätte gesagt, sie hätte so viel
Schmerzen ausgestanden, und sie wäre be=
zaubert, das sehe er, er wollte machen,
daß die Hexe in Verdacht und an Tag kom=
me, sie wäre erst über einen Guß gegan=
gen, da wäre ihr's in den Rückrad hinauf
und in den Kopf gekommen, davon die
Würmer wären, sie sollte die Nahmen schrei=
ben lassen, jedoch sollte sie den Zunahmen
nicht dazu setzen lassen, sondern nur den
Vornahmen, hernach wäre noch eine, die
sollte sie auch dazu setzen lassen Lilia Hera=
clin; darauf sie den Zeddel schreiben lassen,
und hätte ihr den Mann geheißen, solches
in seinem Beysenn zu verschlucken, hätte
ihr solchen auch selbst in das Wachs hin=
nein gemacht, und doppelt zusammengelegt,

da

daß sie denn solchen in dem Wachse ver=
schlucket.

Judic. Der Betrug war offenbar,
sie sollte recht den Verlauf sagen wie sie es
gemacht, die Reden wären sehr verän=
derlich, sie sollte sagen, wer den Zeddel
in Wachs gethan.

Inquis. Sie hätte den Zeddel hin=
nein gethan ins Wachs, der Mann hätte
sie dazu gebracht.

Judic. Mit dem Manne schiene die
Sache ganz falsch zu seyn, sie sollte sagen,
wie sie darauf gekommen.

Inquis. Sie hätte es aus ihrem eige=
nen Herzen gethan, fängt dabei an bit=
terlich zu weinen, und bittet um Vergebung.

Judic. So sollte sie dann ihr Be=
kenntnis nochmals gütlich thun.

Art. 1. Ob nicht der von Levin Was=
sermann, auf ihr Begehren geschriebene
Zeddel eben derjenige sey, welchen sie her=
nach in Gegenwart Hans Burbaums mit
dem Wachse von sich gebrochen?

Inquis. Ja.

Art. 2. Ob sie nicht diesen Zeddel
selbst ins Wachs gesteckt?

Inquis. Ja.

Art. 3. Ob sie nicht das Wachs mit
dem

den Zeddel ehe sie solchen von sich gebrochen, selbst in den Mund genommen?

Inquis. Ja.

Art. 4. Warum sie es gethan, und
ob es nicht deshalben geschehen wäre, daß
mit sie die Laugen und Heraclia in Verdacht bringen möchte.

Inquis. Ja, darum hätte sie es gethan, daß sie die Leute hätte wollen in Verdacht bringen, als wenn sie es ihr hätten
angethan, weil sie so viel bey ihnen in ihren
Diensten ausstehen müssen.

Art. 5. Was es eigentlich mit dem
von ihr gekommenen Würmern und andern
Sachen für eine Bewandnis habe?

Inquis. Sie wüßte nichts anders, als
daß sie von ihr gekommen.

Judic. Redet ihr zu, sie sollte doch
nun nicht mit der Unwahrheit sich aufhalten, ob es nicht mit dem Peche insonders
heit eben so gewesen, wie mit dem Wachse?

Inquis. Weinet und saget Nein,
das hab ich nicht gethan; wiederholet solche Worte etlichemal, und bleibet alles Zu-
redens ungeachtet dabey, sie habe es nicht
gethan.

Art. 6. Ob das Gewürme, ihrem
Fühlen nach, wahrhaftig aus dem Kopfe

in

in die Ohren, auch die andern Stücke ihr
aus dem Leibe gekommen?

  Inquis. Ja.

  Art. Oder ob nicht alles ein also angestelltes Werk gewesen?

  Inquis. Nein. Es wäre ihr aus den
Ohren und Leibe gekommen, und sie hätte
greuliche Schmerzen gehabt.

  Weil nun Inquisitin nichts weiter be-
kennte, wurde folgendes

Drittes Urthel von Jena
eingeholt: daß gedachte Inquisitin wegen
öfter wider die Langin und Strackin vorgenommenen und gestandenen Begünsti-
gung, mit Staupenschlägen des Landes
weg verwiesen, darbey aber im Streichen
nach Befindung ihres Leibes Zustandes
Maaße zu halten ꝛc.

  Wider dieses Urthel hat Inquisitin
eine Defensionsschrift übergeben, worauf ein

Viertes Urthel der Juristenfacultät zu Halle
außer obigen Vorbereitung, die Daumenstöcke anzulegen und damit zu schrauben ꝛc.
erkannte, wobey sie mit allem Ernst zu be-
fehen und nach Zureden ihres Beichtvaters
zu befragen:

  "Ob nicht alles dasjenige, was sie bis-
"her wegen der Würmer, die aus ih-
             "rem

... rem Kopfe, und wegen der Sachen, die
... per Vomitum aus ihrem Leibe ... ge-
... kommen seyn sollen, Betrug gewesen.
... nicht alle die ... in das Ofen-
... geseßet, und die ... Sachen ...
... ... genommen? oder wie sie es
... sonst gemacht oder wer es sonst gethan?
... Wer ihr darzu Rath gegeben oder be-
... hülflich gewesen? Warum sie es ge-
... than? und ob nicht auch dieses al-
... les deswegen geschehen, damit sie
... die Längin und Heraclin oder andere
... unschuldige Leute in Verdacht der
... Hexerey bringen möchte."

Worauf sie den 23. Mart. 1709 abermals an Gerichtsstelle bracht und Vorstellung gethan, und da sie von nichts weiter
wissen, und alles Zureden nicht helfen wollen, hat man sie dem Scharfrichter überlassen. Die ersten vorgelegten Fragen hat
sie alle mit Nein beantwortet, und sich ent-
schuldigt, sie habe nichts gethan.

Als den Scharfrichter stärker zuschraubt,
schreyt sie, sie wollte alles sagen; sie hätte
es ins Maul gefaßt und theils in die Hände, der Scharfrichter von Trente hätte sie
dazu gebracht, referiret, nachdem der
Scharfrichter die Daumenstöcke abgenom-
men,

men, er hätte gesagt, die Langin hätte sie
bezaubert, davon hätte sie die dicken Beine
bekommen, hätte ihr daben gerathen, sie
sollte Lappen nehmen, und wenn sie die
Purgirung nähme, so sollte sie solche in
das Riebes werfen, die wollenen Läppchen
hätte sie zu Hause aufgelesen und klein ge-
schnitzen und den Wulst selbst gemacht, darinnen solche gewesen, wo sie die blutige
Materie hergenommen, wußte sie nicht eben,
postea: Es wäre von dem Blute, da sie
die Ader gelassen. Die Würmer hätte sie
im Grabhofe gelangt in den Krautdorsen;
die Heime müsse sie in der Stube hinterm
Ofen bekommen haben, weil sie deren in
der Stube gehabt. Die Spulwürmer wären wirklich aus dem Halse gekommen, und
wäre solches natürlich; der eine Wurm, so
vor einen Brodwurm gehalten worden, wäre ein Schwabe, der in der Stube gelau-
fen. Die Maus hätte die Katze gehascht
gehabt, welche sie genommen, und wäre
dieselbe todt gewesen. Die Nähnadel
hätte sie zerbrochen, ihr Vater und Mutter
wüßten nichts davon, sie wäre immer alleine
gewesen. Was sie andere Leute sollte in
Schaden bringen, da es nicht wäre. Das
Pech hätte sie auf dem Kannrücken gefunden, die Borsten wären aus der Kehrbür-

ste

sie gewesen. Die andere Sachen hätte sie
auch im Hause gefunden. Der liebe Gott
würde ihr die Sünde vergeben ꝛc.

Hierauf ist Inquisitin nochmals auf
folgende Fragen ohne Peinlichkeit vernommen worden:

Qu. 1. Ob nicht alles dasjenige, was
sie bisher wegen der Würmer, die aus ihrem Kopf, und wegen der Sachen, die
bey dem Brechen aus ihrem Leibe, wie ihr
vorgehalten worden, gekommen seyn sollten,
Betrug gewesen?

Resp. Ja.

Qu. 2. Ob sie nicht alle die Würmer in das Ohr gesetzt, und die übrigen
Sachen in den Mund genommen? oder
wie sie es sonst gethan?

Resp. Die Würmer hätte sie zum
Theil ins Ohr gesetzt, theils aber vorgegeben, sie wären heraus kommen; die übrigen Sachen hätte sie auch theils in den
Mund und theils in die Hand genommen,
und in das Becken geworfen, bey dem
Brechen.

Qu. 3. Wer ihr dazu Rath gegeben, oder behülflich gewesen?

Resp. Gar kein Mensch, was sollte sie es noch auf dem Herzen behalten?

Uhuhu! 38 Packt.　　　E　　　Qu.

Qu. 4 : 5. Warum sie solchen Betrug vorgenommen, und ob nicht dieses alles deswegen geschehen, damit sie die Langin und Heraclin oder andere unschuldige Leute in Verdacht der Hexerey bringen möchte?

Resp. Ja. Die Langin hätte ihr nachgeredet, sie stecke mit den Schafknechten in allen Ecken herum, auch sie scharf gehalten, und die Heraclin hätte immer auf sie geschmält. Darüber wäre sie so tolle worden, und hätte beyde der Hexerey wegen wollen in Verdacht bringen.

Actum den 26. Mart. 1709.

Bey der Ratificatione confessionis sagte Inquisitin: Ach wenn ich es nur bald alles gesagt hätte, thut dabey wehmüthig und sagt etlichemal: Ach der alte Schelm, der Scharfrichter, hat mich verführet. Dieser hätte ihr alle Einschläge gegeben, und gesagt, sie sollte sprechen, sie schmeckte den Schwefel, und sollte ihn hernach ins Becken werfen. Als sie zum Abendmal am Marientag gewesen, und Nachmittags wieder in die Kirche gehen wollen, hätte eine Schnecke vor der Hausthür auf dem Steine gekrochen, die hätte sie mit in die Kirche genommen und auf den Mantel gesetzt.

Ach

Ach, sie hätte den lieben Gott sehr erzürnt!
Ach! das Gott erbarm!

Als ihr ihre Erzählung ferner vorgelesen wurde, sagte sie zu allem ja, und that
hinzu, die eichene Blätter hätte sie aus der
Kirche genommen, da sie dürre Eichenholz
gehabt hätten.

Hierauf erfolgte das

Fünfte Urthel.

Als uns ꝛc. ꝛc. Demnach erachten
wir vor Recht: Hat Clara Albinin, als
sie nach Anleitung des vorigen Urthels, mit
würklicher Territion belegt worden, mit
Umständen gestanden, und solches drey Tage hernach wieder bekräftiget, daß alles,
was sie bisher, daß es aus ihrem Kopfe,
ingleichen per Vomitum aus ihrem Leibe gekommen seyn sollen, angegeben, Betrug
gewesen, und sie damit die Langin und
Heraclin der Zauberey verdächtig machen wollen; So ist sie dießfals der Langin und Heraclin, mit Zuziehung des Predigers, eine christliche Abbitte zu thun schuldig, und wird hierüber nachher mit Stau-
penschlagen des Landes ewig verwiesen, es
mag auch diese Strafe, gestallten Sachen
nach, von denen adelichen Gerichten in eine

Geld-

Geldbuße nicht verwandelt werden. Im übrigen ist auch dem Prediger des Orts anzudeuten, daß weil durch diesen Betrug die ganze Gemeinde geärgert, und selbige zu dergleichen Bosheiten gereizet worden, er in der Predigt der Sachen wahre Beschaffenheit bescheidentlich vortrage, und seine Gemeine für dergleichen Begünstigungen nachdrücklich warne, von Rechtswegen.

Menſ. April.
1709.

Ordinarius, Decanus und andere Doctores der Juristenfacultät auf der kön. preuß. Universität Halle.

Wären in vorigen Zeiten Richter und Urthelsverfaſſer so aufmerkſam, vorſichtig und klug geweſen, wie dieſe; so wäre manche der Hexerey angeklagte unſchuldige Perſon vom Scheiterhaufen gerettet, der Aberglaube früher ausgerottet und ſolche Betrügereyen und Bosheiten an den Tag gebracht worden.

A. d. H.

2. In

2.

* In Quappendorf bey Fürstenwalde im
Brandenburgischen lebt eine Wittwe, Nahmens Ruschken, die von Jugend auf sehr
abergläubig gewesen ist. Daher meynt sie,
es gebe Menschen, die vermittelst eines
biblischen Spruchs, oder durch besondere
Geberden, Bewegungen und Anstalten
Schätze in der Erde entdecken, und aus der
Hand des bösen Feindes loßmachen können;
da doch der Teufel kein Recht auf unser
Geld und unsere Schätze hat, auch Perlen,
Diamanten und Dukaten ihm in seiner
Hölle nichts nutzen, und ohnehin Schätze
nicht anders in die Erde kommen können,
als durch Unglücksfälle. Man nennt Menschen dieser Art Schatzgräber. Außer
dieser Thorheit glaubt die Ruschken auch,
daß Gott den Menschen seit 80 Jahren ein
ganz besonderes Mittel angewiesen habe,
allwissend zu seyn, und dies sey der Kaffee,
den wir seit dem Anfange dieses Jahrhunderts zu trinken angefangen haben. Es
meynt nämlich die Ruschken, und mit ihr
noch viele andere Leute mehr, gewisse Menschen, und zwar größtentheils alte Weiber,
wüßten aus dem Satze des gekochten Kaf-

E 3   fee

* Aus Fröbings Kalender fürs Volk 1786.

fee verborgene und zukünftige Dinge zu
entdecken. — Ich würde sehr viel närrisches
erzählen müssen, wenn ich alle alberne Meinungen dieser Frau vorbringen wollte.

Da sie nun von jeher gern von ihren
Thorheiten sprach, so merkten sich das listige Betrüger, und lockten ihr durch Schatz-
bannen und Weißagen manchen Thaler ab,
ohne daß sie jedoch einen Schatz gefunden,
oder eine verlohrne Sache durch Weißa-
gung wieder erhalten hat. Der allerschlimm-
ste Streich, den ihr ein Schatzgräber spielte, ist folgender: Der Betrüger, der ein
schlauer Kopf seyn muß, welches ja Leute
von solchem Gelichter gewöhnlich sind, hatte lange über seinem Betruge gebrütet, und
als er ihn ausgeheckt, noch verschiedene
andere Schelme mit in sein Spiel gezogen,
die ihm in seinem Betruge helfen mußten.
Dieser Betrug nahm nun folgendermaßen
seinen Anfang: Vor einigen Monaten erschien unvermuthet ein fremder Mann bey
der Rüschken, der ihr das Kompliment
machte: sie sey ein großes Glückskind, sie
werde bald einen gewaltig großen Schatz
heben. Der Fremde gieng wieder weg,
und setzte sie durch diese Nachricht in die
größte Neugierde. Einige Tage drauf
kam ein anderer, der so wie der erste ein

Bothe

Bothe des Hauptbetrügers war; der sagte
ihr: "sie sey unter einem besondern
"Glücksstern gebohren; sie werde bald ein
"gewaltig großes Glück machen. Um dies
"zu erlangen, habe sie eine Wünschelru
"the (*) nöthig, die aus Birkenholze
"seyn müsse; die Birkenruthe dürfe aber
"nur in der Walburgisnacht gebrochen
"werden, auch müsse sie mit Türkenblute
"bestrichen seyn, und koste daher zehn
"Thaler." Die Ruschken zahlte die zehn
Reichsthaler sogleich aus; und der Frem
de gieng. Bald darauf kam ein Dritter,
der eben so, wie der erste und zweyte, vie
lerley vom Schatze und Schatzgräber sprach,
und sich so wie jener von der treuherzigen
Thörin bezahlen ließ. Endlich kam ein vier
ter Bothe, der den bald ankommenden
Wundermann auf folgende Art beschrieb.
"Er hat überstudiert; er ist Priester gewe
sen; und weil er nun mehr gelernt hat, so
geht er auf die Profeßion, und ist Stu
dent." Die neugierige Frau sperrte bey
dieser Beschreibung, so sinnlos sie auch
war, Mund und Nase auf, und gab dem
Redner das Trinkgeld, das er forderte,
E 4 mit

_____
(*) Nachricht und Beschreibung davon siehe
Vorrede 2s Th. p. 26. u. s.

mit Zinsen. Einige Tage nachher erschien
der überstudierte Mann wirklich. Die
Ruschken empfieng ihn mit aller möglichen
Hochachtung, und bewirthete ihn mit dem
Besten, was sie hatte. Er ließ sichs wohl
bey ihr schmecken, und nach Tische gieng
er mit ihr aufs Feld. Als sie beyde in die
Nähe eines kleinen Bergs kamen, ließ der
Schatzgräber die Ruschken stille stehen;
er selbst gieng auf diesen Berg, machte da
einige bedeutende Bewegungen, und kam
endlich mit der Nachricht zurück, daß dies
der rechte Ort sey. Da es noch heller Tag
war, so gieng der Betrüger mit seiner
Wirthin fürs erste wieder nach Hause, und
vertröstete sie bis auf den Abend. Sobald
dieser erschien, trat er mit ihr den wichtigen Gang an; auch mußten Knecht und
Magd mit Spaden und Laternen diesen
feyerlichen Zug vergrößern. Auf dem
Berge fand der überstudierte Mann einen
Stock in die Erde gesteckt. Er riß ihn heraus, machte mit seinem Fuße einen Kreis
um den Ort, und befahl, daß Knecht und
Magd zu graben anfangen sollten. Unterdessen murmelte der Schatzgräber allerhand
kräftige Verwünschungen, wodurch der
Geist, der nach Angabe des Betrügers
den

den Schatz bewachte, aus seiner Festung
getrieben werden mußte; und Frau Rusch-
ten, die in kleiner Entfernung dastand, sahe zitternd den Anstalten zu, und kreuzigte
sich. Als der Geisterbänner seinen Bann-
fluch ausgesprochen und einige feyerliche
Umgänge um den Berg gehalten hatte,
zeigte sich in einer Entfernung von sechzehn
Schritten eine weiß gekleidete Figur. "Wer
bist du?" rief der überstudierte Mann mit
einer Donnerstimme, und gieng mit langsam stolzen Schritt auf die Erscheinung
los. "Ich bin, — antwortete die Gestalt in einem dumpfen aber doch verständ-
lichen Tone — — "ein alter General ge-
"wesen, habe meinen Schatz, damit ihn
"der Feind nicht in die Hände bekomme,
"hier vergraben, habe aber auf Erden nie-
"manden gehabt, dem ich dieses offenbaren
"konnte. Mein Schatz besteht aus zwey
"und siebenzig tausend Thalern in alten
"Goldstücken, und ist in einem eisernen
"Kasten befindlich. Außerdem liegen noch
"vier goldene Ringe mit Diamanten, ei-
"ne goldene Kette und ein goldenes Kreuz
"dabey. Wenn dafür an die chatholische
"Kirche des Klosters Zelle, einhundert
"Thaler zu einem goldenen Becher,
"drey Stück Leinwand, zur Bekleidung
E 5 "des

"des Altars, und sechs Ellen rother Dam=
"mast zum Umhang deſſelben gegeben wer=
"den, ſo ſteht der Schatz zu heben; wo
"nicht, ſo wird euch allen der Hals ge=
"brochen."

Der Schatzgräber fragte hierauf die
Ruschken, ob ſie das alles verstanden ha=
be, und ob ſie die Forderungen erfüllen
könne. "Ach ja, ſagte ſie zitternd, und
faltete andächtig die Hände — ja lieber
Herr; wie ſollte ich das nicht thun, da
ich zwey und ſiebenzig tauſend Reichsthа=
ler erhalte. — Hierauf fragte der Schatz=
gräber den Geiſt: "Womit iſt der Schatz
verſetzt?" — "Mit einem Hahn!" war
die Antwort. Der Schatzgräber winkte;
die Gräber mußten mit Graben einhalten,
die Spaden ſtecken laſſen und nach Hauſe
gehn, um einen Hahn zu holen, den ſie
auch bald herbeybrachten. Von Ferne
ſchon ſahen ſie die weiße Geſtalt. Der
Schatzgräber trug ihr den Hahn hin, und
redete mit ihr ganz leiſe, worauf ſie ſich
hinter die kleinen dort befindlichen Sträu=
cher zog und ſich nicht weiter ſehen ließ.
Jetzt winkte der Schatzgräber zum weitern
Graben. Man grub und ſtieß bald auf
etwas hartes. Es war ein kleines vier=

eckig=

eckigtes Käſtchen mit Blech beſchlagen.
Der gelehrte Mann zog es heraus, ſteckte
es in einen Sack, und gabs dem Knecht
zu tragen. Als die löbliche Schatzgräber-
geſellſchaft nach Hauſe kam, verſiegelte das
werthe Oberhaupt derſelben den Beutel mit
dem Käſtchen, und ließ Frau, Magd und
Knecht zum Zeichen der Verſchwiegenheit
die Hände darauf legen. Darauf gab ers
der Ruſchken, mit der Erinnerung, es in
ihre Lade zu verſchließen; er ſelbſt aber
nahm den Schlüſſel davon zu ſich, und
gieng fort, mit der Verſicherung, er werde am zwanzigſten Tage wiederkommen.
Alsdann, ſagte er mit einer bedeutenden
Miene hinzu, ſey das lezte Gebet am Altar zu Zelle, welches das Blutgebet heiße, zu Ende. Schon hatte er Abſchied
genommen; als er noch einmal zurückkam.
Es ſey doch in aller Abſicht beſſer, ſagte
er, wenn die glückliche Ruſchken, die dem
Kloſter Zelle gelobten Geſchenke ihm zur
Darbringung jezt gleich einhändige. Denn
fügte er hinzu — da er den dritten Theil
des Schatzes für ſeine Mühe bekomme,
ſo ſey er ihr ja ſicher genug; ſie möge ihm
alſo nur das dazu beſtimmte Geld nebſt
zwey goldenen Ringen mitgeben. „Mit
Freuden!‟ antwortete die Alte, und gab
ihm

ihm im Taumel ihres Entzückens mehr,
als er verlangt hatte, nemlich 1) einhundert Reichsthaler in Golde für zwey goldene Leuchter; 2) einhundert Reichsthaler
in ganzen Thalern zu zwey goldenen Be-
chern; 3) acht Reichsthaler zu sechs Ellen Damast, und dann brachte sie 4) noch
drey Stück Leinwand, jedes zu zehn Ellen,
so fein sie sie nur hatte, herbey. Der überstudierte Mann steckte alles in einen Dor-
nister, und gieng am Morgen drauf mit
Versprechen weg, am zwanzigsten Tage
wieder zu kommen, und den Schatz zu öfnen. Die Ruschken wartete nicht zwanzig sondern drey und zwanzig Tage; aber
es kam kein überstudierter Mann. Da
ward der Frau bange; sie öfnete den Sack
und den Kasten in Beyseyn des Knechts
und der Magd, und fand darin — Sand
und Steine.

Die Ruschken zeigte diese Betrügerey bey dem hiesigen Magistrate an, der
zwey Jahre lang die genauesten Untersuchungen deswegen angestellt hat. Dem
ohngeachtet hat man den Schatzgräber,
der ein lahmer Husar seyn soll, nicht entdecken können. Aber die Mitgehülfen des
Betrügers die alle aus der hiesigen Gegend
sind, nemlich die Baten, der Geist, und
der

der Verfertiger des Kästchens, sind nach
Beschaffenheit ihres Theilnehmens außer
dem zweyjährigen Arrest durch des Urtheil
des Königl. preuß. Stadtsraths vom 7.
Jun. d. J. noch mit Zuchthausstrafe belegt worden.   Die Ruschken selbst, ob
sie gleich durch ihre eigene Thorheit um
zweyhundert funfzig Reichsthaler ärmer geworden, und von jedermann im Dorfe aus-
gelacht worden ist, verdiente gleichwohl,
einige Jahre im Narrenhause zu sitzen, um,
da zu lernen, daß man nicht anders reich
zu werden suchen soll, als durch Recht-
schaffenheit, Fleiß, und frommes Vertrauen auf Gott.

3.

Entdeckte Spuckerey (*).

Freyherr von Bretiole, Oberster in dänischen Diensten, erhielt von seinem Könige
Befehl, sich nach der dänischen Vestung
Rensburg zu begeben, und daselbst gewisse geheime Absichten auf das schleunigste zu
bewerk-

(*) Aus dem dritten Theile der europäischen
Höfe, S. 276.

bewerkstelligen, woran dem König sehr viel
gelegen war. Bretiole flog mit einem
seiner getreuesten Diener, dem Willen seines Königs Genüge zu thun.

Ob er nun gleich nicht gewohnt war,
irgend eine Unbequemlichkeit in Anschlag
zu bringen, sondern vielmehr der Nacht
und dem Regen Troß zu bieten, und mit
dem heilsamen Tabaksrauch Duft und Ne-
bel vor der Nase abzuweisen: so mußte er
doch diesmal nachgeben, und wegen eines
entsetzlichen Ungewitters bey der dicksten
Finsterniß und schlimmen Wege sich entschließen, in dem nächsten Dorfe einzukeh-
ren. Daselbst war ein Wirthshaus, welches die Geschichte eine Kneipschenke nennet, wo weder etwas zu essen, noch zu
trinken war, und wo bey dem Anblick des
Bettes alle Schläfrigkeit entwich. Bretiole hatte zwar als Soldat alles Wollust-
gefühl erstickt; doch rußisch zu fasten, war
seine Religion nicht. Ist kein Edelmann
in diesem Dorfe? fragt er: Nein! Auch
kein Pfarrer? Ja! Habt ihr ihn gern?
Ja, er ist ein recht kluger und guter Mann.
Gehet hin, Johann! bittet den Priester
um ein Nachtlager. Der Priester nahm
ihn mit großen Ehrenbezeugungen und wil-
ligem

ligem Herzen auf, besonders da er von dem
Bedienten vernahm, daß er ein Oberster
und zugleich ein Liebling des Königs sey,
der überdieß in geheimen königlichen Anges.
legenheiten reisete.   Die in Eile zubereite.
te Mahlzeit würzte der beredte Priester mit
einem angenehmen Gespräch, und machte
seinem vornehmen Gast den Aufenthalt
recht erwünscht.   Der Ritter ließ eine
Weinflasche nach der andern aus dem Fla-
schenkeller, den er mit sich führte, holen,
wovon nach und nach diesen vergnügten
Seelen die schöpferische Kraft mitgetheilt
wurde, aus einer Wolke eine Juno zu
schaffen.   Unter andern Gesprächen kam
der Geistliche auf das alte Schloß, welches
im Dorfe lag, und in einem überaus schlimmen Ruf stand, als wäre es von bösen mörderischen Geistern besessen.   Jeder starrte
dieses Schloß an, wenn er bey demselben
vorbeygehen mußte, und segnete sich.   Nur
Bretiöle, der niemals Gespenster glaubte, wollte noch selbigen Abend das Schloß
und dessen einwohnende Gespenster sehen.

Frey von weibischer Bedächtlichkeit
verlangte unser Held eine Laterne.   Nicht
doch, gnädiger Herr! sagt der Geistliche,
ändern Sie ihren Vorsatz, Sie werden es
sonst mit ihrem Leben büßen müssen. Schon

viel beherzte Leute haben sich unterstanden,
des Nachts auf diesem Schlosse zu bleiben; alle aber sind von den bösen Geistern weggeführet worden. Ha, ha,
glauben Sie denn, erwiederte der
Held, daß Gott den bösen Geistern so viele Freyheit und Gewalt lasse, mit den Menschen, als den edelsten Kreaturen unter der
Sonne, also umzugehen? Kurz ich will
diese Nacht mit meinem Bedienten auf diesem besessenen Schloß schlafen! Sie scher-
zen Herr Oberster, nicht die geringste Noth
treibt sie zu diesem Entschluß; Sie sollen bey
mir ein gutes Nachtlager haben. Mit einem
jugendlichen Ungestüm nähert sich Bretiole
dem Schlosse, trägt selbst die Laterne, da inzwischen der Bediente, und der Knecht des
Geistlichen Stroh und Bett herbeyschlep-
pen. Ach bleiben Sie zurücke, winselte
der Geistliche hinten nach; um Gottes willen, bleiben Sie zurücke! Nehmen Sie sich
doch in Acht! Gott begleite Sie!

Als sie an das Schloß kamen: sahen
sie sogleich an der ersten Thüre zur rechten
Hand eine Treppe. Sie stiegen hinauf,
wo ihnen ein grosser Saal vorkam, worauf verschiedene alte zum Theil verloschene
Gemälde, auf beyden Seiten des Saals
aber Thüren zu Zimmern zu sehen wären.

Der

Der Ritter ging in beyde zur Rechten und
Linken hinein, um zu sehen, welches von
beyden zu seiner Schlafstätte am bequem-
sten wäre. Er fand beyde noch in ziemlich
gutem Stande, nur daß in selbigen nicht
das geringste Hausgeräthe zu finden war.
Er entschloß sich, sein Bette in dem Zimmer zur Linken aufschlagen zu lassen, weil
selbiges am nächsten bey der Treppe gelegen
war; die Laterne aber behielt er für sich,
und setzte sie neben sein Lager. Inzwischen
überfiel den Knecht des Geistlichen ein
Schauer nach dem andern; im Gesichte
brach der Angstschweis aus, und seine Glie-
der fiengen an zu zittern. Er bat inständig,
sie möchten ihn nur bis an die äußerste
Thür des Schlosses mit der Laterne begleiten, er wäre sonst des Todes. Der Ritter that es. Zwey scharf geladene Pistolen legte er zu seiner Rechten und Linken,
und begab sich mit dem bloßen Degen in
der Hand zur Ruhe. Um eilf Uhr entstand ein ganz entsetzliches Gepolter und
Lerm. Es war nicht anders, als wenn
ein ganz Regiment Soldaten mit Pferden
und Waffen die Treppe hinauf marschirte.
Man müßte Lust haben zu lästern, wenn
man den Obersten einer Feigheit beschuldi-
gen wollte; doch entsetzte sich darüber die

Uhuhu! ꝛc Packt.   F   Natur,

Natur, die Haare fiengen sich allmählich
an in die Höhe zu richten, und die Kniee
zu zittern. Dieser abscheuliche Lerm daure-
te eine gute Weile, bis sich endlich derselbe
dem Schlafzimmer immer mehr und mehr
näherte. Der Ritter faßte mit der rechten den Degen, mit der linken Hand aber
eine Pistole, und erwartete den Anfall dieses polternden Ungeheuers standhaft. Bey
der Eröfnung der Thür ließ Bretiole bey
dem greulichen Anblick eines Gespenstes
den Degen und die Pistole vor Angst aus der
Hand fallen; die beyden Lichter löschten
auf einmal aus; das Gespenst ließ feurige
Augen blitzen, brüllte wie ein ergrimmter
Löwe, und rasselte mit feurigen Ketten.
Ueber dem Schlafzimmer entstand zu gleicher Zeit ein greuliches Wüten und Toben.
Es war nicht anders, als wenn hundert
Stückkugeln hin und hergewälzet würden.
Ein klägliches Heulen und Wüten ließ sich
hören, als wenn tausend Hunde und Katzen
oben wären; Pferde wieherten; es entstand ein entsetzlicher Knall, als wenn eine
Kanone losgieng. Endlich hörte man ein
ordentliches Glockenspiel, und darauf eine
durchdringende Stimme rufen: Victoria!
Victoria! Worauf alsobald eine große Stille entstand. Hier lag unser Ritter als todt.

Das

Das Gespenst zwackte den Herrn und Die=
ner erbärmlich, und schlug sie mit Ketten.
Es entfernte sich, und stieg mit großem
Geräusch und Gepolter die Treppe hinun=
ter. Der Ritter erholte sich wieder, über=
legte die Sache, so gut er damals im Stan=
de war, und schloß bey sich so: Ist dieses
Gespenst ein Mensch, so wird es seinen
Leib für Bley und Eisen verwahrt haben,
daß ihm kein Schade dadurch zugefügt wer=
den kann; ist es aber ein Geist, so kann
ich es nicht erschießen noch erstechen. Er=
scheint also das Gespenst noch einmal, so
will ich ein Herz fassen, und demselben bey
seiner Rückkehr heimlich auf dem Fuße nach=
gehen. In diesen Gedanken bestärkte er
sich dermaßen, daß er veste beschloß, selbi=
ge auszuführen, es möchte auch kosten,
was es wolle.

Nach Verfluß einer Stunde rasselte
das Gespenst mit eben so großem Geräusche
wieder die Treppe herauf, als zuvor. Un=
ser Ritter, der das Herz am rechten Orte
liegen hatte, wiederholte seinen Vorsatz,
und nachdem es ihn und seinen Diener wie=
der von neuem gemartert, rasselte es zur
Thür hinaus und die Treppe hinunter.
Bretiole ermunterte sich, nahm seinen De=
gen in die eine, die Pistole aber in die an=

F 2   dere

dere Hand, und schlich ihm ganz leise nach.
Zum Glück wandte sich das Gespenst nicht
um, und seine feurige Augen dienten ihm
statt einer Laterne, bis es vor seinen Au=
gen plötzlich verschwand. Um ihn herum
war nun alles stockfinster, er stund also stil=
le. Bey seinem Hinuntersteigen hörte er
viele andere Personen vor seinem feurigen
Gespenste hergehen, welche aber alle in
diesem fürchterlichen Gang verschwunden
waren, noch ehe dieses letztere unsichtbar
wurde. Seinen Diener hörte er von oben
herunter ohne Aufhören auf das kläglichste
winseln und heulen: ach mein Herr, wie wird
es ihm gehen? Hilf barmherziger Gott,
nur diesesmal mir und meinem Herrn aus
dieser Noth:

Hundert andere Helden würden in
dieser einzigen Nacht zu zagenden Weibern
herabgemodelt worden seyn, nur Held Bre=
tiole kannte keine Gefahr. Sein felsenar=
tiges Herz blieb hieben unnachgiebig. Er
faßte ohne ferneres Bedenken den verzwei=
felten Vorsatz, in diesem finstern Gang so
lange fortzugehen, bis er das Ende davon
fände. Kaum nach einigen Schritten fiel
er in eine Gruft hinunter; da lag der
Held. Zum Glücke fiel er auf Heu und
Stroh. Seine Pistole, an der der Hahn

ge=

gespannt war, gieng dadurch los. Auf
den Knall näherten sich ihm vier große star=
ke Kerl mit Lichtern. Verwegner Hund,
brüllte der eine ihn an, was unterstehest
du dich hieher zu kommen? Sie pakten ihn
bey den Armen, und schleppten ihn, wie die
Henkersknechte in ein Zimmer, wo mehr
als zwanzig Personen an einem Tische sas=
sen, welche zum Theil sehr ehrbar und von
vornehmen Stande zu seyn schienen. Das
Zimmer war ganz niedlich mit schönen Ge=
räthe versehen, und mit den kostbarsten
Tapeten geziert. Einer nach dem andern
sah ihn mit steifen Augen an; es schien,
als wären sie über seine Gegenwart eben
so bestürzt, als unser Ritter über die Ihri=
ge. Einer unter Ihnen fuhr ihn an: was
für ein Frevel hat dich, tollkühner Hund,
bewogen, in dieses Schloß zu kommen?
Hättest du nicht glauben sollen, daß du
dergleichen Fürwitz mit dem Leben büssen
müssest? Bereite dich zum Tode, du must
sterben. Sterben! versezte Bretiole, ich
schwöre euch bey dem Könige, daß mein Tod
euch theuer zu stehen kommen soll. Füh=
ret diesen trotzigen Hund weg, schrie Ei=
ner von diesen Unmenschen, wir wollen
sein Todesurtheil fällen, er muß sterben.
Vier Kerl pakten ihn sogleich mit Gewalt

an,

an, und führten ihn in ein finsteres enges
Loch. Nun war Bretiole überzeugt ge=
nug, daß er nicht unter Gespenstern, son=
dern unter Menschen von höllischer Tygerart
wäre. Ohngefähr wurde er eines Scheins
von einem Lichte gewahr, welcher durch
das runde Loch an der Thüre des Gefäng=
nisses hineinfiel. Er legte sein Ohr an
dasselbe an, und vernahm, daß seine Rich=
ter mit der Art, mit ihm zu verfahren,
sehr uneins wären. Lasset ihn hinmorden!
schrie der Eine. Nein, er soll seiner We=
ge ziehen. Auch nicht; wir wollen ihn ge=
nau ausfragen, und alsdenn richten. Der
Ritter wurde vorgeführt, und erzählte: wer
er wäre, die Ursache seiner Reise, und des
Uebernachtens in diesem wüsten Schlosse,
nebst den dringendsten Ermahnungen des
Geistlichen, ihn von dem genommenen
Vorsatz abzuhalten. Er sezt hinzu: ich ge=
be ihnen wohl zu überlegen, ob ihnen mein
Tod oder mein Leben mehr Gefahr bringe.
Ich glaube das erste. Ich habe ihnen be=
reits gesagt, daß ich hohe königliche Ordre
bey mir habe, an deren Beschleinigung
mehr gelegen ist, als an meinem Leben.
Sehen sie, hier ist sie; sie kennen das auf=
gedrukte königliche Siegel. Sie kommen
in grosse Gefahr, wenn sie mir das Leben
nehs

nehmen. Der Geistliche dieses Orts weiß
von der ganzen Sache, daß ich auf diesem
Schlosse mein Nachtlager aufgeschlagen,
und der König, der mir besonders gnädig
ist, wird gewiß nicht ruhen, bis er ent-
decket, wohin ich gekommen bin, und sollte er auch dieses ganze Schloß umwühlen
lassen. Würde man alsdenn nicht ihre un-
terirdische Gesellschaft entdecken? Und sie
sehen, daß ich ein Cavalier bin, ich zweifle
nicht, daß unter ihnen, allem Ansehen
nach, auch Personen meines Standes sind,
und mancher mehr Großmuth hat, als ich.
Wollen sie mir nun als einen Cavalier
trauen: so gebe ich ihnen das Wort, daß,
wofern sie mir das Leben schenken, ich dieses Geheimniß ewig bey mir vergraben will.
Soll ich einen Eid schwören; so will ich
auch dieses thun; doch ist meine Paro-
le von eben dem Gewichte, als ein Eid-
schwur.

Die Richter sehen einander an, keiner wollte den Anfang machen, darauf zu
antworten, bis endlich doch wieder ein
Mordgeist ausbrach. Ich meines Ortes
halte dafür, dieser Mensch will uns insgesammt durch seine beredte Zunge einschlä-
fern, und bey sehenden Augen blind machen.
Mein Rath ist, man zaudere nicht lange,

F 4 und

und schlage ihn todt. — Ich bin auch der Meinung. — Auch ich. — Führet den armen Sünder wieder ins Gefängnis, schrie der Präsident dieses höllischen Tribunals. Die Richter stritten scharf unter einander; doch waren die meisten für das Leben des Bretiole. Er hört es. Die dicke Wolke, die bisher auf seiner Seele lag, verzog sich nach und nach, und er wurde um so heiterer, als er deutlich vernehmen konnte, daß ihm das Leben geschenkt werden sollte, weil er vornehmen Standes wäre, eine königliche Ordre auszuführen hätte, und auf seine Cavaliersparole den Vorgang verschweigen wollte. Man publicirte ihm sein Urtheil, händigte ihm seine königliche Ordre unbeschädigt ein, nahm einen Eid von ihm, und gab ihm aufs höflichste seinen Abschied. Zwey von den Bedienten begleiteten ihn bis in den Gang, den er im Finstern gemacht hatte, und führten ihn durch eine verborgene Thür an die Treppe, wo er dem Gespenste nachgefolget. Der Ritter dankte dem Himmel, daß er mit ganzer Haut davon gekommen war, und lief nach seinem Bedienten, den er auf seinem Bette in vollen Schweiße fand. Dieser treue Diener lebte bey dem Anblick seines Herrn wieder auf, und umarmte ihn vor Freuden.

Sie

Sie beyde eilten aus dieser Mördergrube
dem Pfarrhause zu. Der Pfarrer konnte
vor Kummer nicht schlafen, und wurde nun
ganz entzückt. Seine Freude nahm zu,
als ihm der Oberste für seine gute Bewir-
thung eine silberne Uhr zum Andenken
überließ.

Ohngefähr nach Verfluß eines Jahrs
befand sich der Ritter, welcher nachher den Charakter eines königl. geheimen
Raths erhielt, auf seinen Jütländischen
Gütern, und hatte benachbarte Adeliche
zu Gaste. Ein Reitknecht hielt vor dem
Hofe, welcher drey Handpferde bey sich
hatte, und mit dem Herrn geheimen Rath
selbst zu sprechen verlangte. Der Reitknecht händigte ihm ohne Verzug einen
Brief ein, mit dem Zusatz, daß ihm einige bekannte Cavaliere dieses Geschenk machten. Er gab dem Bedienten des geheimen
Raths zwey ganz auserlesene Kastanien braune Hengste bey dem Zügel zu halten, und flog
mit seinen übrigen zwey Pferden als ein
Vogel davon. Der Ritter staunte bey
Eröfnung des Briefes auch eine schöne ge-
prägte goldene Münze an, welche zwanzig Dukaten schwer wog. Der Brief aber
enthielt folgendes;

F 5   Groß-

Großmüthiger Cavalier!

Hiemit wollen wir dieselbe ihres gegebe-
benen Worts und des uns gethanen theu-
ren Eides gänzlich entlassen. Wir können
Dero Großmuth nicht genug bewundern,
die Sie in Ansehung einer klugen Ver-
schwiegenheit an den Tag gelegt haben.
Unsre Gesellschaft hat sich aus der unterirrdischen Höhle von dem bekannten Schlosse
wegbegeben, und das Geheimnis hat hiemit sein Ende. Beykommende Münze
wird Ihnen ein Licht geben, was unsere
Verrichtungen daselbst gewesen; und da
Sie keinen unter uns weder vom Stande
noch vom Namen kennen; so ist es ein desto größeres Vergnügen für uns, daß wir
die Ehre haben, einem Cavalier von so guten Eigenschaften und redlichem Gemüthe
mit beykommenden zwey Pferden zum Zeichen unsrer Erkenntlichkeit aufzuwarten

Die sämtliche ehemalige bekannte unter-
irrdische Gesellschaft.

Bre-

Bretiole erzählte nun mit Freuden seiner anwesenden adelichen Gesellschaft die
ganze Geschichte, und alle waren, darin
einig, daß das Verfahren dieser Münzgei-
ster allzulistig ausgesonnen, als daß nicht
jedermann, der nur solches mit angesehen
und gehöret, hätte glauben sollen, daß es
wirkliche Gespenster wären.

4.

Die geäfften Geisterseher (*).

In einem adelichen Schlosse in Bayern
ließ sich nicht lange nach dem Tode des Gra-
fen **, Innhabers desselben Schlosses ein
Poltergeist auf dem obersten Boden hören.
Die Früchte, so droben lagen, warf er auf
die Gasse, die Leute belästigte er mit Stein-
würfen; alles war in Furcht und Schrek-
ken gesezt. Das Gespenst kam nach und
nach weiter über die Treppe herunter. Es
schleppte eine Kette unter fürchterlichem Geräusche nach sich, und leerte bey nächtlicher

(*) Die Geschichte liefert Herr Andreas
Mayr, Consistorialrath zu Regensburg in
seiner Abhandlung über das Daseyn
der Gespenster,

cher Zeit in der Küche die Töpfe und Schüſ-
feln gar fleißig aus. Es war ein gefräßi-
ger Geiſt. Der Haushofmeiſter hatte
ihn einmal ohngefähr geſehen. Er ſagte:
der Geiſt ſehe einem wilden haarigen Thiere gleich, habe feurige Augen, langen
Bart und gräßliche Klauen. Die Frau
Gräfinn Wittwe war durch dieſe Erzählung
in ſo weit getröſtet, daß das Geſpenſt die
Geſtalt ihres Herrn nicht hätte, ſie wollte
aber dieſen fürchterlichen Geiſt in ihrem
Schloſſe nicht haben, ſuchte mithin denſelben ſowohl mit geiſtlichen als weltlichen
Mitteln zu vertreiben. Ein beherzter junger Menſch beſchloß folgende Nacht in der
Küche, wo das Geſpenſt allezeit nächtlicher-
weile hinkam, Wache zu halten, und nahm
einen Bedienten zu ſich. Als nun alles
zu Bette gegangen, und es ſtille war,
kam das Geſpenſt ſchon über die Stiege
herunter mit klingenden Ketten, und gieng
gerade der Küche zu. Der herzhafte Wächter, der in einer Hand den Säbel und in
der andern das Licht hatte, machte die
Thüre der Küche ſchnell auf, und da ihm
das Licht ausgelöſchet wurde, glaubte er,
das Geſpenſt hätte es ausgeblaſen. Er
kam in Furcht, und wollte davon laufen:
allein es war zu ſpät, das Geſpenſt ſaß
ihm

schon auf dem Hals, und zerkrazte sein Ge=
sicht. Er fiel in Ohnmacht zu Boden.
Der Bediente war indessen durch eine an=
dere Thüre entlaufen. Es wurde nun
Lärm im ganzen Schlosse. Alles stand
vom Bette auf. Alles lief zum ohnmäch=
tigen Wächter, den man schon für todt
hielt. Die Bedienten ließen in dieser Ver=
wirrung das Laqäuzimmer offen. Das
Gespenst kam hinnein, und da indessen die
Leute beschäftigt waren den Wächter aus
der Ohnmacht zu bringen, machte sich das
Gespenst in demselben lustig, warf Kleider,
Hüte, Peruquen, Schuhe u. s. f. alles
unter und über sich, und sprang, nachdem
es genug von dem Confect genaschet hatte,
aus dem Zimmer auf den obersten Boden.
Bey Ansehung dieser Verwüstung fiel es
keinem ein, anderst zu denken, als daß der
Poltergeist dieß müsse gethan haben.

Einmal brachte ein Unterthan seinen
Zehend, der aus Obst bestund, ins Schloß,
und trug es in einem weißen Grastuch auf
den Boden hinauf. Unversehens sprang
das Gespenst auf ihn los, und jagte ihm
das Obst ab. Der Bauer lief schreckenvoll
die Treppe herunter, und betheuerte, er ha=
be den lebendigen Teufel gesehen. Der
Lärm wurde alle Tag größer. Endlich kam
ein

ein Geiſtlicher, der ſich rühmte, alle unru=
higen Geiſter verbannen zu können. Die
Gräfinn verſprach ſich erkenntlich gegen ihm
einzuſtellen, wofern er das Schloß von die=
ſem Geſpenſte befreyen würde. Der Prie=
ſter ging mit noch zween andern Gehülfen
auf den Boden hinnauf, und als er ſeine
Beſchwörungen machte, ſah er ein groß
weiſſes Ding, welches ſich immer höher auf
richtete, mit Zähnen klapperte, endlich
ſammt dem Tuche, ſo er dem Bauer, wie
wir oben geſagt haben, abgejagt hatte,
und mit einem Schalle der Kette einem ſo
fürchterlichen Sprung that, daß der Be=
ſchwerer mit ſeinen Gehülfen ungeſtüm die
Treppe hinabpurzelten, und einer wie der
andere verwundet da lagen.

Nach dieſer Begebenheit fieng man
allgemach an zu verzweifeln, ein Mittel
zu finden, das abentheuerliche Geſpenſt aus
dem Schloſſe hinweg zu bannen. Allent=
halben redete man von dieſer Geiſtererſchei=
nung. Der Ruf kam auch zu den Ohren
eines Edelmanns in der Gegend. Er ver=
weilte ſich nicht lange, ging in das beſchriebe=
ne Schloß, und verſprach der Gräfinn, ſie
von dem fürchterlichen Gaſt zu befreyen.
Die Gräfinn both ihm 100 Dukaten, wenn
er ſo glücklich ſeyn ſollte, ſein Verſprechen
zu

zu erfüllen, sie bat ihn aber zugleich, sich doch in keine Gefahr zu begeben. Der Edelmann, ohne ein Wort zu reden, ging sporustreichs mit seinem Stecken allein bewafnet ganz beherzt auf den Boden hinauf, fieng an zu schreyen: Mignon, Mignon! und siehe! das Gespenst lief ihm sogleich zu, und ließ sich von ihm fangen. Er kehrte damit zurücke, und führte es an der Kette der Gräfinn vor. Da sah man den Affen in seiner ganzen Natur, der dem Edelmann vor etlichen Monaten samt der Kette entlaufen, und sich in dies Schloß begeben, und den natürlichen Unfug gemacht hatte. Die Gräfinn dankte dem Edelmanne sehr, und zahlte ihm mit Freuden die versprochene Summe Gelds aus. Sie lachte öfters bey sich selbst, daß sie, und mit ihr so viele andere Leute von einem so geringen Thiere sich haben äffen lassen.

5.

(*) Zu Alvesrode, einem hannöverischen Dorfe, im Amte Springe lebt eine 47jährige unverheyrathete Frauensperson, Namens Steingroben, deren

(*) Aus Frobings Volkskalender 1786.

deren Mutter feit 24 Jahren blind und lahm
gewefen, deren Schwefter nach einer lang=
wierigen Auszehrung geftorben, und deren
Bruder feinen öftern Beängftigungen nur
dadurch abhilft, daß er durch ftarkes Ar=
beiten fich heftige Bewegung macht Man=
che Leute im Dorfe, die nicht wiffen, daß
der Spruch in der Bibel fteht: Dárzu ift
erfchienen der Sohn Gottes, daß er
die Werke des Teufels zerftöre, fchrie=
ben diefe Unglücksfälle einer Hexerey zu,
ja, einige hielten die Steingroben felbft
für die Hexe, und kreuzigten fich, wenn fie
fie nur von ferne fahen. Nur die Vernünf=
tigen im Dorfe hatten Mitleiden mit ihr
und ihrer Familie. Allein wider alles Ver=
muthen trat vor drey Jahren diefe Perfon
felbft auf, und behauptete, fie fey wahr=
haftig eine Hexe, und habe, da fie mit
einem gewiffen Teufel in genauem Umgan=
ge ftehe, ihre Mutter und ihre Gefchwifter
bezaubert. Zugleich befchrieb fie fehr um=
ftändlich die Geftalt und Kleidung des
Teufels, der doch — wie das fchon jeder
Knabe weis — keinen Körper, mithin auch
keine Geftalt haben foll, und folglich keine
Kleider braucht; auch erzählte die unglück=
liche Steingroben, wie oft er fie befucht,
und wie manches unzüchtiges Spiel er mit
ihr

ihr getrieben habe durch diesen höllischen
Geist, und sey sie, wie sie ferner sagte, in
der Kunst unterrichtet worden, alles zu
vergiften, was sie nur starr ansehe. Die
erste Probe dieser Kunst habe sie an ihrer
Mutter, ihrer Schwester, ihrem Bruder
und an der Heerde Kühe in ihrem Dorfe
gemacht, welche leztere insgesammt gestorben
wären.

Nicht nur diese, sondern auch alle
übrige Unglücksfälle, die in der Gegend
sich zutrugen, schrieb sie ihrer Zauberkraft
zu, und warnte jedermann, sich vor ihrem
Anblick zu hüten, weil sie auf Befehl des
Teufels auch wider ihren Willen schaden
müsse. —

Die Bedauernswürdige beschloß daher aus Furcht, endlich das ganze Dorf
zu bezaubern, ihrem Leben ein Ende zu
machen. Wirklich entlief sie ihren Verwandten, und sprang in ein Wasser, aus
welchem sie nur mit vieler Mühe gerettet
wurde.

Man kann leicht denken, daß diese
seltsame Begebenheit eine allgemeine Bewegung im Dorfe und in der ganzen Gegend machte. Den Abergläubigen wurde
der Kopf nur noch mehr verrückt, und ihrer
Meynung nach war nichts gewisser, als

Uhuhu! 3s Packt.　　G　　daß

daß es Hexen gebe, und daß die Lehre der
Schrift, daß der Sieger der Hölle dem
Teufel seine Macht genommen und ihn
zu einem ewigen Kerker verdammt habe — keine Lehre der Schrift sey.; und
selbst die Vernünftigen im Dorfe stießen
die Köpfe zusammen und wusten nicht, was
sie zu dieser Sache sagen sollten. Da kam
denn auch die Nachricht vor das Amt,
welches die vermeintliche Zauberinn nicht etwa in Inquisition, sondern in sichere Verwahrung nahm.

Läge Springe nicht in den Staaten
Georgs des Dritten, sondern etwa in
Spanien, oder im Gebiete des Bischofs
zu Rom (oder in Glarus) so wäre die
unglückliche Frau ohne alle weitere Untersuchung lebendig verbrannt worden. Oder
wären dasige Herren Beamten nicht so aufgeklärte, herzlich gute Richter (*), sie
hätten die arme Steingroben unter dem
Nahmen einer Wahnsinnigen entweder
zum Tollhause befördert, oder doch wenigstens

(*) Jeder Einwohner in Springe wird sich
mit dankbarem Vergnügen erinnern, daß
der Herr Amtmann Niemeyer Kindern
der Amtsunterthanen mit eigner Hand die
Blattern mit dem besten Erfolge inocu-
lirt hat.

stens ihrem Schickſale überlaſſen. Aber
Gott ſey gelobt, daß der König Männer
zu Richtern giebt, die, wie Er ſelbſt, ein
Vaterherz haben.

Die Herrn Beamten erkannten an der
bleygelben Farbe der Unglücklichen gar bald,
daß ſie freylich nicht vom böſen Geiſte be-
ſeſſen ſey, aber doch eine körperliche Krankheit habe, die ihr das Gehirn verrücke;
wie denn unſere Maſchiene ſo genau mit
der Seele verbunden iſt, daß dieſe gar oft
mit dem Körper zugleich krank wird (*).
Es wurde daher der geſchickte Herr Doktor
Roch zu Münden gebeten, die Kranke zu
beſehen. Dieſer kam und machte ſogleich
Anſtalten, die Unglückliche zu heilen. Al-

G 2   lein

(*) Vor einiger Zeit ſtarb zu Jena ein Pro-
feſſor, der hatte in ſeinem Leben durch allzu
vieles Sitzen ſich den Körper ſo ſehr ge-
ſchwächt, daß ſein Verſtand zugleich ſchwach
ward. Mit der Zeit fieng der ſonſt recht-
ſchaffene Mann an zu faſeln, und gab in
ſeiner Faſeley vor, er ſey der König von
Polen, welchen Titel er auch jedesmal bey
ſeinem Nahmen ſetzte, ſo oft er dieſen in
Briefe oder Stammbücher zu ſchreiben hatte.
Dagegen war dieſer Mann ein eifriger Got-
tesverehrer, und fehlte nie beym Gottes-
dienſt, wo er ſich auch beſtändig ruhig bewieſen hat.

kein sie konnte durch nichts, auch nicht
durch die gütigsten Vorstellungen zum Gebrauch eines Arzneymittels gebracht werden. "Ich — so rief sie immer — ich
"Arzneyen gebrauchen? Ich bin so gesund
"wie ein Fisch; und den Teufel könnt ihr
"mit Medicin nicht vertreiben. Und wozu
"wollt ihr denn eine Here gesund machen.
"Den Tod habe ich verdient, und ster-
"ben will ich gern; aber verbrennt mich
"nur nicht, sondern richtet mich mit dem
"Schwerd. Ihr werdet sehen, wie gut
"es in der Welt seyn wird', wenn ich erst
"todt bin."

Nun konnte man die unglückliche Person auch nicht einmal zum Genus einer
Speise bewegen, sondern sie wünschte nichts
mehr als den Tod. Es beschlossen daher
die klugen Richter und der vortrefliche Arzt —
Gott lohne es ihren Herzen ewig! — die
Kranke, die nun schon einige Tage ohne
Nahrungsmittel zugebracht hatte, durch
eine besondere List zu gewinnen. Denn
an einem Abend wurde ihr gesagt, der
Scharfrichter sey da, um ihren Hals zu
befühlen und zu sehen, ob er mit einem gewöhnlichen Schwerd durchgehauen werden
könne. Bey dieser Nachricht sprang die
Patientinn bey aller ihrer Schwäche mit aus-
feror-

ßerordentlicher Freude von ihrem Lager auf,
und bat die ihr gegebene Wache, für sie
zu beten, weil sie selbst nicht beten dürfe.
"Nun," rief sie, und sezte sich auf ihre
Kniee — "nun sollt ihr sehen, wie gut es
"in der Welt seyn wird, wenn ich nicht
"mehr da bin." Zugleich wendete sie sich
zum vermeyntlichen Scharfrichter: "Hier!
sagte sie mit besondern Entzücken, "hier
"ist mein Kopf, hauen Sie zu!" — Der
Fremde befühlte den Hals mit scheinbarer
Geschäftigkeit, that aber den Ausspruch,
daß man ihn mit keinem Schwerd durch-
hauen könne, weil er durch das beständige
Zaubern so hart wie Stahl geworden sey,
und erst weich gemacht werden müsse.
"Ach kann denn das der Herr?" rief die
Kranke mit einem Tone voll Sehnsucht —
"O ja, wenn du einnehmen kannst," versezte der fürchterliche Mann. — "Ach von
"Herzen gern will ich einnehmen," schrie
die Kranke, "einnehmen, was Sie mir
"nur geben wollen, Herr Scharfrichter!"
Nicht leicht kann jemand williger zum Gebrauch der Arzneyen gewesen seyn, als diese bedauernswürdige Person. In der ihr
so süßen Hofnung, bald einen weichen Hals
zu bekommen, nahm sie alles mit Freuden,
was man ihr gab. Freylich befühlte sie

ihren

ihren Hals täglich unzähligemal, und gab
dabey der Wache und andern Personen zu
erkennen, wie gut es um die Welt stehen
werde, wenn dieser verhaßte Theil ihres
Körpers erst durchgehauen werden könne.
Kaum aber hatte sie 14 Tage die Vorschrif-
ten des Arztes — denn der vermeintliche
Scharfrichter war niemand anders, als der
liebe Arzt — gebraucht, als sie ruhigen
Schlaf und ihren Appetit bekam. Nun
wurde sie zu mäßiger Arbeit und Leibesbe-
wegung angehalten, und sie vergas endlich
bey fortgesetztem Gebrauche der Arzneymittel, Teufel, Zauberey und den stähler-
nen Hals, wünschte nicht mehr geköpft
zu werden, und alles vorhergegangene kam
ihr vor wie ein Traum. Man empfahl ihr
den fernern fleißigen Gebrauch der Arzneyen,
und schickte sie ihren Verwandten wieder
zu, mit der Ermahnung, dem besten Arzte
im Himmel vest zu vertrauen. Die Ge-
rettete, die, den Punkt ihrer Einbildung
ausgenommen, eine gute fromme Person
ist, fieng an fleißig zu arbeiten — und hat
sich, zum allgemeinen Erstaunen der Einwohner des Dorfs, drey Jahre her recht
wohl befunden. Allein jezt, da sie den
Gebrauch der Arzneymittel wieder aufgege-

ben

ben hat, bemächtigt sich ihrer eine beson=
dere Melancholie, und sie spricht in den
Anfällen derselben von allerhand Mordtha=
ten, die sie sich ungegründeter Weise schuld
giebt. Hoffentlich aber wird der geschickte
Herr Doktor Koch, der schon vor einigen
Jahren einen in Lauenan von einem tollen
Hunde gebissenen und bereits von der Waf=
serscheu befallenen Mann völlig geheilt
hat (*), auch hier Rath wissen.

6.

Eine Gespensterhistorie aus Spa,

aus dem Journale aller Journale, 3t B. 1786. p. 110.

Ein Mönch kam voriges Sommer nach
Spa, wo nebst ihm noch zwey holländische
Offiziere und andere seine Leute in einem
Gasthofe sich einlogirten. Die Frau in
demselben war gestorben, und der Witt=
wer führte mit seiner Tochter, die ein be=
lebtes und vernünftiges Mädchen war, die
nachgelaßne Wirthschaft. Auf einmal fieng
dies Mädchen an, sich über nächtliche Un=
ruhen zu beklagen. Ihr würden, sagte sie,
G 4   die

(*) S. Kalender fürs Landvolk v. Jahr 1784.
S. 331.

die Bett=Tücher abgezogen, wenn sie schlief,
und es fiel ihr dann, sie wüßte nicht was,
aufs Bett. Sie hätte geglaubt, es wäre
der Haushund, hätt' ihn geschmeichelt und
gedroht; als sie aber geglaubt, ihn mit ei=
nem ergriffenen Stocke zu vertreiben, wäre
plötzlich ihre Schlafkammer erleuchtet wor=
den, sie hätte sich für Angst ins Bett=Tuch
gewickelt, und dann sey es wieder wegge=
wesen. Wie sie dies Stückchen den näch=
sten Morgen erzählte, lachten einige Leute
sie aus, andere sagten, es sey ein Traum,
der Alp oder eine Katze gewesen. Man
spaßte so lange, bis sie endlich selbst dar=
über lachte. Doch kam in der folgenden
Nacht die Erscheinung wieder. Ein Schüt=
tern weckte sie, und auf einmal fühlte sie
eine Hand über ihrem Hals herstreichen, und
als sie solche zurückwehren wollte, ward
das ganze Bette erleuchtet. Sie fieng an
sich zu kreuzen und Ave Maria zu sprechen;
dadurch wurde die Helle vertheilt, aber der
Poltergeist blieb nach wie vor da, ward
immer freyer, und zulezt ungemein drin=
gend. Sie öfnete ihre schwachen Augen,
und erblikte am Bettgestell ein großes flam=
mendes Kreuz, woran unterwärts das
Wort: schweig! leserlich geschrieben stand.
Sie verkroch sich auf diesen Anblick tiefer
als

als je, sagte so viele Stoßgebetlein her,
als die Angst ihr eingab, und gelobte sich
allen ersinnlichen Heiligen. Weil sie so
tief untergedukt hatte, so sah sie nichts
und glaubte, daß diese Dunkelheit durch
ihr Gebet bewirkt worden wäre. Kaum
aber wickelte sie sich ein wenig wieder hervor, als sie ein gräßlich Gespenst
gewahr ward, das bis an die Decke reichte. Die Arme desselben waren, wie ein
Kreuz, ausgestrekt, und der Kopf schien
zu brennen. Es schien viele Hände zu
haben. Mit der einen hielt es einen Finger empor um ihr das Schreien zu verbie-
ten, mit der andern durchstörte es die Kis-
sen, und behielt bey alle dem doch die Gestalt
eines Kruzifixes. Die Griffe die es nach
ihr that, schienen nicht von einem himmlischen
Geist herzurühren, deswegen suchte sie
sich loßzuwinden, und schrie um Hülfe.
Zwey Damen die im Nebenzimmer lagen,
hörten sie rufen, und schickten ihre Frauen
hin, ihr beyzustehen. Als diese die Thüre
öfneten, sahen sie auch den Flammengeist,
der ihnen alsbald in einem feyerlichen Tone
zurief: Weg, oder Tod auf euch! Sie
entflohen, und niemand kam der Leidenden
zu Hülfe. Die Offiziere waren auf kurze
Zeit verreißet, und der Mönch wohnte im

G 5   Hin-

Hinterhause. Den Morgen aber ward
der Lärm groß. Die Damen wollten nicht
länger im Hause bleiben, aus Besorgniß,
auch dergleichen Umgang zu erfahren.

Der Wirth ward erboßt auf seine
Tochter, schalt sie ein tolles Sonntagskind,
und der Mönch sagte: es wäre wohl der=
gleichen sonst vorgefallen, und er habe selbst
so etwas zuweilen erfahren. Genug, die
Damen zogen aus, aber das Mädchen wollte
nicht länger allein schlafen. Sie nahm die
Magd mit sich zu Bette, und der Mönch
ging mit dem Vater vorher in die Kammer,
sagte eine lange Reihe Gebete her, und —
das flammende Krucifix erschien demunge=
achtet. Doch rührte die Hand diesmal
niemanden an, welches der Mönch den
folgenden Tag seinen kräftigen Gebeten zu=
schrieb. Der Vater wachte die Nacht dar=
auf selbst bey seiner Tochter, und der Geist
blieb nicht weg. Er machte sogar die feu=
rige Erscheinung noch schreckender als sonst.
Der Wirth lief zu dem Mönch, bat ihn,
mit ihm zu kommen, und wiewohl sich die=
ser entschuldigte, er habe sich schon halb
entkleidet, es schicke sich nicht, in ein Zim=
mer zu gehen, wo ein junges Mädchen
liege; der Vater nöthigte ihn aber so lan=
ge, bis er mitging. Anfangs schien er
sehr

sehr erschrocken über den Gegenstand, der zu sehen war, erholte sich aber bald wieder, und beschwor das Gespenst, sichtbarlich zu erscheinen. Dies geschah nicht, und diese Verweigerung deutete der Mönch auf seine heilige Kutte, deren Anblick den grimmigsten Teufel im Zaum halten müßte; er holte ein geweihtes Lichtchen hervor, und zündete es an. Sogleich verschwand das Gesicht, und das Mädchen kam wieder zu sich selbst. Da erzählte der Mönch ihr alle Wunderkräfte des heiligen Lichts, welches er auch den Vater sogleich auf die Treppe draußen hinsetzen hies, um einen Versuch anzustellen. Kaum war dies geschehen, als den Augenblick alle die Kreuze und Erleuchtungen wieder zum Vorschein kamen, und die Worte: Weg, ihr Ungeweihten! (Hence ye prophanes, procul este, profani) leserlich zu sehen waren. Der Mönch wollte sie auf den Vater, als einen Laien, deuten, ihn dazu bringen, aus dem Zimmer zu gehen; dieser aber erblickte einige Funken auf der Kleidung des Mönchs, welches ihm eine Art von weitem Verdacht einflößte. Genug, er verließ seine Tochter nicht. Auch ward er so vertraut mit dem Gespenst, daß er die Nacht über die Weihkerze einigemal hinein und heraustrug,

um

um die Luſt zu haben, den Teufel erſchei=
nen und verſchwinden zu ſehen.

Jezt kamen auch die holländiſchen Of=
fiziere wieder, und als ſie das ſeit ihrer Ab=
weſenheit vorgefallene Abentheuer hörten,
verſicherten ſie den Wirth, ſein Haus bald
von ſolchen Geſpenſtern zu ſäubern. Sie
brachten ihm zuerſt eine Verachtung ge=
gen allen Glauben an Erſcheinungen,
und dann einigen Argwohn gegen den
Mönch bey, und erboten ſich, ihm von
der Richtigkeit ihrer Behauptnngen hand=
greiflich zu vergewiſſern. Sie karteten
demnach unter einander ab, daß das Mäd=
chen in der Offiziere Zimmer gehe, der eine
von ihnen ſich an ihrer Stelle in der Kam=
mer zu Bette legen, und der andre mit
dem Wirth den Ausgang der Sache in der
Küche erwarten ſollte. Sie hielten alles
unter ſich geheim; ſelbſt das Mädchen muß=
te von nichts eher, als bis ſie der Verab=
redung gemäs, ſich heraus begeben muß=
te. Der Offizier legte ſich, und verlangte
zu ſehen, was vorfallen würde.

Zwey Stunden verſtrichen in aller
Stille; und der Offizier begann ſchon zu
denken, der Geiſt müſſe ſich vor ihm fürch=
ten, als die Kammerthür ſich leiſe öfnete.
Er ſtellte ſich tief eingeſchlafen, merkte,

es

es gehe in die Kammer, und wollte nach den
Bettüchern greifen, die er fest zusammen=
wickelte. Es ließ los, und jezt sah er un=
ter dem Tuche durch, und erblikte die gan=
ze Kammer in Feuer, nebst einem gräßli=
chen Gespenst, das Feuer und Dampf spie.
So gewöhnt zum Feuer die Holländer seyn,
und so schreckenlos er sich halten mochte,
entsezte er sich doch anfangs, und der Spuk,
dumpfe Worte murmelnd trat dem Bett
wieder nahe. Hier wartete der Feind die
Gelegenheit ab: und schlug ihm eine Schlin=
ge um dem Hals, von welcher er ein En=
de an der Bettpfoste bevestigt hatte, und
das andere zog er mit solcher Macht nach
sich, daß er das Gespenst niederwarf. Hier=
auf fiel er darüber her, und schwur es zu
erwürgen, wenn es nicht redete. Der Fall
desselben war schrecklicher als das Gespenst
selbst. Es krachte und knallte wie Don=
ner, Feuerfunken sprähten hervor, und
füllten das Gemach beym Verlöschen mit
Rauch. Der Offizier kam nicht aus sei=
ner Fassung, sondern pakte seinen Raub hart
bey der Kehle, weil er merkte, daß es ein
körperlicher Geist sey und zu entwischen streb=
te; vielmehr schrie er, er wäre stärker als
der Teufel. Zulezt kamen der Wirth und
der andre Holländer ihm mit Licht zu Hül=
fe,

fe, und erlößten den Geist von seinem Ueber=
winder. Aber wie hoch war ihr Erstau=
nen, als sie fanden, daß der halsstarrige
Poltergeist kein andrer war, als der Mönch
selbst! Er hatte den ganzen Handel ange=
stellt, um das Mädchen zu ängsten, und
seine Begierden endlich zu befriedigen;
und hätten nicht die Offiziere des Wirths
Wuth zurükgehalten, er hätte ihn zum
Opernheld, das heißt: einen zweyten Abae=
lard aus ihm gemacht. Der elende Mönch
bezeugte viel Reue über sein Verbrechen,
das er jedoch nur in der Einbildung began=
gen, da er durch die Vergeisterung Mühe
und Ruhe verloren hatte. Das Mittel,
wodurch er die Schelmstreiche spielte, be=
stand hauptsächlich in einigen Flaschen mit
Phosphorus von verschiedener Zubereitung.
Eine davon war während den Handgemen=
ge zerbrochen, und hatte ihm die rechte
Hand so verbrannt, daß sie fast unbrauch=
bar geworden ist. Man rief die Tochter
herein, deren Gegenwart er diesmal gewiß
nicht wünschte. Denn sobald sie den spaß=
lichen Geist in seiner nunigen Beschaffen=
heit ansichtig ward, verlor sie ihre Furcht,
zog einen Pantoffel aus, und zerklopfte ihm
die Ohren, daß es schallte.

Zwar

Zwar hätte dies Abentheuer berichtet und mit Bestrafung geendet seyn müssen; weil aber Spa unter Lüttischen Hirtenstabe steht: so darf der Gastwirth es nicht bekannt machen. Es ist gefährlich, Priester anzugreifen, wo sie Herren sind, und die Kapuziner sind dort zu Lande wichtige Leute. Nachdem der Mönch jede Art von Beschimpfung von Vater, Tochter und den Offizieren erlitten hatte, ließ er sich von ihnen rathen, aus der Stadt zu gehen; und nachdem er die Rechnung bezahlt, und einige Dukaten Pein und Schadengeld obendrein hingelegt hatte: zog er des Morgens in höchster Frühe von dannen an einen Landort, wo man seine Abentheuer wohl nicht erfahren wird.

7.

In den Beyträgen zur Geschichte der Schatzgräberey und anderer damit verknüpfter Vorurtheile wird p. 151. folgende Schatzgräbergeschichte erzählet: Als Schüler zu Halle wohnte ich bey Leuten, die durch ihre Wirthschaft zurückkamen, so, daß sie sich von Schülern ernähren mußten, die in ihrem Hause wohnten. Nun traf es sich

zu meiner Zeit, daß ein gewiſſer Taſchenſpie=
ler, der Wolf genannt wurde, ſich an dem
Orte einfand, nachdem er ehemals als Di=
rekteur einer Schauſpielergeſellſchaft herum=
gereißt, und auch hier bekannt war. Er
miethete ſich nebſt ſeiner Frau bey meinem
Wirthe ein, der um deſto weniger ein
Bedenken trug, ihn zu ſich zu nehmen, da
er ſchon ehemals bey ihm gewohnt, und ſich
redlich aufgeführt hatte. Die Tochter des
Hauſes wurde mit der Frau Wolf bald
bekannt, oder vielmehr erneuerte ſie die
ehemalige Bekanntſchaft, und fieng bey ei=
ner Taſſe Kaffee von ungefähr an, vom
Wahrſagen zu ſprechen: Die genannte Frau
antwortete ihr, daß ſie das Ding recht aus
dem Grunde verſtünde, aber keinen Ge=
brauch davon mache. Das neugierige
Mädchen drang ſo lange in ſie, bis ſie ſich
bewegen ließ, die Probe zu machen; wo
ihr denn endlich, nach anhaltendem Bitten,
viel ſchönes vorgeſagt wurde; als daß ſie
ſehr glücklich ſeyn könnte, wenn ihr Vater
nur wollte; und daß dies Glück nichts we=
niger ſey, als ein verborgner Schatz, der
auf denſelben wartete.

2. Jn

Die Neugierde des Mädchens war
mit einmahl gereizt, und die Einbildung
machte ihr allerhand Glücksbilder vor, die
ihr Vater ihr verschaffen könnte. Nun
war aber guter Rath theuer, wie man den
Vater bewegen sollte, daß er sich der Sache annähme. Doch die Mutter, die auch
mit ins Interesse gezogen ward, wußte
schon Mittel, ihren Mann von dem bevor-
stehenden Glücke zu benachrichtigen, und
ihn zu bitten, doch ja die Gelegenheit nicht
aus der Acht zu lassen, ihren verfallenen
Umständen wieder abzuhelfen.

Der Mann widersprach zwar lange,
aber endlich wurde er doch bewogen, in das
dringende Verlangen seiner Frau und Tochter zu willigen. Er sah seine zerrütteten
Umstände, sah, daß sie sich täglich ver-
schlimmerten: was war also anders zu thun,
als ein so leichtes Mittel, sich reich zu machen,
nicht vorbeygehen zu lassen. Er verlohr dabey auch gar seine Zweifel gegen die Möglichkeit, diese Aussage zur Erfüllung zu
bringen, weil seine Einbildung von Jugend
auf schon viel mit dergleichen Dingen zu
thun gehabt hatte. Kurz, er wünschte
längst sich auf eine so bequeme Weise aus
seiner Noth helfen zu können. Und jezt,
da es ihm so nahe gelegt, und er fast ge-

drun-

drangen ward, bedurfte es keiner grosen
Mühe, dieses als eine Schickung des
Himmels zu betrachten. Ueberdies erinnerte
er sich einer Prophezeihung von einer Zie-
geunerin, daß er in seinem 54sten Jahre einen großen Schatz finden würde. Da nun
gerade das Alter, worin er sich jtzt befand,
sein 54stes Jahr machte; so konnte nichts
deutlicher, als dieser Wink seyn, und so
würden Anstalten getroffen, bey denen die
Frau Wolf ihr Spiel sehr geschickt zu lenken
und sich bey allem so uneigennützig zu betragen wußte, daß sie nicht einmal die freye
Wohnung annahm, die ihr mein Wirth
anbot, um ihr seine Erkenntlichkeit zu bezeugen. Dadurch gewann sie denn ganz das
Zutrauen dieser guten Leute. Hierauf
machte sie ihnen bekannt, daß der Schatz
zwar in 6 Monaten könne gehoben werden;
da sie aber unmöglich so lange hier ver-
weilen könnte! so bestimmte sie zugleich Tag
und Stunde, an welchen sie wieder zurück-
käme, nnd das Fehlende ins Werk richten
wollte. Um zum voraus den Geist, der
das Geld bewachte, davon zu benachrichtigen
und wegzubringen, machte sie folgende
Anstalt: Der Mann mußte vor Sonnen-
aufgang von dem Orte, wo der Schatz
sollte gehoben werden, drey Hände voll Er-

de

de im Namen der heil. Dreyeinigkeit, als:
dann eben so viel von ihren Gräbern mit eben
der Ceremonie zählen. Nun musten einige
hundert Thaler Geld angeschaft werden,
welches aber kein erborgtes seyn durfte.
Dies war ein harter Umstand, und hätte
bald die ganze Sache verdorben. Hundert
Thaler war für meinen Wirth eine Summe,
die er aus seinen Mitteln nicht gleich baar
herzugeben hatte. Doch es traf sich, daß
einige von den Schülern ihr Kostgeld bezal:
ten, und da gieng es denn gut. Dieses Geld
nebst der Erde und andern Dingen wurde
unter allerhand geheimnißvollen Formeln
in den Keller gegraben. Von hier an waren
die Köpfe dieser unglücklichen Familie ver:
wirrt, sie träumten von nichts als von ihrem
Schatze, und sahen sich schon in Gedanken
auf dem Gipfel des Glücks. Alle ihre Ge:
schäfte lagen, oder wurden wenigstens sehr
schläfrig betrieben. Sie ließen mehr in ih:
rer Haushaltung drauf gehen, und achteten
kleine Vortheile gar nicht mehr. Die Toch:
ter, deren Kopf vorzüglich von diesem Hirn:
gespinste schwindlicht geworden war, hatte
einen rechtschaffenen Jüngling zum Freyer;
jezt aber war der nicht mehr nach ihrem Ge:
schmack. Das Weib hatte ihr ganz andre vor:
nehme und reiche Parthien in den Kopf ge:

H 2   sezt.

setzt. Um jenen also los zu werden, wurden auch wieder magische Mittel gebraucht. Sie mußte ihre Ringe, Ohrgehänge und andre Dinge von Werth, die sie besaß, der Frau Wolf, ohne ihrer Aeltern Vorwissen, überliefern. Frau Wolf verschloß sie ebenfalls mit geheimnißvollen Formeln in eine Schachtel, und setzte sie hin, um sie bis zu fernern Operationen zu bewahren.

Als nun alles so weit in Richtigkeit war, reisete die saubere Wolf unter vielen Thränen der armen betrogenen Familie ab. Diese zählte Wochen und Tage, bis der erwünschte anbrechen würde, der sie aus aller ihrer Verlegenheit reißen sollte. Sie hatten sich größtentheils vom Gelde entblößt, womit sie ihre Haushaltung hatten fortführen sollen; und was war nun unvermeidlicher, als daß sie Schulden machten? Dies thaten sie auch ohne Bedenken, weil sie sie bald zu bezahlen hofften. Die Zeit näherte sich, um die die Frau Wolf zurück zu kommen versprochen hatte; aber es war immer nichts von ihr zu hören. Jetzt fiengen sie zwar an, unruhig zu werden, doch wähnten sie nichts weniger, als daß vielleicht Betrug dahinter stecke; denn sie glaubten das eingegrabene Geld noch in ihrem Keller zu besitzen. Als endlich auch der

Tag

Tag herankam, an welchem der Schatz
hätte sollen gehoben werden, stieg die Erwartung aufs höchste. Aber auch noch erschien keine Wolf. Sie giengen zur ange-
sezten Stunde an den Ort des versprochenen
Schatzes, aber da war weder Schatz noch
Frau zu sehen. Nachdem sie die ganze
Nacht unter erschrecklicher Angst vergebens
zugebracht hatten, kamen sie niedergeschla-
gen zurück. Sie trösteten sich jedoch unter einander mit dem Glücke, daß sie nichts
eingebüßt hätten, konnten auch nicht begreifen, was Frau Wolf dabey haben
könnte, sie anzuführen. Allein bald sahen
sie ihr Unglück ganz. Sie kommen zu
Hause — öfnen in ihrem Keller den Beutel — und finden — nichts. Nun gieng
das Wehklagen an. Die Töchter, die mit
großer Erwartung ihre Schachtel öfnete,
sank in Ohnmacht, als sie statt ihrer köst-
lichen Sachen einen zerbrochenen Hemder-
knopf erblickte. In diesem Zustande traf
ich sie an, wodurch ich denn auch nächst
die ganze Geschichte erfuhr.

3.

Berichtigte Erzählung eines schon im Kirchenboten erwähnten Hexerey-Betrugs in Diepurg von Herrn D. Marschal, Aus Pyls neuem Magazin für die gerichtliche Arzneykunde und medizinische Polizey. 1r Band, 2t St. pag. 350.

Joseph Salms, Unterthan und Einwohner des Fürstl. Ysenburgischen katholischen Dorfs Münster, nicht weit von dem freyherrlichen von Großschlagschen Städtchen Diepurg, schickte seine beyden Kinder, einen Buben von eilf Jahren, Namens Michael, und eine Tochter, Anna Barbara, die einige Jahre jünger ist, um Johannis 1779 ins Feld, um für sein Vieh Futter zu suchen. Die Kinder kamen zu einem Kleeacker, wo der Bube auf Zureden seiner Schwester eine Hand voll Klee abschneidet, und der Schwester in den Korb leget. Die Ehefrau des Johann Adam Barts, eine Tochter des Ackerbesitzers, kommt dazu, und schlägt mit der in der Hand haltenden Sichel den Knaben zu wiederhohltenmalen auf den Rücken, und soll dabey in die Worte ausgebrochen seyn: Ich schlage dir zwanzig Teufel in den Leib,

und

und dieselbe nicht wieder in Kirche und
Schule kommen, bis du zwanzig Jahr alt
bist. — — — — — — — —
NB. Die Bartin hat diesen Theil der
Inquisition immer auf das standhafteste
geläugnet. Beyde Kinder verschwiegen,
weil der Vater vorgiebt, diesen Vorfall,
aus Furcht, aufs neue gestraft zu werden,
und so gar auch sechs Zeugen, die das Schlagen mit angesehen haben, schwiegen. Indessen fängt der Bube nach einiger Zeit
an zu kränkeln, doch so, daß er in den besten Tagen noch in die Schule geht, bis er
gegen Weihnachten völlig liegen bleibt.
Nun empfieng er das heilige Oel vom Pfarrer des Orts, und unmittelbar darauf bra-
chen die ersten Verdrehungen des Körpers
aus, er wurde krumm, stark u. dergl. und
der Teufel erschien ihm zum erstenmal,
ohne daß er wußte, er sey behext. Diese
Verdrehungen bringen den Pfarrer und die
Aeltern auf den Verdacht, daß hier etwas
Uebernatürliches im Spiele sey. Ein geweihtes Oel wurde dem Kranken eingewun-
gen, und die Krankheit verschlimmerte sich.
Noch wußte der Knabe nichts von Bezauberung, hatte auch die vor mehr als sechs
Monaten empfangenen Schläge, und was
dazu gehört, völlig vergessen. Man be-

H 4   suchte

suchte der beym alten Pfarrer des Orts
kaplanirende Kapuziner aus dem Diepür-
ger Kloster den Knaben , entdeckte dem
Vater , daß der Knabe wäre geschlagen
worden, machte diese Schläge verdächtig,
ließ aus dem Kloster zu Diepurg Hexen-
pulver holen, beräucherte damit den Knaben, erklärte, er sey behext, und schickte
des Knaben Mutter zu der Bartinn, welche
von ihr mit folgenden Worten angeredet
ward: Ich stecke in einem großen Kreuz,
Nachbar Bartinn, helft mir doch. Diese
antwortete: Ich weiß nicht, womit ich
euch helfen soll. Kraut hab ich, das will
ich euch geben. Die Mutter versetzte: Ich
habe den Jungen nicht mit hergenommen,
und gieng fort.

Nun gabs lärmen im Dorfe. Die
Bartinn wurde allgemein für eine Hexe gehalten, also, daß ihr Ehemann bey dem
Schulzen des Dorfs gegen Joseph Salus
förmlich klagte. Dieser behauptete: des
Klägers Frau habe seinen Sohn behext,
der Kapuziner habe seine Frau zu des Klägers Frau geschickt, er habe es mit der
Geistlichkeit angefangen, die möge es auch
ausführen: Diese Klaghandlung wird vom
Schulzen den 6. März 1780 an das fürstli-
liche Amt eingeschickt.

Mit

Mit dem Beräuchern wußte und glaubte der Knabe seine Behexung, erzählte die
Umstände der empfangenen Schläge mit
den dabey ausgesprochenen Worten; und
behauptete: die Hexe erschiene und miß-
handelte ihn, brächte die Teufel, und
steckte sie ihm in die Hals u. s. w.

Der Kapuziner überlas ihn neunmal,
sagte: Er wollte ihm gerne mit seinem
Blute helfen, dürfe aber nicht. Wenn
der Diepurger Pfarrer nicht wäre, so wollte er ihn vor Tage zu sich nehmen, und bis
es Tag wäre, gesund machen. Weil aber
der Diepurger Pfarrer einen Tumult mache, so würde dieser auf Mainz schreiben,
und dann würde ihm verboten, Messe zu
lesen.

Nun wendete sich der Vater wiederholten-
malen an das Generalvikariat zu Mainz,
um die Erlaubniß zu erhalten, geistliche
Mittel gebrauchen zu dürfen, es ward ihm
aber jedesmal abgeschlagen. Indessen ver-
sammelten sich sonderlich Sonntags eine
Menge Leute bey dem Knaben, theils um
das Handthieren und Verdrehen desselben
anzusehen, theils um sich seine Bezauberung erzählen zu lassen, und gaben dann
Allmosen, wovon der Knabe drey Messen
lesen ließ. Er würde mehrera haben lesen

laſſen, wenn nicht der Teufel ihm immer
von ſeinen 25 Kreußern ſo viel genommen
hätte, daß er Morgens nur 15 hätte, bis
der Vater nach Mainz gieng, ſo blieb das
Geld bey einander. Da bey dem Vikariat nichts auszurichten war, wendete ſich
der Vater an ſeine ordentliche Obrigkeit,
erzählte das Faktum der Länge nach, und
bat theils um Unterſuchung deſſelben und
der Umſtände des Patienten, theils um die
Erlaubniß, daß die Herren Geiſtlichen die
Kur an ihm machen dürften; denn dieſe
dächten zu helfen, dürftens aber nicht ohne
Erlaubniß. Auf dieſes Geſuch erhielt er
Befehl, ſeinen Knaben hier nach Oſten-
bach in das Lutheriſche Armenhaus zu bringen, wo er verpflegt und von mir in die
Kur genommen werden ſollte. Am 12.
May brachte er dieſen Befehl gemäs ſeinen Knaben hierher, wiewohl in der feſten
Zuverſicht nicht nur, daß er nicht geheilt werden, ſondern das wir uns vielmehr auf das ge-
ſchwindeſte von demſelben wieder loszuma-
chen ſuchen würden. Er hatte eine neue Bitt-
ſchrift an das Vikariat bey ſich, unterſtüßt
mit einem nichtsbezeugenden Zeugniß des
Phyſikus von Seeligenſtadt und noch 2
Zeugniſſe von Aerzten, daß aus dem Urin
die Krankheit nicht zu erkennen wäre —
und

und hofte nun noch auch ein Aehnliches von
mir zu bekommen, womit er sich alsdann
schmeichelte, das Vikariat zur Bewilligung
zu bewegen. Es war um zwey Uhr Nachmittags, als der Bube auf einem Schub-
karrn kam. Er konnte auf keinem Beine
stehen, und schlenkerte beyde in der Form
eines stumpfen Winkels beym Tragen hin
und wieder, so, daß sie ohne alle Kraft
und völlig gelähmt zu seyn schienen. Man
setzte den Patienten auf einem Stuhl. Der
lutherische Oberpfarrer, Herr Vollmüller,
setze sich vor ihm hin, um vielleicht bey der
Unterredung mit ihm aus den Gesichtszü-
gen etwas zu entdecken, daß vorläufige
Verrichtungen hätte bekräftigen können.

Man hielt vor der Hand nicht rathsam, Hexereyen geradezu zu läugnen,
sondern versicherte den Buben nur überhaupt, daß er in diesem Hause gesund
werden würde, denn über diesem Hause
wache Jesus Christus, der die Werke des
Teufels zerstöhre, und der gewiß keiner
Herre Gewalt über ihn lasse. Der gegen-
wärtige Vater des Patienten sagte, daß
Gott aus besondern Ursachen solches doch
zulassen könnte, und würde man es hier
wohl gewahr werden. Der Bube selbst
aber weißsagte, daß um 3 Uhr die Herr
und

unfehlbar kommen und ihn schlagen würde; denn das habe sie ihm schon auf dem Wege angedeutet, und dabey würde sie bestimmen, was er 1) essen dürfe. 2) wie er liegen müsse und 3) wenn sie wieder zu seiner Plage kommen würde.

In der ganzen Unterredung mit dem Geistlichen behauptete der Bube alle von seinem Vater in seiner Vorstellung an das Amt gemachten Bemerkungen von dem, was ihm bey jeder Erscheinung der Here begegne, und konnte durch alle Fragen noch keines Widerspruchs auch im mindesten schuldig gemacht werden. Unter andern sagte ihm der Herr Oberpfarrer: Wenn die Here denn ja kommen soll: so muß ich sie, da ich Augen habe, wie du, doch auch sehen. Nein, versetzte er, Herr Pfarrer, er kann sie nicht sehen, sie ist unsichtbar, kommt erst wie eine Mücke vors Fenster, kriecht durch die Ritzen, wird hernach größer, und es hängen ihr viele Teufel aus dem Hintern, damit stopft sie mir das Maul zu.

Alles in der vollkommensten Uebereinstimmung mit dem, was der Vater gesagt hatte.

Jetzt schlug die Glocke 3, mit dem Schlage sahe der Bube mit schnellen furchtsamen Blicken um sich und schrie: Da

kommt

kommt sie! Der Kopf wurde starr, in die
Höhe gerichtet, die Augen waren mit stei-
fem Blick auf die obere Decke der Stube
geheftet. Der Mund that sich so weit auf
als möglich, und blieb unbeweglich offen
stehen; die Hände waren erstarrt, und die
Finger alle krumm eingebogen, doch nicht
so ganz unbiegsam, wie bey einem, der die
fallende Krankheit hat, und die Daumen
einschlägt. Man konnte sie mit Gewalt
strecken. Mit den Füßen machte er konvul-
sivischscheinende Bewegungen. Er mußte
dabey, wie begreiflich, auf dem Stuhle sitzend gehalten werden.

So lange dieser Anfall dauerte, und das
war ungefähr sechs Minuten, machte der
Herr Oberpfarrer, da ich noch nicht da
war, einige Versuche, ob äußere Erschüt-
terungen in dem Zustande des Patienten
einige der Vermuthung entsprechende Ver-
änderungen hervorbringen könnten. Er
klatscht stark vor den offenen starren Augen
des Patienten — er stampfte dicht vor
demselben einigemal mit aller Macht auf
den Boden, und schlug mit geballter Faust
aus allen Kräften an die hohle Deckenwand,
an der der Patient dichte saß: allein, so heftig
auch der Schlag, und so erschütternd und
schreckend die Wirkung für den, der es nicht
vorher

vorher geſeßen, war, ſo konnte man dabey
an ihm nicht die allermindeſte Veränderung
in dem, was wir jezt Paroxismus nennen
müſſen, wahrnehmen. Der Patient hohlte
nach ungefähr einer Minute auf dieſe
Operation einigemal tief Odem, und freng
von ſelbſt im vortgen Ton zu erzählen an:
Die Heye wolle zwiſchen fünf und ſechs
Uhr wiederkommen — ihm alsdann ſagen, was er eſſen dürfe und ob er in einem
Bette liegen könne oder nicht. — Nach
einer Unterredung mit Vater und Sohn,
welche immer nur dahin zielte, um nöthi-
ge Entdeckungen zu machen, und bey der
man ſich nicht geradezu äuſſern durfte, als
glaubte man keine Hexerey, fiel der Bube
in einen neuen Paroxismus. Der Vater
fieng ſogleich an: Jezt werden Sie erſt
Dinge ſehen. Die Hexe hat ihm befohlen, ſich nicht auf die Erde zu legen —
der Junge ſaß noch auf dem Stuhle —
die vorige Erſcheinung war wieder völlig
da. Nun wurde der Bube auf eine auf
die Erde ausgebreitete wollene Decke gelegt.
Es war dem Geiſtlichen und einigen dabey
anweſenden Zuſchauern ſchaudern, daß
eintraf, was der Vater geſagt hatte: Jezt
werden Sie erſt Dinge ſehen.

Der

Der Bube fieng an, sich mit dem
Kopf, Ober- und Unterleib nach beyden
Seiten mit einer unbegreiflichen Geschwindigkeit zu wälzen; — die Bewegung war
ausserordentlich schnell. Die Augen standen dabey offen und starr im Kopf. —
Der Mund weit aufgerissen. Die Zunge
in steter schneller Bewegung, wie die Zunge eines Hundes, der vom Jagen erhitzt ist.
Die Stimme, welche er anfänglich während dieser Bewegung von sich gab, war
einem unverständlichen Lallen ähnlich, hielt
aber dessen ungeachtet einerley Modulation.
Beyde Arme waren mit in voller schleu-
dernden Bewegung, und dem beständigen
Umwälzen des Körpers gemäs; die Finger
aber vorne starr und hakenförmig eingeschlagen — nur mit Zwang konnte man
sie gerade machen. Deutlich sahe man,
daß durch den elastischen Aufstos des Hintern auf die Erde, die sonst fortwährend
einförmig bleibende Bewegungen des Körpers größtentheils mit bewirkt wurden.

Nach ungefähr sechs bis acht Minuten änderte sich der Mechanismus dir so
weit, daß die oben angeführten Bewegungen des Kopfs und des Körpers etwas
schwächer und läßiger zu werden anfiengen;
dahingegen die Hände und Zunge heftiger
arbeiteten. Man hörte in einer Reihe fort

aller-

allerley Thierstimmen. Die Stimme einer
Ente, das Quaken eines Frosches, das
Schreyen einer Eule rc. Jedes dauerte
eine oder mehrere Minuten mit der größten
Heftigkeit, so, daß sich aus den benachbarten Häusern eine Menge Menschen um das
Haus versammelte; welche man aber nicht
in die Stube lassen konnte; der nahe dabey wohnende reformirte Geistliche Ewald
ausgenommen, welchen man einließ. Dieser glaubte beym Eintritt in die Stube, daß
der Knabe eine kleine Bewegung mit den
Augen nach ihm gemacht, auch hernach
heftiger zu arbeiten und zu singen angefangen habe.

Die letzte Veränderung, die er mit der
Stimme machte, bestand nämlich in einer
Art von Melodie, die er lallend und mit
heftigem Stoßen der Zunge hersang, und
mit den Armen und immer hakenförmig
eingekrümmten Fingern, gleichwie ein auf
dem Rücken liegender Vogel mit den Flügeln zuthun pflegt, schnell zusammenschlug.
Das Zusammenschlagen traf mit dem Gesang völlig überein, wie ein Takt, den ein
Musikus zu der Musik schlägt.

Gerade jetzt trat ich in die Stube, und
nachdem ich diesem Spiele einige Augenblik-
ke zugesehen, untersuchte ich den Puls,
welchen

welchen ich bey alledem sehr natürlich, nur
etwas weniges treibend fand, wie es auch
bey einer so heftigen und anhaltenden Bewegung nicht anders seyn konnte. Die
gekrümmten Finger ließen sich ohne sonder-
liche Gewalt strecken, eben so auch die Füße mit Anwendung der natürlich nöthigen
Kraft. Die Augen waren offen, starr
und trübe. Das Gesicht roth und voll
Schweis; der Unterleib weder aufgetrie-
ben noch gespannt.

Nachdem ich mich nach diesen vorläu-
figen Untersuchungen einige Minuten neben
den Knaben gesetzt, um den weitern Gang
des Spiels zu beobachten, entdeckte ich zuerst, daß, so starr auch die Augen zu seyn schienen, er mit denselben doch manchmal blinz-
te, wenn man unvermuthet die Bewegung
machte, als wollte man in dieselbe schlagen.
Doch ließ er sich in seinen übrigen Bewegungen nicht aus der Ordnung bringen. Als
ich hierdurch von der Gegenwart des Gesichts nicht nur, sondern auch von der see-
lischen Empfindung überzeugt zu seyn glaubte; so wollte ich durch Drohen einen Versuch machen, ob er höre und verstehe. Ich
lief nach Licht und Siegellack, womit ich die
Hexe verbrennen wollte. Dies schien aber
keinen Eindruck auf ihn zu machen, und er

fuhr in seinen Grimaſſen ununterbrochen
fort. — Als mir ein Licht und Siegellack
gebracht worden, ließ ich ihm einen Tropf-
fen geſchmolzen Siegellack auf die Stirne
zwiſchen den Augen fallen; alsbald wurde
er aus dem Syſtem ſeiner Bewegungen
herausgebracht, und ſchrie zu wiederholten-
malen: Herr Jeſus! Vater! Vater! Ach
Herr Jeſus! Als der erſte Schmerz vorbey war, ſo ſuchte er ſeine Bewegungen
wiederum in den Gang zu bringen. Hier
ließ ich ihm geſchwind noch einige Tropfen
nacheinander auf die Stirn fallen, und
ſo war der ganze Paroxismus aufgelößt,
an deſſen Statt ein lautes Geheul über den
Schmerz erfolgte. Der Vater rief: Das
ſey keine Kunſt, wir wollten dem Buben die Natur zerſtöhren. Dieſes war
nun der erſte und letzte eigentliche Paroxismus.

Nach dieſer Operation ward der Knabe dem Krankenwärter übergeben, mit dem
Befehl, denſelben nicht aus den Augen zu
laſſen, alle merkwürdige Reden und Umſtände ſogleich aufzuſchreiben, und bey jedem
Ausbruch eines Anfalles das Brennen zu
wiederhohlen, — über welches alles der
Herr Oberpfarrer die genaueſte Aufſicht
übernahm. Nun folgten zwar dieſen und
den

den folgenden Tag noch öftere kleine Anfäl-
le, von welchen einigen er die Zeit voraus-
sagte, von den übrigen nur unbestimmt an-
gab: alle aber waren so kurz, daß man
niemals weiter zum Brennen kommen konnte.
Jedesmal nach dem Anfall, auch nach dem
allerkürzesten, erzählte er, was ihm die Here
gesagt habe; z. E. wir möchten immerhin
brennen, ihn am Hintern brennen, sie könne
das Brennen so gut vertragen, als das Räuchern, sie werde dem ungeachtet ihren Schwur
nicht aufheben, sie wollte ihn unsichtbar plagen, sie wisse nicht, wenn sie wiederkommen
könne u. s. w. Sie hatte ihm immer noch
bestimmt, was er essen sollte, bis hieher
hatte man ihn nicht dazu bewegen können,
etwas von Speise zu sich zu nehmen, was
ihm, wie er sagte, nicht erlaubt wäre.
Am andern Tage aber, gegen 4 Uhr Morgens, versicherte er nach einem ähnlichen,
aber sehr schwachen und kurzen Anfall: die
Here habe ihm nunmehr alles zu essen erlaubt. Von diesem Zeitpunkt an rechnete
der Vater, wie er sich gegen den Krankenwärter geäußert hatte, daß der Geistliche
den Teufel und die Here bezwungen haben
müsse: denn das sey dem Kinde seit seiner
Krankheit noch nicht ein einzigmal erlaubt
worden. Zwischen den Anfällen war er

mun-

munter, aß und trank, spielte, schrieb und
zeigte für sein Alter und Erziehung viel
Verstand. Er hatte eine große Fertigkeit,
auf allen Vieren mit großer Geschwindigkeit zu laufen, auf und abzusteigen u. s. w.
Der Herr Oberpfarrer machte verschiedene
kräftige Versuche, ihn durch große Ueber-
raschungen, sich seiner vergessen, und diese genannte Stellung verlassen zu machen,
aber der Knabe blieb sich durchaus treu.

Nun war nur noch zu untersuchen, ob
die vorgegebene Lähmung der Beine wahr
oder falsch sey. Wenn man ihn von Stuhle aufhob, so zog er die Beine, die er aus-
strecken konnte wenn er saß, gegen den
Hintern mit aller Kraft, die er hatte, die
Schenkel aber ließ er schlottern. Zu dieser
Untersuchung wurde Samstags den 13ten
Nachmittags 4 Uhr geschritten. Ich ließ
ihn nämlich durch den Krankenwärter unter
den Achseln gerade in die Höhe halten und
suchte die hinterwärts gezogenen Beine mit
aller Kraft vorwärts und mit den Schenkeln in gerader Linie zu bringen, welches
mir denn auch mit Hülfe des Herrn Ober-
pfarrers in so weit glückte, daß ich die Füße auf die Erde brachte; wobey aber der
Knabe unter beständigem Heulen immer in
die Knie sinken wollte; als ich ihm aber
mit

mit angezündetem Siegellak beyde Knie zu
brennen drohete: so fieng er an, die Zu=
sammenziehung immer mehr zu vermindern,
wobey er immer furchtsam nach den Fen=
stern gukte, und auf einmal sagte: Die He=
re wolle zum Fenster herein, könne aber
nicht, und habe geschrien, sie müsse ihn ge=
hen lassen. Von nun an führte ich ihn mit
Hülfe des Krankenwärters in der Stube
herum, und als ihm der Herr Oberpfarrer
ein Sechskreuzerstück mit dem Versprechen
zeigte, wenn er fortschreiten würde, sollte
ers erhälten; so gieng er vom Krankenwär=
ter allein unterstüzt, etlichemal in der Stu=
be herum. Ich zeigte ihm darauf ein
Sechskreuzerstück — und unter dem näm=
lichen Versprechen gieng er herum ohne an=
dere Stütze, als daß er sich an der Hand
des Gefangenwärters hielte. Mit diesem
Erfolg zufrieden, begab ich mich mit dem
Herrn Oberpfarrer in die Kirche, in wel=
cher Probemusik war. Kaum aber waren
wir daselbst, so kam der Knabe aus eige=
nem Trieb in die Kirche, indem er sich nur
an einem Finger des Wärters hielt, stieg
auch sogar ohne alle Mühe die Orgeltreppe
hinauf. Sonntags, den 14ten gieng er
ganz allein und ohne irgend eine Stütze
herum, nachdem er vorher etlichemal mit

J 3　　　　　Hül=

Hülfe eines Stocks herumgegangen war,
Seit dieser Zeit ist der Knabe in aller Absicht gesund — ist's auch geblieben und gesund nach Hause gereist.

Vor seiner Abreise wurde er noch einmal protokolariter über den Anfang und
Fortgang der ganzen Geschichte weitläuftig
vernommen, da er denn alle die Umstände
erzählte, die ich gleich vorne, um die Ge-
schichtsfolge nicht zu unterbrechen, angeführt habe. Es wurde aber noch eine har-
te Probe mit ihm vorgenommen, wodurch
man zu erfahren suchte, ob er bona vel ma-
la fide gehandelt habe.

Man befahl ihm nämlich bey bren-
nendem Licht und Siegellak ernstlich und
drohend, er sollte jezt die nämlichen Bewegungen noch einmal und von freyen
Stücken machen! Er behauptete aber standhaft, er könne von allen denen gemachten
Bewegungen keine mehr, weil der Teufel
nicht mehr in ihm sey.

Es wurde aber dennoch in ihn gedrun-
gen, er muste sich auf die Erde legen, man
kommandirte, was er machen sollte. Erinnern konnte er sich noch aller Bewegungen,
fieng auch aus Furcht gebrannt zu werden
an; allein alles bey weitem nicht mit der
Fertigkeit, Schwung, Anstaunung, Schnell-
kraft,

kraft, wie im Paroxismus. Man sahe
deutlich, daß es ein erzwungenes Nachah=
men war. Man brannte dessenungeachtet
ein einzigmal gelinde. Es trat ihm Angst=
schweis aus, wobey er nach dem Fenster
sahe, und betheuerte, die Hexe sey da und
wolle ihm die Melodie lehren, die er singen
sollte, er könne es aber nicht. Hierauf
ließ mans dabey bewenden.

Ich habe mich sorgfältig alles Urteils
über die spielenden Personen enthalten,
und führe nur noch zum Schluß einige
Stellen aus der an das Amt erlassenen
fürstlichen Regierungsresolution an.

— — ist nun ganz begreiflich zu
schließen, daß der ganze Auftritt, der so
viel Lärm gemacht hat, eine verstellte Be=
trügerey in der That zum Grunde hat,
und sehr wahrscheinlich, daß der dort
hinkömmende Kapuziner die Veranlas=
sung dazu gegeben, und den alten Sal=
mes mit ins Spiel gezogen.

— — Dahingegen ist desto grö=
ßere Vorsicht zu gebrauchen, daß das Spiel
der Betrügerey nicht wieder angestellt wer=
den möge, zumal der Vater sich verlauten
lassen, in Ofenbach sey zwar die Hexe weg
in Münster aber sorge er, werde sie wie=
derkommen und den Knaben plagen. In

J 3 Ge

Gefolg deſſen wird H. A. aufgetragen, dem Joſeph Salmes bekannt zu machen:

— — daß man gewiß ſey, daß wenn der Knabe wieder in dergleichen Bewegungen geſetzt würde, ſolches durch gottloſe natürliche Mittel ohne Hexerey geſchehe, man von ihm, dem Vater, ſolches fordern, ihm bey ſcharfer Strafe verboten würde, den Knaben weder allein, noch mit andern zu dem Kapuziner zu laſſen.

— — Dem Pfarrer Poſt zu Münſter, als einem vernünftigen, redlichen, chriſtlichen Mann an Hand zu geben, daß er veranlaßte, daß der Kapuziner nicht mehr nach Münſter, als ſeine Parochie käme, und den Knaben oder deſſen Eltern beſuchen dürfe, ſonſten man die Entdeckungen auf Mainz kommuniziren dürfe ꝛc. Ofenbach am 21. März 1783

D. Marſchall

9.

Im 14ten Stück des hallischen Wochen=
blatts zum Besten der Armen, das von einer
dasigen Gesellschaft berühmter Gelehrten her=
ausgegeben wird, erzählt man folgende Schatz=
gräber=Geschichte, die in der Stadt Eis=
leben vorgefallen ist:

Der Sattler Striedike hatte schon vor
sieben oder acht Jahren einen Mansfeldi=
schen Landprediger, der übrigens ein sehr
braver Mann ist, zu überreden gewußt,
ihn zur Hebung eines Schatzes zu unter=
stützen; und der gute Pastor hatte seinen
Heldenglauben durch einen Verlust von
180 Thaler, und durch einen scharfen Ver=
weis, den er vom fürstlichen Konsistorio
erhielt, büßen müssen. Striedike aber hör=
te dennoch nicht auf zu behaupten, daß ihm
ein Schatz bestimmt sey, und kurze Zeit
vor Weihnachten 1785 verbreitete sich auf
einmal das Gerüchte, daß er ihn nun ge=
funden habe. Vernünftige Leute lachten
zwar darüber, da aber doch Striedike sich
und seine Frau kleidete, verschiedene Meu=
bels anschafte, und weit besser zu leben
anfieng, als er bisher gekonnt hatte, so

J 5 machte

machte das die Obrigkeit aufmerksam.
Mehrere geheime Nachforschungen wußte
er durch das Vorgeben einer aus der Ferne
erhaltenen Erbschaft zu vereiteln; eine
Wittwe aber, die er, weil sie nicht bezahlen können, aus seinem Hause trieb, ver-
rieth das ganze Geheimnis. Sie sagte
auf dem Rathhause aus: In ihrer innge-
habten Stube sey, wenn man ein Bret des
Fusbodens aufhebe, eine Oefnung, durch
die man den darunter liegenden Keller des
Striedike übersehen könne. Gegen Weihnachten habe sie einmal viele Personen darinnen gesehen, unter denen sie nur Striediken, seine Frau und einen Windmüller
aus der Neustadt habe erkennen können,
die andern wären verkleidet gewesen, einer
als ein Teufel, ein andrer als ein Geist,
ein dritter als ein Mönch u. s. w. Es sey
ein Kreis geschlossen worden, und nach
vielen Zeremonien habe man angefangen,
mit Schaufeln die Erde aufzuwerfen, wodurch man auf einen Kasten gekommen sey,
den man nur mit vieler Mühe habe heraus-
heben können. Während Hebens habe
der verkleidete Teufel so entsetzlich gebrüllt,
daß ihr selbst Angst geworden sey. Man
habe den Kasten nur einen Augenblick geöfnet, da alles wie Gold und Silber ge-
glänzt

glänzt habe; dann habe man ihn gleich
wieder verschlossen, und mit mehreren Pet=
schaften versiegelt zum Windmüller in die
Neustadt geschaft. Von dem Tage an
habe sich das Wohlleben des Striedikens
angefangen. — Nun ließ der Magistrat
Striediken und seine Frau, und nachher
noch einige andre Personen einziehen, wo=
durch die eigentliche Bewandnis der Sache
an den Tag gekommen ist. Striedike hatte
erfahren, daß der Windmüller einiges Geld
liegen habe, und das war eigentlich der
Schatz, den er heben wollte. Er geht in
der Gegend der Windmühle in erkünsteltem
Tiefsinne auf und ab. Der Müller ruft
ihn an, ob er sich verirrt habe? und was
ihm anwandle? Striedike stellt sich, als
wenn er aus seinem Tiefsinne plötzlich auf=
führe, sieht den Müller mit starrem Blicke
und mit einem vielversprechendem Still=
schweigen eine Weile an, und ruft dann,
wie entzückt: Gott! nun habe ich gefun=
den, was ich so lange gesucht habe! Freund!
er ist der glücklichste Mann, der mich und
sich auf einmal in die blühendsten Umstän=
de versetzen kann. Mit ihm nur kann der
Schatz gehoben werden, der mir zugedacht
ist. — Der Mann wird erst für die Sa=
che eingenommen, und nach verschiedenen
Con=

Conferenzen überredet, Striebiken 200
Thaler vorzuschießen, wofür er von dem
Schatze 2000 Thaler erhalten, und zu seiner mehreren Sicherheit, bis zu der Zeit,
da man den Schatz angreifen dürfe, den
ganzen Kasten in seine Verwahrung nehmen solle. Das ist der Kasten, von dem
der Teufel durch so schreckliches Brüllen
verzweiflungsvollen Abschied nahm. Ein
abgedankter Postillion Scharf hat die Rolle
des Teufels gespielt, und ein lüderlicher
Bergmann Burkhard, die des Geistes.
Vor wenig Tagen ist der unterpfändliche
Schatz aus der Neustadt auf das altstäd-
tische Rathhaus gebracht worden, und der
Teufel mit dem Geist mußten den enigen
zentnerschweren Kasten auf den Tisch der
Richterstube heben. Die erwähnten Siegel waren noch unbeschädigt, und man fand
folgende Schätze darinnen: Zu oberst einige 80 bleyerne mit Flitter vergoldete Mün-
zen, zunächst die schwerste Art von großen
Steinen und zwischen und unter diesen,
vermuthlich um das Klappern und Rollen
der Steine zu verhindern, einen reichen
Vorrath von Kiessand. Bey angestellten
Haussuchungen hat man mancherley Werk-
zeuge des Schatzgrabens, z. E. Bücher
mit den gewöhnlichen Misbräuchen bibli-
scher

scher Sprüche und allerley schrecklichen Formeln und Fratzen, auch Schmelztiegel und etwas Stempelartiges u. s. w. gefunden. Es ist kein Zweifel, daß der Magistrat zu Eisleben Mittel finden wird, diese Betrüger ausser Stand zu setzen, seinen Bürgern ferner gefährlich zu seyn; und ich wünsche, daß die weitere Bekanntmachung dieser Geschichte, den Glauben an das Schatzgraben, der gewiß noch mehrere geheime Anhänger hat, als vielleicht viele glauben, lächerlich machen, und ausrotten helfen mögen. Striedike ist übrigens ein trauriges Beyspiel, wie tief ein Mensch in Bosheit verfallen kann, wenn er durch Vernachläßigung seiner Berufsgeschäfte zurükkommt, und anstatt sich durch Einschränkung und Arbeitsamkeit wieder aufzuhelfen, vielmehr die Liebe zum faulen Tage und zum guten Leben überhand nehmen läßt. Der Pastor und Windmüller zeigen, wie sehr die Begierde nach Gewinn übrigens recht gute Leute verblenden könne. Unbegreiflich ist es, wie die Meynungen von der Macht und Ohnmacht des Teufels auf die der Schatzgräber baut, haben aufkommen können, und noch unbegreiflicher ist es, wie sie sich noch erhalten. Und wie abgeschmakt

ist

ist nicht das, was man von den Erscheinun,
gen der Geister beymischt? Wäre es den
abgeschiednen Geistern möglich, sich bey
Personen und Sachen, die ihnen lieb wa,
ren, und an den Orten ihres ehemaligen
Aufenthalts, sehen und hören zu lassen,
oder sonst zu würken, so würden die Bey,
spiele davon unzählig seyn, wenn ihre Ge,
sinnungen noch die wären, welche die vor,
gegebenen Erfahrungen davon verrathen.
Aber, wer hat jemals die Erfahrungen
davon selbst, oder doch mit aller der Be,
hutsamkeit gemacht, die zu ihrer Zuverlä,
ßigkeit erforderlich wäre? Immer sind die
Erzählungen erst durch mehrerer Mund zu
uns gelangt, und was etwa hat gehörig ge,
prüft werden können, ist immer als ein Be,
trug befunden worden, den uns fremde
Bosheit oder eigne Schwachheit gespielt
hat. Die erzählte Geschichte ist ein Be,
weis davon.

10.

Ein Studierender, der unter andern des
Thomasii Schriften fleißig gelesen, erfuhr,
daß in einem ihm bekannten Hause sich die
Bewohner beschwerten, es wäre des Nachts
im

im Keller sehr unsicher, weshalben um sol=
che Zeit keiner, um Wein zu holen, in den
Keller gehen wollte, wenn es aber gleich=
wohl die Nothdurst unumgänglich erfor=
derte, so giengen allezeit drey bis vier Per=
sonen mit einander. Einige urtheilten, es
müßte etwa ein großer Schatz allda begra=
ben liegen, weil fast alle Nächte zu gewissen
Stunden sich ein starkes Gepolter hören
lies. Andere hatten ihrer Einbildung nach
einen Haufen glühender Kohlen gesehen;
wieder andere behaupteten, einen langen
Mann hinter einem Faß in dem Winkel
erblickt zu haben: noch andere ließen sich
nicht ausreden, es wäre ihnen ein schwar=
zer Hund begegnet, und endlich fanden sich
gar welche, die behaupten wollten, sie hätten
bald Drachen, bald Böcke zu dem Keller=
loche hineinfahren sehen. Die vielerley
Vorgeben von diesem Umstande machten die=
sen Studenten glauben, es stecke Betrüge=
rey hinter dieser Sache. Er gieng deshalb
zu seinem Freund, und entdeckte ihm sein
Vorhaben, wie er nämlich gesinnet sey, um
hinter den Grund oder Ungrund dieser Sä=
che zu kommen, einmal die Nacht durch in
dem Keller zu wachen; allein es müßte kein
Mensch in dem Hause etwas von seinem
Vorhaben erfahren, weil er ganz besondere
Ursa=

Urſachen habe, ſolches geheim zu halten.
Er bat zugleich, ſein Freund möchte nur
in der Stille einen Tiſch hinunterſchaffen,
ihm zwey paar wohl geladene Piſtolen geben,
auch mit genugſamen Lichtern und Wand=
leuchtern verſehen, damit er überall Helle
verſchaffen könnte; für das übrige wollte er
alsdenn ſchon ſorgen: Doch ſtellte er ſeinem
Freund, dem Herrn des Hauſes, zu Belieben,
ob er nicht ſelbſt Luſt hätte, mitzuwachen,
und hinter die Sache zu kommen. Der
Hausherr aber dankte dafür, mit der Ent=
ſchuldigung, wie er ſich zu dergleichen Ge=
ſchäften nicht tüchtig erachte, indem er nur
Liebhaber vom Tag wäre, des Nachts aber
das Bette zu ſeinem Aufenthalt zu erwäh=
len gewohnt ſey, indeſſen wollte er ihm zu
den verlangten Dingen in allem behülflich
ſeyn, und er würde ſich nicht wenig darüber
erfreuen, wenn ſein Unternehmen wohl und
glücklich ablaufen würde.

Die Sache wurde beſchloſſen, nnd in
der größten Stille die beliebte Anſtalten ge=
troffen. Unvermuthet und ohne von jemand
im Hauſe geſehen zu werden, kam der Stu=
dent eines Abends zu dem Hausherrn, und
wurde von ihm in den Keller geführt. Der
Hausherr wünſchte ſeinem Freund eine glück=
liche Wache und gute Verrichtung und ver=
ließ

ließ ihn sogleich wieder, nachdem er unter
tausend Aengsten den Keller zugeschlossen
hatte.

Hier war nun der Student ganz allein; mit abergläubischen Sachen hatte er
in seinem Leben nichts zu thun gehabt, mithin wurde auch hier dergleichen nicht vorgenommen. Es war auch kein Frevel oder
bloßer Vorwiß, der ihn zu dieser nächtlichen Unternehmung antrieb. Die vielerley so verschiedene Gerüchte von dieser Sache, und die vielerley Betrügereyen, von
denen er schon gelesen hatte, daß sie unter
dergleichen Vorwand gespielt worden, hatten ihn zu diesem Unternehmen bewogen,
um entweder dadurch hinter die Wahrheit
zu kommen, oder doch wenigstens einiger
maßen zu sehen, was es mit dieser Geister-
rey für eine Beschaffenheit habe. Und
eben deswegen richtete er sich in diesem seinen Nachtquartier auf obbeschriebene Art
ein. Der Keller war winkelhaft und hatte
Thüren, so wieder in andere Keller giengen. Er zündete also gleich überall die
schon bereiteten Wandleuchter an, seßte
auch ein paar angezündete Lichter auf den
Tisch, machte die zwey paar geladenen Pistolen wohl zurechte, und legte seinen ent-
blößten Degen dazu. Alle diese Dinge

Uhuhu! 3s Packt   K   nun,

nun, waren für keine Gespehster oder Polz
tergeister, sondern zu einem andern Ab=
sehen also gerichtet. Indessen, weil der
Student doch von der Beschaffenheit der
Sache selbst noch nicht überzeugt war; so
wollte er sich auch zum Empfang eines
wirklichen Gespenstes zubereiten. Er sezte sich
deswegen zu Tische, las in einem geistreichen
Buch um sich bey guten Gedanken zu erhal=
ten, und rauchte in seiner unterirrdischen
Wohnung mit größtem Vergnügen eine Pfei=
fe Tabak. Er hatte schon die andere Pfeife
angezündet, ohne das geringste zu bemer=
ken. Er entschloß also, sich allenthalben
in dem Keller genau umzusehen, nahm des=
halb ein Licht in die Hand, und durchsuch=
te alle Winkel des Kellers, ohne das ge=
ringste zu erblicken, so einem Gespenste
gleiche. Er setzte sich hierauf wieder nie=
der, und rauchte tapfer fort. Kaum war
dies geschehen, als auf einmal ein furcht=
barer und starker Tumult, welcher mit ei=
nem Gerassel von Ketten begleitet war,
von fern entstand, sich ihm aber immer
mehr und mehr näherte. Der Student
wankte dabey ein wenig und bemerkte ein
kleines Entsetzen bey sich selbst; jedoch er=
munterte er sich bald wieder, machte sich
fertig, das weitere gehörig abzupassen.

Zwey

Zwey in Bettüchern wohl vermummte, mit
Blendlaternen und großen hölzernen Kan-
nen versehene Gespenster kamen die Stiege
herunter und in Keller hinein. Sie stutz-
ten ziemlich, als sie den beleuchteten Keller
und andere Zubereitungen erblickten, stunden sie, etwas stille und wollten wieder zu-
rückkehren. Der Student aber gieng mit
den geladenen Pistolen ihnen entgegen, befahl ihnen stille zu stehen, widrigenfalls er
Feuer auf sie geben würde. Wie sie Ernst
sahen, blieben sie da, und fielen ihm zu
Füßen, mit Bitte, sie nicht unglücklich zu
machen. Er befahl ihnen zuerst, die Bet-
tücher abzulegen; sie gehorchten und hier
entdekte der Student die Gespenster. Es
war der Hausknecht und die Köchin des
Hauses, die er hier vor sich sahe. Hierauf
verlangte er, sie sollten ihm sagen, was
ihr Gewerbe hier wäre, und was sie zu diesem Beginnen veranlaßte. Sie gestanden
ihm ein, sie hätten falsche Schlüssel, und
um diese Zeit allemal Wein aus diesem Keller geholet und verkauft; das Gepolter hätten sie deswegen ersonnen, um jedermann
im Hause furchtsam zu machen und nicht be-
fürchten zu dürfen, ertappt zu werden. Sie
wiederholten ihr flehendes Bitten, sie nicht
zu verrathen, versprachen dergleichen in ih-

rem

rem Leben nicht mehr zu unternehmen, und
ihm lebenslang dafür verbindlich zu bleiben. Er ließ sich auch endlich erbitten,
nahm die Schlüssel von ihnen, und ver-
bannte dadurch diese zwey Gespenster auf
ewig aus den Weinkeller, welche mit der
bemüthigsten Danksagung Abschied von ihm
nahmen, und ohne das geringste Geräßel
wieder in ihr Bette krochen. Der Student machte hierauf mit dem ihm abgegebe-
nen Schlüssel, die Thüren wieder fleißig
zu, und begab sich zurük in den Keller.
Gleich bey anbrechendem Tage, kam der
Herr des Hauses zu sehen, ob der Student
lebendig oder todt sey. Er fand den Keller verschlossen, öfnete demnach solchen,
und war in der größten Verwunderung,
als er den Studenten ganz ruhig am Tische
sitzend antraf. Er war sehr begierig zu erfahren, wie es heute Nacht gegangen wäre, der Student sagte, das Gespenst wäre ordentlich zu ihm gekommen, er hätte
sich aber dergestalt mit ihm abgefunden,
daß es nun hinführo nicht mehr das Haus
beunruhigen werde, hiernächst hätte er auch
den Schatz erhoben, den er ihm hiermit
(und hiermit gab er ihm die dem Hausknecht abgenommene Schlüssel) zustellen
wollte.

wollte. Der Herr des Hauses sah, daß
es nachgemachte Kellerschlüssel waren, und
bat den Studenten, ihm dieser Sache halben deutlichere Nachricht zu geben, allein
der Student entschuldigte sich deshalben
und suchte ihn damit zu beruhigen, daß er
künftig in seinem Hause auf dergleichen Art
gewiß nicht mehr werde beunruhiget werden;
welches auch der Erfolg klärlich erwiesen.

II.

Ein gewisser Edelmann in Frankreich, der
einem benachbarten Edelmann zehntausend
Reichsthaler schuldig war, hinterließ selbi-
gem auf seinem Todtbette ein kleines adeli-
ches Gut, und bat ihn, solches für obbe-
nannte Schuld anzunehmen, um dadurch
einen Prozeß zu vermeiden, mit welchem
er von seinen Anverwandten und übrigen
Erbnehmern bedrohet würde. Gedachter
Edelmann war schon seit einiger Zeit in
Besitz desselben, und es hieng folglich von
ihm ab, es zu bewohnen. Da er aber mit
gutem Wohlstande nicht verlangen konnte,
daß auch das darin befindliche Hausgeräthe
ihm zugehörte, obgleich die Abtrittshand-
lung des ehemaligen Besitzers ohne Aus-

K 3   nahme

nahme war: so trat er dieselben von freyen
Stücken seinen Anverwandten ab. Er
gebrauchte einige Zeit, andere herbeyzu=
schaffen, so, daß sechs Wochen verstrichen,
ehe er des Nachts gewöhnlich daselbst woh=
nen konnte. Endlich begab er sich mit sei=
nem Bruder und seiner Schwester, in Ge=
sellschaft eines andern Freundes dahin.
Es war bereits so spät, da sie daselbst ein=
trafen, daß sie den übrigen Theil der Nacht
wachend hinzubringen beschlossen. Der fol=
gende Tag gieng mit Einrichtung der Zim=
mer weg. Alles erwartete die Abendzeit
mit Schmerzen, um ein wenig auszuruhen
zu können. Wie sie aber die Annehmlich=
keiten des ersten Schlafs genossen, wurden
sie darin durch folgenden tödlichen Schre=
cken gestöhret.

Die Schwester, der aus Höflichkeit das
beste Zimmer eingeräumt war, ließ ihre
Kammerfrau in dem Kabinette schlafen. Ein
tausendmal wiederholtes Geschrey, das die=
se Frau ausstieß, und dem Herrn nothwen=
dig, nebst allen andern im Hause, aufwe=
cken mußte; verpflichtete ihn, sein Bette
zu verlassen, um sich nach der Ursache die=
ses Lärms zu erkundigen.

Er fand seinen Freund und seinen Bru=
der bereits vor der Thür seiner Schwester,
weil

weil selbige das Geschrey bewogen hatte,
eben dahin zu gehen. Die einzige Schwie=
rigkeit war, weil der Schlüssel sich inwen=
dig befand, und daß die Kammerfrau je=
desmal wenn sie an die Thüre klopfen hör=
te, ihr Klaggeschrey verdoppelte. Die Un=
geduld bewog endlich die beyden jungen
Leute, die Thüre aufzubrechen. Der Edel=
mann gieng zuerst hinein, weil er glaubte,
das Feuer habe seine Schwester bereits ver=
zehret, weil er sie gar nicht schreyen hörte.
Anstatt sich aber durch seine Gegenwart
verhindern zu lassen, fiel die Kammerfrau
allererst in Ohnmacht, worin sich die Schwe=
ster bereits befand. Da er weder Feuers=
gefahr, noch sonst etwas sah, welches er als
die Ursache dieses Umstandes betrachten
konnte, bat er seinen Bruder, die Frau
seines Haushofmeisters zu rufen, seiner
Schwester zu Hülfe zu kommen; und lachte
über diesen Vorfall, so er einer bloßen Ein=
bildung bey der Kammerfrau zuschrieb.
Sein Bruder traf sie beyde an, und sie
machten sich fertig zu ihnen zu kommen.
Sie schienen sehr bestürzt über den Lärm
zu seyn, so sie gehört hatten. Gerechter
Himmel! sagte der Haushofmeister, wie
verdrüßt es mich, gnädiger Herr, daß ich
sie nicht vor diesem Unglück gewarnet habe.

K 4   Ich

Ich gestehe es, daß es meine Schuld ist,
aber ich habe geglaubt, daß sie alles wohl
wissen würden, und daß die Verkäufer so
ehrlich gewesen wären, ihnen dieses zu

Der Edelmann versicherte, daß er
nicht das allergeringste von dem was er
ihm sagen wollte, und daß er ihm
mit aller Gefälligkeit erweise, wenn er
darüber weiter erklärte. Er erzählte
auf verschiedene lächerliche und unglaub
Abentheuer von Geistern, Gespenst
Kobolten, so die Ruhe dieses
bisher gestöhret hatten. Es sind
zwanzig Jahre vorbey, fügte der
meister mit einer traurigen und
Miene hinzu, daß ich Hausverwalter
in welcher Zeit ich grausame Dinge
habe.

Der Edelmann hörte ihn mit einer
Gesinnung zu, die er nothwendig
so viele Mährchen hegen mußte, und
entfernt auf ihn unwillig zu seyn, daß er
dieses so lange vor ihm verborgen gehalten
hätte, so muthmaßte er vielmehr, daß er
den vorigen Tag seiner Schwester und ih
rer Kammerfrau den Kopf mit diesen Fratzen
dermaßen erfüllet, daß sie einen Traum da
von gehabt, der sie so heftig erschrecket hät
te.

te. Dieser Haushofmeister war ein einfältiger Alter, der schon seit zwanzig Jahren, so wie er gesagt, an diesem Ort gewohnt, und den der Edelmann nicht hatte verjagen wollen, aus Furcht sich in der Nachbarschaft verhaßt zu machen.

Während der Zeit, daß er sich mit dem Edelmanne unterredete, wendete seine Frau allen Fleiß an, die Schwester des Edelmanns von ihrer Ohnmacht zu erwecken. Der Edelmann nahete sich ihr. Ihre Augen waren noch ganz verwirrt, und sie erkannte ihren Bruder nur mit vieler Mühe. Er fragte sie, wodurch sie so sehr in Bewegung gerathen wäre. Ach! mein Bruder, rief sie aus, verlaß mich nicht. Ich bin verlohren, wenn du das thust. Wenn du wußtest, was ich gesehen habe! Ich will nicht länger einen Augenblick in diesem Hause wohnen. Gieb mir doch Nachricht, sagte er zu ihr, was du gesehen hast. Du hintergehest mich, wenn du mir deine Träume nicht erzählest. — Sie fieng darauf wirklich eine Erzählung von Flammen, grausamen Poltergeistern und andern entsetzlichen Dingen an, und zum Beschluß fertigte sie ihn zu ihrer Kammerfrau ab, die alles viel besser wissen würde, weil sie kaum die Kraft gehabt, sie zu rufen, da sie in

K 5 dem

den Augenblick, als sie es gesehen, ihre
Sinnen verloren hätte.

Der Edelmann befragte also nun auch
die Kammerfrau. Man hat zu ihrer Er-
munterung, weit mehrere Zeit anwenden
müssen, und ihr Schrecken schien überhaupt größer zu seyn.

Alles was der Edelmann aus ihr bringen konnte, bestand darin, daß sie in das
Zimmer seiner Schwester auf ihren Ruf gegangen wäre, daß sie grausamere Dinge, als
die Hölle gesehen hätte, daß sie vor Schrecken bald des Todes gewesen wäre, daß sie
aus aller Macht geschrien, ohne von der
Stelle zu kommen, und ob sie sich gleich,
als sie des Edelmanns ansichtig geworden,
ein wenig erholet, sie dennoch gemerkt hätte, daß ihre Kräfte immer mehr abge-
nommen.

Sehr wohl, sagte der Edelmann hierauf im Scherz, ich glaube, daß das Schreck-
hafteste, was ihr diese Nacht gesehen habt,
euer Schatten ist. Aber ein wenig Ruhe
wird eure Einbildungskraft schon wieder
beruhigen. Der Edelmann mußte unter-
schen darein willigen, daß sie von Stund
an das Zimmer verwechselte, und daß der
Haushofmeister und seine Frau die übrige
Nacht bey ihnen machten.

Den

Den folgenden Tag machte diese Begebenheit den Gegenstand aller Unterredun-
gen aus. Seine Schwester und ihre Kammerfrau wiederholten mit mehrerer Deu-
nung alles, was sie gesehen zu haben ver-
meynten. Der Haushofmeister und seine
Frau pflichteten ihnen in allen bey. Der
fremde Herr und des Edelmanns Bruder
wußten nicht, zu welcher Parthey sie sich
schlagen sollten.

Der Edelmann seiner Seits erklärte,
daß der Grund und alle Umstände dieser
Geschichte nur ein bloßes Pygmeonwerk zu
seyn schienen, und wollte sogar weiter nichts
davon hören. Indessen bemerkte er doch,
daß es verdrüßlich seyn würde, wenn ein
solches Gerücht weiter gienge, und daß man
diese Begebenheit für wahr ausschreyen
würde.

Der fremde Herr und sein Bruder
sagten, daß sie die folgende Nacht in demselben Zimmer schlafen, und alles im Augenschein nehmen wollten. Der Edelmann
glaubte, daß die Erzählung zwoer jungen
Leute noch allezeit nicht völlig Glauben verdiente, und entschloß sich daher, selbst da
eine Nacht zuzubringen, um ein vor allemal einem Märchen den Glauben abzuspre-
chen, welches seinem Hause schaden könnte.

Er

Er begab sich um zehn Uhr zu Bette, in der festen Meynung, diese Nacht geru= hig zuzubringen. Er schlief bereits eine Zeitlang, als er plötzlich aufwachte, ohne zu merken, wie! Allein, er hörte ein ver= wirrtes Getöse, das nicht aus seiner Kam= mer kommen könnte, weil er dieselbe mit Fleiß zugemacht hatte, und welches ihm gleichwohl sehr nahe schien. Da er die Au= gen aufschlug, sahe er, daß alles helle war, ob er gleichwohl sicher wußte, daß er sein Wachslicht, als er sich zu Bette gelegt, ausgelöscht hatte. Als er sich einen Au= genblick bedacht hatte, entschloß er sich, die Vorhänge seines Bettes zu öfnen, um völ= lig hinter den Grund dieser Begebenheit zu kommen. Das erste, so er gewahr wur= de, war eine breite und dicke Flamme, die aus dem Fußboden zu steigen schien, und sich auf drey bis vier Fuß hoch erhob. Sie verschwand zuweilen plötzlich, und dann sah er sie gedoppelt stark wieder erscheinen. So hell sie auch war, so war ihre eigentliche Farbe doch dunkelroth, welches ihm nicht erlaubte, das Geräthe der Stube so genau zu betrachten, und welches ihnen eine außer= ordentliche Gestalt gab. Er hörte bestän= dig ein gedämpftes Geräusch übelgesproche= ner Worte, und da diese Flamme einige
Minuten

Minuten aufgehöret hatte, ließ ihn ein
neuer Strahl, der schleunig hervorschoß,
verschiedene grausame Figuren von Men=
schen und Thieren sehen, die weit größer,
als natürlich waren. Die darauf folgende
Dunkelheit, verhinderte ihn, etwas deut=
lich zu erkennen; da er aber wußte, daß
seine Augen offen waren, und er von sei=
nem ersten Schrecken ganz befreyt war, so
konnte er dasjenige, was er gesehen hatte,
keiner unordentlichen Einbildungskraft zu=
schreiben. Ueber dieses statteten alle seine
übrige Sinnen eben dieses Zeugniß ab, denn
er hörte an verschiedenen Orten des Zim=
mers ein Geräusch, und roch einen schwef=
lichten Gestank, der ihn nicht trügen koun=
te; welchem noch beyzufügen ist, daß er an
der Wirklichkeit der Töne und Worte nicht
zweifeln durfte, die er ohne Unterlaß hörte.
Da er inzwischen keinen neuen Lärm in sei=
nem Hause machen wollte, so entschloß er
sich ruhig in seinem Bette zu bleiben, und
den folgenden Tag dazu anzuwenden, die
Ursache dieses Gaukelspiels zu übersehen.
Der Tag brach kaum an, als er bereits
voller Ungeduld aufstand, um sich von der
ganzen Sache genauer zu unterrichten.
Seine erste Sorge war, alles im Zimmer
genau zu untersuchen, wo er Feuer gese=
hen

hen hatte. Er bemerkte daran nirgends
das geringste Ueberbleibsel. Er warf allenthalben seine neugierigen Augen auf das
Geräthe in der Stube, auf die Zusammen-
fügung der Diehlen, Thüren und Fenster.
Alles befand sich in dem Zimmer, wie er es
den Abend zuvor verlassen hatte; dergestalt,
daß ohne dem Pulver- und Schwefelgeruch,
der noch übrig geblieben war, er sich selbst
überredet hätte, daß er mit lauter Einbildungen schwanger gieng. Er durchsuchte
in den Nebengemächern alles mit eben der
Sorgfalt. Er gieng in des Haushofmeisters Zimmer, daß sich unter dem seinigen
befand, und welches an die Küche stieß.
Außer dem Schwefelgeruche traf er nirgends die geringste Unordnung an. Er
fragte den Haushofmeister, ob man dergleichen Geruch im Hause oft bemerkte?
Er antwortete ihm ohne die geringste Ver-
stellung, daß es zuweilen ganze Wochen
im Monate dauerte.

Der Edelmann hatte sich gegen viele
Fragen zu verantworten, die ihm von seiner Schwester und den andern aufgewor-
fen wurden, ob ihm nichts ausserordentliches begegnet wäre. Ohne zu den Lügen
seine Zuflucht zu nehmen, verbarg er ihnen,
was er gesehen hatte, indem er ihnen nur

bekannt

bekannte, daß sein Schlaf durch ein Geräusch gestöhret worden wäre; allein fügte er hinzu, es sey ihm nachher nichts so schreckhaftes begegnet, daß er genöthigt gewesen wäre, das Zimmer zu verlassen; ja er sey sogar willens, die folgende Nacht daselbst zuzubringen, und verwarf zugleich das Anerbieten seines Bruders, der daselbst mit dem fremden Herrn schlafen wollte. Sein Anschlag war gänzlich hinter das Geheimniß zu kommen, sowohl seiner Neugierde eine Genüge zu leisten, als auch sein Haus von diesem Unwesen zu befreyen. Er schlief also daselbst aufs neue, und sah nicht allein die gestrigen Auftritte, sondern er mußte sogar, welches die vorige Nacht nicht geschehen war, einige Anläufe ausstehen, wodurch er dermasen abgeschreckt wurde, daß er ferner keine Lust bezeigte, sich einer solchen Gefahr blos zu stellen. Ja er faßte sogar beym Aufstehen den Entschluß, sich des Gutes zu entledigen, und eröfnete solches dem Haushofmeister, der ihm hierin behülflich seyn konnte. Dieser versprach ihm auch seine Dienste.

Ein einziger Scrupel hielt dem Edelmann auf. Er glaubte als ein ehrlicher Mann verbunden zu seyn, die Käufer wegen der Ursache zu benachrichtigen, die ihn

dazu

dazu bewegte, und er befürchtete, daß eben
dieses einen jeden davon abhalten würde.
Der Haushofmeister suchte ihn von dieser
Sorge zu befreyen, indem er ihn versicher=
te, daß die Erben des seligen Herrn Be=
sitzers, die alles eben so gut, als er selber,
wußten, es gewiß kaufen würden, weil ih=
re Familie seit langer Zeit dessen gewohnt
wäre. Er nahm es auf sich, es ihnen
vorzuschlagen.

Der Edelmann hielt es für rathsam
während dieser Unterhandlung das Gemach
zu verlassen, wo er so wenig Ruhe gehabt
hatte. Es waren aus diesem Grunde die
damaligen Innhaber dieses Wohnhauses ge=
zwungen, sich mehr einzuschränken.

Der fremde Herr und des Edelmanns
Bruder ersuchten ihn vielmals vergebens,
daselbst schlafen zu dürfen; er befürchtete
neue Zufälle, die nur neues Aufsehen erre=
gen und ihm die ganze Hofnung benehmen
könnten, sein Landgut zu verkaufen.

Man ließ dem Geiste einige Ruhe,
quälte sich hingegen mit tausenderley Ge=
danken. Bald machte sich der Besitzer
Vorwürfe, er hätte die Sache nicht behut=
sam genug untersuchet; bald wollte er sich
entschließen, den fremden Herrn und seinen
Bruder ebenfalls daselbst schlafen zu lassen.

Bald

Bald fielen ihm verschiedene Entwürfe ein,
wodurch er sich von der Wirklichkeit der Gespenster überzeugen wollte, und mit dergleichen abwechselnden Gedanken plagte er sich
etliche Tage.

Eine hierbey sich äussernde Unruhe,
worin er sich, hauptsächlich über seine
Schwester, nicht befreyen konnte, verursachte, daß er bey dem Entschluß blieb,
das Gut wieder zu verkaufen. Die Anverwandten des vorigen Besitzers zögerten
auch nicht lange, zu erscheinen. Der Kauf
wäre beynahe geschlossen worden, wenn sie
ihm billige Bedingungen vorgeschlagen hätten. Aber unter dem Vorwande, daß
sie vielleicht die einzigen in der Welt wären,
die sich mit einem so verschrieenen Gute be-
lästigen würden, wollten sie kaum die Hälfte des Werths bezahlen. Es wurde daher
ihr Anerbieten verworfen, und dieser Auf-
schub gab zu einigen neuen Auftritten Gelegenheit, die zulezt ein ganz anderes Ende
nahmen, als sie es wünschten.

Weit entfernt, daß der Lärm der Ko-
bolde in dem Hause abnahm, so vergien-
gen wenige Nächte, die nicht fähig gewesen wären, sie in Schrecken zu setzen. War
gleich in ihrem Zimmer alles ruhig, so
schien alles um sie her sich zu bewegen, und

Uhuhu! 3s Packt. L   sie

sie hörten, allezeit etwas ausserordentliches
über ihrem Kopf, oder in den benachbarten Zimmern.

Vierzehn Tage nachher starb des Haushofmeisters Ehefrau. Dieser Sterbefall
war eine neue Quelle von Unruhen, wegen
der Folgen, so er nach sich zog. Es würde zu weitläuftig und zu verdrüßlich seyn,
solche zu erwähnen, da am Ende dieselben
immer auf einerley hinausliefen. Ich will
also nur erzählen, auf welche Art es dem
Himmel gefiel, den Edelmann und die Seinigen von ihrem bisherigen Schrecken zu
entledigen.

Der Haushofmeister kam einige Tage
nach dem Tode und der Beerdigung seiner
Frau mit furchtsamer Miene zu dem Edelmann und begehrte seinen Abschied. Mit
mehr als zwanzig Jahren, sagte er, wi-
derstehe ich dem Schrecken der Trauerspie-
le, davon sie persönliche Zuschauer abgegeben haben. Niemals bin ich noch, dem
Himmel sey Dank! von diesen vermaledey-
ten Geistern angetastet worden, und von
meiner Frau weis ich es mir gleichfalls nicht
zu entsinnen. Diese Nacht aber haben sie
mich so grausam gemißhandelt, daß ich
schier gedachte, unter ihren Fäustenschlä-
gen erliegen zu müssen. Dies ist noch
nicht

nicht alles, sagte er hinzu; sehen sie selbst,
ob sie etwas Grausameres erblicken können,
als sie sehen werden, wenn sie meine Kam=
merthür aufmachen, daraus ich diesen Au=
genblik gegangen bin.

Der Edelmann hatte allezeit bey die=
sem Manne die Aufrichtigkeit und eine gu=
te Urtheilskraft anzutreffen gemeynt, derge=
stalt, daß, indem er nichts böses bey ihm
vermuthete, er ihm folgte, da er inzwischen
einige Seufzer aussties, so ihm der Ver=
druß und das Mitleiden auspreßten.

Da nun bereits die Gespenster in sei=
nem Verstande einen Plaz bekommen hät=
ten, oder doch zum wenigsten, da er des=
wegen ungewiß war, so kann man sich leicht
vorstellen, welchen Eindruk ihm der An=
blik erwekte, da er ein Todtengerüste ge=
wahr wurde, ungefähr wie in den Kir=
chen, um Messe für die abgeschiedenen See=
len zu lesen, und welches mit brennenden
Wachslichtern umgeben und mit Todten=
köpfen und andern Gebeinen belegt war.

Der Haushofmeister schien außeror=
dentlich furchtsam, welches die Bestürzung
des Edelmanns ungemein vermehrte, so
daß selbiger nachher eingestanden, daß er
niemals das Herz gehabt, einen Fuß in
die Kammer zu sehen, sondern sich zurück=

zog, und dem alten Mann ernstlich verbot, von dieser Begebenheit weder seinem Bruder, noch seiner Schwester etwas zu entdecken.

Er machte einen Haufen Anmerkungen über eine so wunderbare Begebenheit, und er war davon tausendmal mehr als von dem vorigen eingenommen. Nunmehr wandte er sich nicht mehr zu den verborgenen Kräften der Natur, noch zu den Lehrgebäuden der Weltweisen. Es war heller Tag, und was er gesehen hatte, konnte mit Händen gegriffen werden. Dieser letzte Gedanke aber, der bald überhandnahm, ward gar bald der Sporn und die Anreizung, etwas zu wagen.

Er begrif gar wohl, daß unsichtbare Wesen, Stäube, Dünste und die Vereinigung der Kunst und der natürlichen Kräfte in gewisser Maße auf die Seele wirken könnten, aber daß alle diese vereinte Ursachen in dem Augenblicke ein ordentliches Schauspiel darstellen, feste, begreifliche und von selbst bestehende Wesen hervorbringen könnten, das schien ihm schlechterdings unmöglich zu seyn.

Es blieb ihm nichts übrig, als bis zur ersten Ursache zurück zu gehen, um in dem Willen des erhabensten Wesens eine unmittelbare Erklärung zu finden. Allein, wie

konnte er sich überreden, daß ohne einigem
auch nur scheinbaren Nutzen für Himmel
und Erde, die göttliche Macht es sich ge=
fallen ließe, die Menschen durch Mittel zu
spotten, die ihrer ganz unwürdig sind. Er
glaubte also alles dieses in folgende Schluß=
reden bringen zu können: Entweder ist das
Leichengerüste, sagte er zu sich selbst, so ich
gesehen habe, ein bloßes Schattenbild,
oder ein fester Körper. Das erstere kann
es nicht seyn, da also das leztere nothwen=
dig gegründet seyn muß, so kann es in das
Zimmer des Haushofmeisters nur auf eine
natürliche Art durch Menschenhände gekom=
men seyn, es mag dieses auch zugeben, wie
es wolle. Auf die erste Wirkung dieses
von ihm gemachten Schlusses beschloß er,
sich dem Zimmer getrost zu nähern, um ge=
nauer hinter das Geheimnis zu kommen.
Umsonst versuchte der Haushofmeister, dem
er dieses Vorhaben entdeckte, ihn davon
abzuhalten, indem er ihm gerne eine solche
Furcht einjagen wollte, als er verstellter
Weise dafür hegte. Sein Widerstand
schien dem Edelmann verdächtig zu seyn.
Er trat wider des Mannes Willen in das
Zimmer, und warf das Gerüste nebst Lich=
tern und Todtenköpfe um und um.

Der

Der ganze Plunder fiel in dem Augenblicke über einen Haufen, und der Edelmann bemerkte in den besondern Stücken desselben nichts, so sich nicht zu seinen übrigen Gedanken vollkommen schickte.

Während der Zeit sah der Haushofmeister den Edelmann beständig an, und schien außerordentlich bestürzt zu seyn. Da nunmehr der Vorhang so glücklich weggezogen war, fragte ihn der Edelmann, was er hinführo von dergleichen Kobolden und Gespenstern denken wollte? Es ist wirklich an dem, daß der Edelmann seinen Haushofmeister damals noch bloß für einen anfältigen Alten, und für keinen Betrüger hielt. Da er aber alsbald den fremden Herrn und seinen Bruder rief, und ihnen alles Vorgegangene erzählte, so hielten diese ihn gleich für strafbar, und zwangen ihn die Wahrheit zu bekennen. Ob nun gleich der Edelmann nicht zugeben wollte, ihn übel begegneten, so hinderte es sie doch nicht daran, daß sie alles anwandten, ihm eine Furcht einzujagen, weswegen er sich sogar ihrer Gegenwart entzog, um sich mit dem alten Manne in gewisser Freyheit zu lassen, und kam erst wieder zurück, nachdem sie durch Drohen und Versprechen al-

les

les von ihm heraus hatten, was zu ihrer
rollkommenen Benachrichtigung gehörte.

Er bekannte darauf, daß dieses Stück-
chen durch die Erben des ehemaligen Besitzers gespielt wäre, um dem Edelmann einen Eckel vor dem Gute beyzubringen, und
ihn desto eher dahin zu bewegen, sich desselben zu entschlagen, daß sie ihm eine ansehn-
liche Summe geboten, wenn er dieses zu
Stände bringen könne; daß sie verschiedene Nachbaren, sogar vom Stande, auf
ihre Seite gebracht hätten, die sich leicht
dazu bereden lassen, alles das Ihrige dazu
beyzutragen, theils um sich zu ergötzen, theils
sie wieder zum Besitz eines Gutes gelangen
zu lassen, das so lange Jahre ein Eigenthum ihrer Familie gewesen wäre, und welches zu ihrem größten Verdruß in fremde
Hände gekommen wäre, um die Gespen-
sterrollen zu spielen, und dem Edelmann
und die Seinigen auf die vorbeschriebene
Weise zu erschrecken. Wie nun aber nach
diesem Bekenntniße der Edelmann noch
nicht begreifen konnte, wie man in seine
Stube habe kommen können, nachdem er
solche jedesmal auf das sorgfältigste verschlossen hatte, so zeigte ihm der Haushofmeister in seinem Zimmer, welches gerade
unter des Edelmanns seinem gelegen, eine

beweg-

bewegliche Diele, die eine breite Oefnung
verursachte, wenn sie unter die andere ge-
schoben wurde, welches derjenige, der das
Geheimniß wußte, mit einem Handgriffe
bewerkstelligen konnte. Und durch diesen
jezt gemeldeten Umstand wäre das gesehene
Gespenst, Ungeheuer, Feuerlichtes in des
Edelmanns Zimmer gebracht worden; und
um dieses alles ihm desto begreiflicher zu
machen, zeigte er ihnen verschiedene aus
Pappendeckel verfertigte Figuren, so er in
einem Schrank aufbewahret hatte, und
fügte hinzu, man hätte alle Anstalten zu
diesem Gaukelspiel zu der Zeit gemacht, da
der Edelmann mit Herbeyschaffung seines
Hausgeräths beschäftiget gewesen sey.

Der Edelmann ließ hierauf auch seine
Schwester und ihre Kammerfrau rufen, und
zeigte ihnen die Ursache ihres gehabten Schre-
ckens, damit ihr Geist, welcher, gleich
den meisten Menschen, von den Vorurtheilen der Kindheit eingenommen war, sich hierdurch wieder beruhigen möchte. Und von
dieser Zeit an besaß der Edelmann mit den
Seinigen dieses ihm zugefallene Gut mit
der größten Zufriedenheit.

12.

Ein Gespenst, wornach ein Offizier geschossen (*).

Wollt'st wol eine Nacht im Dom schlafen? Peter! — fragte jüngst ein Vater seinen Sohn, einen Knaben von funfzehn Jahren, in einer Gesellschaft einiger Freunde, wo man sich eine zeitlang mit Gespensterhistorien amüsirt hatte, und wo der Eine dies, der Andre jenes gesehen; dieser in einem altem Schlosse Ketten rasseln, jener einen verstorbenen Geitzhals alle Nächte sein Geld zählen gehört, wo die Frauenzimmer um Gottes willen baten, aufzuhören, und die Kinder zitternd in einen Winkel zusammengekrochen, indessen die meisten Männer lachten — Peter! sage, wollt'st wol eine Nacht im Dom schlafen? Lieber Papa! rief der Knabe, und wenn Sie mir die Welt geben könnten, ich thät's nicht. Ein Accisbedienter, der in seiner Jugend Soldat gewesen war, gieng heraus, und rief seinen Knaben herein, der mit einem andern sich herumtummelte. —

L 5   Ben

(*) Aus Schummels Unterhaltung.

Bendir! fagt' er, wie er mit ihm herein=
trat, wenn ich dir jezt ins hohe Chor im
Dom auf den Altar ein Achtgroschenſtück
legen liesse, wollteſt du es heut dir noch
holen? gleich, Papa! fagte der Knabe. —
Es war schon des Nachts zwischen 10 u.
11 Uhr. Er fagte das so heiter, so sehr
ohne affektirte Prahlerey, daß ich ihm oh=
ne Probe geglaubt hätte. Aber die ganze
Gesellschaft gerieth in Bewegung. Eini=
ge gafften den Buben ſtarr an, andre lach=
ten über ihn; die meisten hielten ihn für ei=
nen kleinen Prahler, der, wenn's zur Sa=
che käme, auf die eine oder andre Weise,
den Kopf aus der Schlinge ziehen würde.
Diese Zweifel und dieses Gelächter reizten
des Knaben Ehrbegierde und nun bestand
er darauf, die Probe noch in dieser Nacht
zu machen. Es wurde Anſtalt dazu ge=
macht, das Stück Geld gezeichnet, an den
bestimmten Ort gelegt, und um halb Zwölf
gieng der Knabe und brachte das gezeich=
nete Stück zum Erstaunen der ganzen Ge=
sellschaft zurück. Nun sah jeder den klei=
nen Held mit Verwunderung an, und die
Vernünftigen wollten von seinem Vater ler=
nen, wie er den Knaben so furchtlos ge=
wöhnt habe, weil doch fast jedermann mit
dem Glauben an Gespenster angesteckt, und
                                        beson=

besonders, weil die Furcht in der Nacht ei=
ne gar zu natürliche Sache zu seyn scheint,
als daß sie ganz ausgerottet werden könnte,
der Vater des furchtsamen Peters rief aus:
Ich wollte viel darum geben, wenn ich
meinen Knaben von der Gespensterfurcht
heilen könnte. Der furchtsame Junge lei=
det gar zu viel davon. Des Abends wäre
nichts im Stande, ihn aus dem Zimmer zu
bringen, und er wäre des Todes, wenn
er allein in einer Kammer schlafen sollte.
Es würde ihm und vielen eine Wohlthat
seyn, wenn man sie von dieser Furcht be=
freyen könnte. Bendixens Vater lächelte.
Ich fürchte, sagt' er, mit Ihrem Knaben
ists zu spät: die Furcht scheint schon zu tief
eingewurzelt zu seyn. Indessen will ich Ih=
nen sagen, theils wie ich selbst von der
abergläubischen Gespensterfurcht befreyet
worden, und theils wie ich meinen Knaben
davor bewahrt habe. Ich war in meiner
Jugend Soldat, und weil ich einen offenen
Kopf hatte, nahm mich ein Offizier als
Bedienter zu sich. Gespensterhistorien hatt
ich genug gehört. — Wer hört sie nicht
von Kindheit an? weil ich doch aber nie
selber etwas gesehen, oder gehört hatte,
so war der jugendliche Eindruk ziemlich ver=
schwunden. Indessen wandelte mich doch

in der Finſterniß immer noch eine Furcht
an. Mein Offizier glaubte weder Himmel
noch Hölle, weder Teufel noch Geiſt und
wenn er mir irgend einige Furcht anſahe,
warf er mir ein Dußend Flüche ins Ge-
ſicht, und wollte ſich todt lachen. Eines
Abends kam er ſpät nach Hauſe; ich kleidete ihn aus, gieng von ihm, und er ſchloß
ſeine Thüre zu. Nach Mitternacht, ungefähr eine Stunde nachher, als ich ihn
verlaſſen hatte, hört' ich einen Schuß.
Das ganze Haus wurd rege, jedermann
ſprang auf; ehe wir aber zu ihm herauf
kommen konnten, geſchah der zweyte Schuß.
In großer Beſtürzung eilten wir ſeinem
Zimmer zu, klopften, riefen, aber (keine Antwort, keine Bewegung); niemand
machte uns auf; wir mußten die Thür erbre-
chen. Ich ſah mich in allen Ecken nach meinem Herrn um, er war nirgends, das Zimmer war voller Pulverdampf. Endlich riß
ich ſein Deckbette in die Höhe, darunter
lag er halb todt. Noch dachten wir alle, er
hätte ſich erſchoſſen. Weil wir aber nirgends Blut ſahen, und die Piſtolen neben
ihm auf einem Tiſche lagen, ſo rüttelten
wir ihn ſo lange, bis er zu ſich ſelbſt kam.
Nun erfuhren wir die traurige Geſpenſter-
geſchichte. Nach einem Geſpenſt hatte er
geſchoſ-

geschoffen. Er legt sich nieder, und fängt an
zu schlämmen. Nach einem kurzen Schlum-
mer erwacht er, wendet seine Augen nach
dem Fenster, zu welchem der Mond herein
scheint, und sieht eine lange weise Gestalt
sich hin und her bewegen. Er hat Muth
genug, verschiednemal sein soldatisches **Wer
da!** zu rufen. Als er keine Antwort erhält, fügt er die Drohung hinzu: Antworte,
oder ich schieße. Und als die Antwort noch
außenbleibt, hält er Wort, er schießt, und
sieht, daß der Schuß ohne Wirkung ist.
Die lange weise Gestalt bleibt am Fenster
in immer gleicher Bewegung stehen. Er
hält an mit seinem Wer da? droht mit seiner zweyten Pistole, und die Gestalt ver-
achtet die zweyte Drohung, so wie die erste. Er schießt zum zweytenmale; da aber
die Gestalt unverändert stehen bleibt, und
sich immer gleich fort bewegt, so verläßt
ihn sein Muth; nun ists ihm ein Geist:
Todesangst befällt ihn, ein kalter Schweiß
dringt aus allen seinen Gliedern, er hüllt
sich in sein Bette, und die Sinne verlassen
ihn. Wir stürzten gleich alle nach dem Fenster, wo er die Gestalt gesehen, und hin-
geschossen hatte, und siehe — der Geist
stand noch da, ungeachtet beyde Schüs-
se mitten durch den Leib gegangen waren. —

ren. — Es, war ein langes weißes
Handtuch — welches ich über den offenen Fensterflügel gehänget, und vergessen hatte, es wegzunehmen, und
das Fenster zu zumachen. Das war das
Histörchen, was eine ganz verschiedene Wirkung auf zwei verschiedene Personen that.
Mein Herr wurde von diesem Augenblick
an ernsthafter, und ob er sich gleich niemals, und gegen niemand darüber heraus-
ließ, so schien doch die Angst, in der er
gewesen war, seiner Art zu denken, eine
ganz andere Richtung gegeben zu haben.
Ich hingegen überzeugte mich, durch diesen
Zufall von der grundlosen Furcht vor Gespenstern. Hier glaubt' ich zu sehen, wie
tausend Gespensterhistorien entstanden sind.
Man hat in der Jugend einmal davon erzählen hören, und das hat einen Glauben
an dergleichen Erscheinungen gewirkt, den
die Vernunft der spätern Jahre nie ganz
ausgerottet hat. Wenn man hernach im
Finstern etwas sieht oder hört, so wirkt das
Vorurtheil der Jugend, alsdann wird man
furchtsam, und ist man erst furchtsam, dann
sieht und hört man alles, was man will. Im
Schrecken stellen sich uns die fürchterlichsten
Gestalten dar, man hat nicht Muth genug,
die Sache zu untersuchen, und das bleibt

ein

ein Gespenst, was ein Handtuch, oder eine Katze, oder dergleichen war. Wäre bey dem Zufall meines Officiers nicht alles so klar geworden, so hätte jedermann sich in dem Glauben an die Gespenster bestärkt. Furchtsamkeit ist warlich die Mutter der meisten Gespenster.

13.

Hexenglauben unter dem Bauernstande im Hildesheimischen (*).

D** den 18ten Nov. 1785.

Ich theile Ihnen einen ganz neuen Vorfall aus hiesiger Gegend mit, der mir, in jeder Hinsicht, merkwürdig zu seyn scheint. Er beweiset, daß die gerühmte Aufklärung unserer Zeit noch nicht so allgemein sey, als viele sich schmeicheln wollen, er beweiset, daß der Aberglaube, selbst in Dingen, welche schon seit Thomasius Zeiten, mit so viel Grunde, bestritten sind, in dem Bauernstande, noch immer unbesiegt herrscht, und daß der Aufklärung noch viele

(*) Aus dem Journal von und für Deutschland 2r Jg. 1785. 9s St.

viele Schritte, bis dahin, übrig seyn müs=
sen, da sie selbst, wie neuerlich der Herr
Doct. Biester richtig bemerkt hat, in
Ständen, welche Ihr doch weit näher ste=
hen, kaum zu tagen anfängt. Der Glau=
ben an Hexerey ist unter den niedern Kläs=
sen von Menschen noch so mächtig, daß sie
alle, für sie unerklärbare Unglücksfälle,
welche sich in einem Hause oder in einer Fa=
milie zugetragen, aus Mangel an Kennt=
niß anderer physischen und natürlichen Kräf=
te und Wirkungen, auf die Rechnung des
Bösen (*), und dessen Hexereymittel zu
schreiben pflegen. Elende Erziehung des
Bauernstandes und die gleichsam mit der
Muttermilch eingesogenen Vorurtheile ge=
ben diesem Ungeheuer immer noch mehr
Nahrung, und so werden denn solche Leute
zuweilen zu Handlungen hingerissen, wel=
che sie in die Hände der strafenden Gerech=
tigkeit überliefern. Von einer solchen Art
ist die Geschichte, welche ich Ihnen hier
mittheilen will. Ich habe sie aus den dar=
über verhandelten gerichtlichen Akten, die
mir ihrer Merkwürdigkeit wegen, auf mein
Bitten, gefälligst anvertrauet waren, treu=
lich

(*) So nennt der Bauer den Teufel.

lich excerpiret. Im May dieses Jahres
1785 meldete die Ehefrau des Einwohners
Andreas Hildebrand zu Hilvershau=
sen (*) bey dem Hildesheimischen Amte
Hunesrück mit weinenden Augen: daß sie
eine Magd im Hause habe, die sich Engel
Christine Schreder nenne, die eine of=
fenbare Zauberinn sey. Sie habe ge=
drohet, daß ihre Ziege, Kühe, Pferde,
und endlich ihr Hausherr sterben sollte.
Diese Drohungen wären auch schon an der
Ziege und einem Pferde vollzogen, indem
bereits beyde krank wären. Sie bat um
Gottes willen ihr beyzustehen, und dieses Un=
glück von ihr abzuwenden. Der Amtmann
Flöckher, ein aufgeklärter Mann, der mit
den mangelhaften Verstandskräften einer
einfältigen Bauernfamilie Mitleiden hatte,
suchte sie eben von dieser Thorheit, und
diesem so schädlichen Aberglauben zurück zu
bringen, als bey ihm Nachricht einlief,
daß das ganze Dorf Hilvershausen, wegen
dieser vermeintlichen Hexereygeschichte, in
Unruhe und in eine Art von Aufruhr gera=
then

(*) Dieser Ort ist halb hannöverischer und
    halb hildesheimischer Hoheit, und liegt vor
    dem Söllinger Walde.

Uhuhu! 3s Packt.　　　　M

then ſey. Er verfügte ſich daher ſogleich an Ort und Stelle und fand die Engel Chriſtine Schreder, mit einem Geſang= buche in der Hand, im Bette liegen. Auf die Frage: was ihr fehle? und ob ſie krank ſey? — gab ſie zur Antwort: "Es iſt alles wahr, was die Hildebranden berich= tet hat." Als ſie um das, was wahr ſey, genauer befragt wurde, erzählet ſie: "Sie hätte es von ihrer Großmutter abgelernet. Dieſe hätte einſtmahls, "wie ſie von ih= rem Vater geſchlagen worden, zu ihr ge= ſagt: "Mädchen! dir iſt niemand als "der Teufel gut, in deſſen Schutz mußt "du dich begeben." Hierauf hätte die Grosmutter ihr die Naſe blutig gemacht, ein Stück Holz genommen, darauf einige Tropfen Blut geſchmiert, und geſagt: "Nun kannſt du dir helfen. Wenn dir "künftig einer etwas leydes zufüget, ſo "nimm ein Meſſer und wirf es ins drey Teu= "ſels Namen unter's Bette, dann muß "das Vieh und endlich der Hausherr er= "kranken."

Dieſen Rath habe ſie befolgt, und auch die Worte dabey geſprochen: "Das "Meſſer konnte nicht wieder herbeygeſchaft "werden, es ſey denn, daß eine Seele da= "bey geopfert werde. Und wenn dieſes "nicht

"nicht geschehen sollte, mußte sie eine tüch=
"tige Tracht Schläge haben, welche sie ge=
"fordert nnd auch erhalten hätte." Faßt
schien es, als ob das Mädchen wahnsin=
nig sey: allein ihre übrigen passenden Ant=
worten bewiesen das Gegentheil. Da man
im Gesichte des Mädchens verschiedene blu=
tige Streifen bemerkte, so wurde ein Chi=
rurgus herzugerufen, um mit selbiger eine
Visitation vorzunehmen. Das Mädchen
war kaum halb entkleidet, als sich schon die
deutlichsten Merkmahle einer ganz schreck=
lichen Mißhandlung äusserten. Man fand
das Mädchen geschnitten, gehauen, ge=
brandmarkt, und vom Kopfe bis zu den
Füßen gepeitscht. Bey diesen Umständen
wurde das Mädchen aus dem Hildebran=
dischen Hause weg, in ein anderes getra=
gen, wo es sogleich bekannte, daß die gan=
ze Hexengeschichte von den Hildebrandischen
Leuten erdichtet und sie so lange gepeiniget
worden wäre, bis sie angelobt hätte, sol=
che zu bewahrheiten, und in Gegenwart
der Obrigkeit zu erzählen. Dieses alles
machte eine nähere Untersuchung nothwen=
dig. In den fernern Verhören entwickel=
te sich diese Sache. Die Ziege der Hilde=
brandischen Eheleute war krank geworden.
Die Abnahme der Ziege wurde also der

Hexe=

Hexerey zugeschrieben, und um davon noch
mehr Gewißheit zu erhalten und die Hexe
ausfindig zu machen, hatten sie zu der soge=
nannten Schlüsselprobe ihre Zuflucht ge=
nommen. Damit ward folgendergestalt
verfahren: Die Schwester von der Hilde=
brandischen Ehefrau Engel Sabine Bra=
mann hatte das gewöhnliche Gesangbuch
genommen, einen Schlüssel hineingesteckt,
um das Buch ein Band gebunden, den
Ring des eingesteckten Schlüssels auf die
Finger gesezt, denselben samt dem Buche
auf den Fingern umlaufen lassen, und wäh=
rend dem Umdrehen mancherley Fragen ge=
than; als: wer die Hexe sey? wo sie woh=
ne? was sie gemacht? u. s. w. Alle die=
se Fragen waren von ihr selbst beantwortet,
und wohin nun der Ring des Schlüssels
zeigte, der war für die Hexe gehalten wor=
den. Mit dieser Schlüsselprobe hatte man
sich den ganzen Winter beschäftiget, und
verschiedene Leute in der Gemeinde waren
dadurch wenigstens zur Hause des Hilde=
brands, in den Verdacht der Hexerey ge=
kommen. Am 17ten May dieses Jahres
hatte man diese Schlüsselprobe in Gegen=
wart des Hildebrands, dessen Ehefrau,
ihrer Kinder und der Bramann, von neu=
em versucht, und oft wiederhohlt. Da nun
der

der Ring auch auf die Dienstmagd Schredern zeigte, so wurde sie, ein Mädchen
von 17 Jahren, von allen für die Hexe
angesehen, welche die Ziege bezaubert habe. Um noch mehr davon zu erforschen,
hatte die Sabine Bramann dieses Kunst-
stück nochmals angefangen, und folgende
Fragen an sich selbst gemacht:

1) Ob die Ziege behexet sey?
2) Ob das Füllen behexet sey?
3) Ob die Kühe und Pferde behexet
   wären?
4) Ob die Wirkung des Hexens auch
   an den Hausherrn komme?
5) Und wer denn das Hexen gethan
   habe?

Eine jede dieser Fragen ward von der
Bramann, nach dem Umdrehen und Weisen des Schlüssels, sich selbst mit Ja! beantwortet, und bey der lezten Frage von
ihr bejahet worden: "Daß die Engel Chri-
"stine Schreder die Hexe sey, welche alles
"dieses verübet habe." Zu eben dieser Zeit
waren in dem Hildebrandischen Hause zwey
Messer und drey Ellen Band vermißt worden. Die Sabine Bramann macht also
auch hierüber die Schlüsselprobe, und be-
jahete ebenfalls, daß die Schreder dieses

M 3

ent-

entwendet habe. Nach allen diesen wurde
nun das Mädchen von der ganzen Hilde=
brandischen Familie, und der Bramann
für eine Here gehalten. Man fiel es thät=
lich an, entblößte seine Lenden, schlug es
anfänglich mit einem Stricke, hernach mit
einer Pferdepeitsche, und verlangte das Ge=
ständniß, daß es das Vieh beheret, und
die Messer und das Band gestohlen habe.
Als solches nicht wirken will, so fährt man
mit Schlagen auf den Lenden, Rücken, Ar=
men und Beinen fort, bis endlich alle von
dem Schlagen ermüdet, nachlassen, und
das Mädchen vor allen Schmerzen am gan=
zen Leibe zu Bette kriecht, wo es noch am
folgenden Mittage matt und betäubt gele=
gen hat. Hier ward nun noch zu einer hef=
ti/ern Behandlung geschritten. Ohnge=
fähr um zwölf Uhr Mittags treten die Hil=
d brandische Ehefrau mit ihrem Ehemanne,
S hne, Tochter und der Bramann, plötz=
li/y vor das Bette des Mädchens. Man
zieht es mit Gewalt heraus, entkleidet es
vom Kopf bis zu den Füßen, und peitscht
es mit einer Pferdepeitsche über alle Theile
des Vorder= und Hinterleibes, daß es end=
lich zu Boden stürzt. Während dieses grau=
samen Verfahrens wird die Schreder be=
ständig befragt: ob sie nicht geheret habe?

Da

Da sie aber dennoch nicht gestehen will, so schneidet man ihr alle Haare des Kopfes bis auf die Haut ab. Als sie nun so ganz nackend dastehet, steckt man sie von neuen unter das Bette, schlägt bald mit einem Stricke, bald mit einem Besenstiele, ohne Schonung eines Theils am Leibe, unaufhörlich auf sie hinein, bis die Bramann den Rath giebt, daß es zur Verhütung aller fernern Hexereyen, gut seyn würde, wenn man von dem Mädchen Blut erhalten könnte. Sogleich werden ihm mit einem stumpfen Brodmesser die Schienbeine fünfmal zerschnitten, als aber davon noch kein Blut erfolgen will, so schlägt man ihm mit einer Flinte *) eine tiefe Wunde in die Wade und sieben Löcher auf den Rücken. Durch diese heftigen Schrecken wird die Schredern wieder ohnmächtig. Bey ihrem Erwachen ist die Sabine Bramann von neuem mit einer Schlüsselprobe beschäftiget, wobey sie allerley spricht, und unter andern die Frage an sie thut: ob es gut sey, daß die Schredern auch mit glühenden Zangen gezwicket werde? welches sie

M 4　　　sich

*) Flinte ist das Instrument, womit der Bauer seinen Pferden und Kühen die Ader öfnet.

sich auch selbst bejahet. Ungesäumt macht
der Hildebrandische Sohn, ein Junge von sechszehn Jahren, die Zange auf
dem Heerde glühend. Bey seiner Zurück-
kunft nimmt er die Nase der Schrödern zwischen die glühende Zange, wodurch sie von
neuem ohnmächtig zu Boden sincket. Dem
ungeachtet fährt er mit Zwicken und Brennen auf den Rücken, auf den Schenkeln
und Waden fort. Auf so mannichfaltige
Art gepeiniget, liegt endlich die Schredern
sinn- und geistloß auf dem Boden ausge-
streckt. Aus Furcht, daß sie gar sterben
möchte, fängt man an, sie mit Wein- und
Branntewein zu waschen, und da sie dadurch
wieder einige Empfindung und Vorstel-
lungskräft erhält, wird ihr von den Hildebrandischen und der Bramann von neuem
zugeredet, daß sie nur gestehen möchte,
worauf sie aus Furcht vor einer noch üblern
Behandlung endlich bekennet: "Daß sie
"hexen könne, und daß sie die Ziege, die
"Kühe und Pferde behexet habe, und daß
"sie in dieser Absicht zwey Messer und eine
"Elle Band gestohlen und dem Teufel ge-
"opfert habe."

Die Engel Sabine Bramann hebt
hierauf ihre Schlüsselprobe von neuem an,
und legt der Schredern folgende Fragen
vor:

vor: Ob sie nicht einmal eine Tracht Schläge von ihren Eltern empfangen, darauf ihre Zuflucht zu ihrer Großmutter genommen,
und diese ihr denn gesagt habe: "Dir ist
keiner als der Teufel gut?" Ferner, ob diese nicht gemacht, daß ihr die Nase geblutet habe? Ob ihr nicht drey Tropfen Blut
aus der Nase gefallen, welche von der Großmutter aufgefangen, auf einen weißen Stock
geschmiert, darüber drey Kreuze gemacht,
und dabey gesagt worden: "daß sie, die
Schredern nun eine Hexe sey und Menschen und Vieh behexen könne?" ob nicht
ihre Großmutter ihr befohlen, zwey Messer und Band zu entwenden, und solches
unter das Bette zu werfen, wodurch es sich
zutragen würde, daß die Ziege, dann Kühe und Pferde, und endlich der Hausherr
selbst sterben müsse? Alle diese Fragen bejahet die Schredern angst- und schreckenvoll.
Sie muß hierauf zwey Zettel schreiben, wo
auf dem einen die Worte: Jesu Namen,
und auf dem andern: das Blut Jesu Christi, dreymal stehen, die man ihr auf die
Brust und auf den Rücken legt, wahrscheinlich, um sie oder sich, wider des Teufels
Gewalt dadurch zu schützen. Unterdessen
hat das Gerücht von diesem ganzen Vor-
gange sich im ganzen Dorfe ausgebreitet,

M 5 und

und man spricht laut davon, daß derselbe
von der Obrigkeit untersucht werden würde.
Dadurch geräth die ganze Hildebrandische
Familie in Schrecken, und verspricht der
Schredern ein neues Kleid unter der Be-
dingung zu schencken, wenn sie gegen die
Obrigkeit sagen würde: daß sie das Hexen
wirklich erlernet habe. Auch reicht man
ihr ein Gebetbuch, worinn sie bey der An-
kunft der Herren Beamten lesen möchte,
und in diesem Zustande wurde sie denn auch,
wie ich bereits oben bemerkt habe, angetroffen. Sehen Sie, zu einer solchen langen Reihe von schrecklichen Handlungen
kann der Aberglaube durch seine Verblendung noch ganze Familien im Bauernstande mißbrauchen! Nach geendigter Untersuchung, wobey alle die erzählten Facta
theils durch Eingeständnisse, theils durch
Zeugen, theils durch den Augenschein und
die erstattete Relation des Chirurgi hin-
länglich ins Licht gestellt waren, entschied
die hochfürstliche Landesregierung zu
Hildesheim, andern zur Warnung und
zum Exempel, diese Sache folgendergestalt: daß 1) die Engel Sabine Bramann, weil sie durch das abergläubische Schlüsseldrehen zu der Qu. Mißhandlung vornehmlich Ursache gegeben, auf zwey
Jahre,

Jahre, die Hildebrandische Ehefrau aber, weil sie die Mißhandlungen zugelassen, auch den größten Theil daran genommen, auf ein Jahr zum Zucht= und Spinnhause, ferner 2) der Einwohner Andreas Hildebrand, besonders in der Rücksicht, weil diesem die aufgegangenen Gerichts= Kur= und Entschädigungskosten wegen anscheinenden Unvermögens der übrigen Mitschuldigen allein zur Last fallen würden, zum vierzehntägigen Arrest auf Wasser und Brod, einen Tag um den andern, nebst dessen Tochter Anna Louise: endlich dessen Sohn Ludewig Hildebrand, weil er das Werkzeug des äusersten Grades der Mißhandlung abgegeben, für dasmal und in Rücksicht seines geringen 16jährigen Alters, auf drey Wochen zum Arrest auf Wasser und Brod einen Tag um den andern, wobey demselben zugleich bey dessen Endigung 12 bis 15 mäßige Stockschläge durch den Schließer zu geben sind, zu condemniren. 3) Daß sämtliche Verurtheilte, samt und sonders, je nachdem sie dazu das Vermögen besitzen, die aufgegangenen Gerichts= und Kurkosten, auch der mißhandelten Engel Christine Schreder für die erlittene Unbild, Schmerzen und Versäumniß, Einhundert Reichsthaler zu erstatten schuldig.

So

So endigte sich diese merkwürdige Hexengeschichte, die in der ganzen Gegend Aufsehen gemacht hat, und die in einem andern Lande und einige hundert Jahre früher, wohl bey dem Scheiterhaufen der Schredern sich geendigt hätte.

14.

In einem erst 1784 in Salzburg gedruckten Büchlein, unter dem Titel: Theologie ohne Hexen und Zauberer, worinn die Schriftstellen, die auf Hexerey und Zauberey Beziehung haben, vernünftig erklärt werden, schaltet Herr Benedict Poiger reg. lat. Chorherr zu St. Zeno, folgende Begebenheit ein, die ihm selbst mit einem Mädchen begegnet ist:

Wenn ich ein Liebhaber von Hexenglauben und Teufelsbesitzungen seyn könnte, so hätte ich die schönste Gelegenheit gehabt, mir etwas darauf zu Gute zu thun. Man ruft mich zu einem verwirrten, blödsinnigen Mädchen; ich komme, erblicke ein blutjunges, rüstiges Weibesstück; ihre Augen sahen etwas wild, ihre Stimme war steif, ihre Antworten trotzig. Endlich verlangte sie

sie mit mir allein zu reden; ich ließ also die
Leute abtreten; sagte aber, daß sie nahe vor
der Thüre bleiben sollten, weil ich allen-
falls nicht sicher war, ob nicht Bosheit
und Tücke hinter dem Mädchen steckten.
Nun fieng sie an, mit einer schüchternen,
leisen, doch aufrichtig scheinenden, wohl-
bedächtigen Sprache, mir Dinge zu erzählen, die man nur in einem del Rio lesen
kann. — Sie sagte: "Der Teufel komme
"überall zu ihr; er führe sie bald da, bald
"dorthin; er habe ihren Namen aufgeschrie-
"ben; sie gehöre ihm ganz zu; sie könne
"nicht mehr selig werden; sie verzweifle an
"der Barmherzigkeit Gottes; sie trage kein
"Skapulier, keinen Rosenkranz; sie lebe
"wie ein Vieh, wasche sich nie, flechte sich
"nicht; (in der That hieng ihr langes
"schwarzes Haar in zween Zöpfen den Rü-
"cken hinab.) sie besprenge sich nicht mit
"Weyhwasser; sie gehe nicht in die Kir-
"che; sie müsse immer nur so herumirren
"u. s. w." Ganz gelassen hörte ich ihre
Erzählung an, und sprach dann: "Mein
"gutes Kind! ich habe so großes Mitleid
"mit deinem Zustande; du bist recht krank.
"Das, was du mir gesagt hast, kömmt dir
"vor, als wenn es wirklich so wäre? Aber
"sey getrost! es kann dir noch wohl gehol-
"fen

"fen werden. Glaube mir's, das alles
"ist nur in deinem Kopfe so, und entsteht
"aus einer unordentlichen Wallung deines
"Geblütes, welche deine Einbildungskraft
"erhitzt, und dir Dinge als wirklich und
"und geschehen vormahlt, von denen du ehe=
"mals nur gehört, oder gelesen haben magst;
"die aber Gott nicht zuläßt, sondern bloß
"von einfältigen, dummen, und unwissen=
"den Leuten geglaubet werden. Sey ru=
"hig, gutes Kind! wenn du wieder nach
"Haus zu deinen Eltern kömmst, sey ihnen
"gehorsam, arbeite brav! und verspürest
"du Schwermuth und Aengstigkeit, so ge=
"he unter die Leute, klag denen, auf wel=
"che du das meiste Vertrauen setzest, dei=
"ne Noth; sie werden dich aufheitern, und
"verhüten, daß du nicht wieder in einem
"bösen Anfalle davon läufst, und dir scha=
"dest. Habe nur Geduld, nnd vertraue
"auf Gottes unermessene Güte. Vor al=
"lem rathe ich dir, daß du dir einen klu=
"gen verständigen Beichtvater wählest, der
"dich kennen lerne, dich in deinem Wahn=
"sinne nicht bestärke, sondern dir ihn auf
"alle mögliche Weise ausrede. Hier fiel
"sie hastig ein: "ja, wie kann ich denn
"beichten, und von Gott Verzeihung er=
"langen? Ich bereue meine Sünden nur
"allein

"allein darum, weil ich den Himmel ver=
"scherzet, und die Hölle verdienet habe."

Dem Mädchen gab ich noch anderwär=
tige Belehrungen in Rüksicht des Skapu=
liers, Rosenkranzes, Weihwassers u. s.
w. worüber sie ihre Bedenklichkeiten geäus=
sert hatte. Ich erklärte ihr, daß alles
dieses Nebendinge seyn, die zur Seligkeit
nicht nothwendig sind; ich überführte sie
praktisch durch ihr Betragen, daß es in
ihrem Verstande nicht richtig zugehe: daß
sie sich selbst widerspreche. Ich fieng sie
mit der Frage: "Warum sagst du denn,
"du verzweifelst an der Gnade Gottes,
"und bittest dessen ungeachtet, daß ich und
"die andern Leute für dich beten sollen?
"Mithin hoffest du ja von Gott? — —
"sie antwortete darauf: freylich wohl! wenn
"mir andere Leute nicht helfen, dann wäre
"ich verlohren." Nun gut, fuhr ich fort,
Gott kann dir helfen, er will dir helfen;
vertrauest du auf Menschen, die schwach
sind: so vertraue vielmehr auf Gott, wel=
cher mächtig ist, und dessen Güte keine
Gränzen hat. Ich mußte sie auf ihr Be=
gehren vielmals segnen, und mit Weihwas=
ser sprengen; da mirs zu lange ward, sprach
ich: "jetzt lasse es einmal gut seyn! das
"Beste, das Heiligste, wenn es zu viel
"ist,

"ift, wird Mißbrauch. Zudem ſind der=
"gleichen geweihte Sachen nur Zeichen,
"die unſern Glauben an Gott bezeugen,
"anfriſchen und begleiten; ſie nützen uns,
"aber von ſich ſelbſt nichts. Nur das kind=
"liche Vertrauen auf Gott, nur die herzliche
"Liebe zu Gott, die wir durch dergleichen
"äuſſerliche Dinge an Tag legen, die aber
"auch ohne dieſe beſtehen kann, nützen uns,
"alles." — Nachdem ich auf ſolche Art
das Mädchen beruhiget hatte, verließ ich
ſie. Nach der Zeit habe ich nichts mehr
von ihr vernommen. Meines Dünkens iſt
ſie ein im hohen Grade hiſteriſches Weibs=
bild, welches alle Monate beym Zuſtande
ſeiner Reinigung ähnlichen Anfällen wird
ausgeſetzet ſeyn: vielleicht könnte ſie gehei=
let werden, wenn ſie bald an Mann ge=
bracht würde: mit den Jahren mag ſich
das Uebel ſelbſt mindern. Vor Zeiten hät=
te man ſie ohne Zweifel verbrannt, und
wenn ſie einem abergläubiſchen Beichtva=
ter in die Hände gerathen ſollte, dann ge=
nade ihr Gott! ſie wird für immer verderbt
werden. —

15.

Eben dieſer Herr Poiger führt in ſeiner
Theologie ohne Hexen und Zauberer
folgendes an:

Es iſt bekannt, wenigſtens in unſern Ge⸗
genden, wie lange die ſogenannte fromme
Maria von Burghauſen viele rechtſchaf⸗
fene und brave Leute genarret, und hinter⸗
gangen hat.   Eine ähnliche Betrügerey
wollte vor wenigen Jahren eine gewiſſe
Weibsperſon in unſerer Nachbarſchaft ſpie⸗
len: die Sache ſchlägt zwar nichts weniger
als in die Zauber und Hexerey ein; doch will
ich ſie darum erzählen, weil ſie in dem
Punkte, wie man durch Leichtglaubigkeit
und Wunderglauben angeführt werden kön⸗
ne, mit jener ganz nahe verwandt iſt. Hier
iſt das Faktum: eine Weibsperſon kam zu
mir, und beklagte ſich, daß unlängſt ihr
Bruder geſtorben wäre, und daß dieſer
Unglückliche nunmehr heimgehe (wie das
Volk zu reden pflegt) oder eigentlich mich
auszudrücken, zur Nachtszeit in ſeinem vä⸗
terlichen Hauſe als Geiſt erſcheine.   Sie
habe (fuhr ſie fort) nach zweymaliger Er⸗
ſcheinung es endlich gewaget, den Geiſt

Uhuhu! 3s Packt.   N   zu

zu befragen, und er habe sich nach gesche=
hener Anrede folgendermaßen verlauten laf=
fen; "meine liebe Schwester! ich bin der=
"jenige Thäter, welcher vormals einer
"Weibsperson zu ** nächtlicher Weile ei=
"nen bösen Antrag gemacht habe; da sie
"aber nicht meines Willens werden wollte,
"so brachte ich ihr mit einer Art eine ge=
"fährliche Wunde bey. Dieses Unrecht
"habe ich zwar gebeichtet, aber den Scha=
"den und die Ehre, wie mir mein Beicht=
"vater aufgab, habe ich der verlezten Per=
"son nicht ersezet. Denn du weißt es selbst,
"meine Schwester! daß diese Person, weil
"sie den Thäter nicht angeben könnte, als
"welchen ihr die Dunkelheit der Nacht uns
"erkannt ließ, daß, sage ich, diese Person
"nunmehr von jedermann, auch vor geist=
"licher und weltlicher Obrigkeit als eine Be=
"trügerin, die diesen Streich nur selbst er=
"dacht hätte, gehalten wird, und daß ihr
"also weder Recht noch Genugthuung wi=
"derfuhr. Meine Erlösung hangt nun an
"dem, sagte der Geist, daß der Unschul=
"digen ihr guter Name öffentlich in der Kir=
"che vor dem ganzen Volke wieder gegeben
"werde, auf diese Weise; es soll ihr näm=
"lich von der Obrigkeit angedeutet werden,
"daß sie an einem großen Versammlungs=
"tage

Innhalt.

*   12. Ein

1. Ge=

"tage unter dem Gottesdienste vor dem Al=
"tare zum Zeichen ihrer Unschuld prangen
"dürfe. Dann soll sie für ihm, als ihrem
"Beleidiger, eine Wallfahrt verrichten,
"und für meine Seele eine heilige Messe
"lesen lassen. Geschieht dieses, alsdenn
"bin ich von meiner Pein befreyet."

Nach dieser seltsamen Erzählung, wel=
che mir das Weibsbild von ihrem Bruder=
Geist machte, setzte sie die Bitte hinzu: ich
möchte doch um alles in der Welt diesen
ganzen Vorgang an das Gericht zu ** be=
richten, damit von demselben (denn durch
Privatleute, sprach sie, wird nichts ausge=
richtet) die nöthigen Vorkehrungen zur Er=
lösung ihres Bruders und Befriedigung
der gekränkten Person getroffen werden mö=
gen. Ich wollte mich zu so etwas lange nicht
gebrauchen lassen, und stellte mit der Per=
son ein ernsthaftes Examen an, ob sie mich
nicht hintergehen wolle, oder ob sie nicht
selbst von ihrer Phantasie hintergangen
werde? Da ich aber sah, daß alle meine
Vorstellungen nicht verfänglich wären, sie
eines Bessern zu belehren; und sie nur im=
mer heftiger mit Bitten in mich drang,
versprach ich ihr zuletzt, an das bestimmte
Gericht zu schreiben. Ich hielt Wort;
und bekam nach einiger Zeit von dem Be=

N 2 amten

amten des Orts folgende leswürdige Antwort:

"Auf Dero Erlaß vom 26. Brachmo-
"nats hätte ich unverzüglich meine schuldi-
"ge Antwort überschrieben, wenn mir nicht
"schon vor geraumer Zeit von derjenigen
"Person, die mich des Geistes Aussage
"ganz unschuldig seyn soll, seltsame Wege-
"benheiten, die ich aber als ein leeres We-
"sen wenig geachtet, zu Ohren gekommen
"wären. Ich wollte mich derowegen in
"Sachen ehevor erkundigen. Um etwas
"mehreres vernachrichten zu können. Ge-
"stern erschien bey mir ein in dortiger Nach-
"barschaft ansäßiger Bauersmann; dieser
"erzählte mir auf meine Veranlassung, daß
"diese Person der Geistlichkeit zu ** sehr
"viel zu schaffen gemacht. Sie hätte unter-
"schiedliche Erscheinungen. Es fiel sogar
"einsmals ein in Himmel mit goldenen
"Buchstaben geschriebener Zettel auf dem
"Altar herab, welcher Zettel nach ** hin-
"bracht worden, und alldorten dato noch
"aufbehalten seyn soll. Ein anderer ge-
"schah in ihrer Truchen ein gewaltsamer
"Einbruch, das hieraus entwendete Geld
"aber, da dem Dieb die Reue angekom-
"men, wurde nebst einem Brief nach **
"geschickt, daß man ihr solches als ein ih-

"riges

"riges Eigenthum zustellen solle. Es ver-
"offenbarte sich aber, daß der von Him-
"mel gefallene Zettel und der Diebsbrief
"von einer Hand geschrieben worden,
"wodurch sie denn ihr Trauen und Glau-
"ben zu ** dermaßen verlohren haben soll,
"daß man sie alldort nicht einmal mehr
"Beichte hören wolle. Wenn man alle
"Histörchen in Belang dieser Person be-
"schreiben wollte, würde ein großes Buch
"mit seltsamen Dingen angefüllt werden.
"Also spricht der Bauer: Ich für meine
"Person halte sie für eine Betrügerinn,
"welche mit ihren Unternehmungen zu ei-
"ner solchen Reise noch nicht gekommen,
"daß man im Stande wäre, einen Inqui-
"sitionsprozeß anzufangen; denn bisher hat
"sie nur Geistliche betrogen, die sich bey
"dem weltlichen Richter als Gezeugen nicht
"dörfen gebrauchen lassen (*); wird sie
"aber auf ihrem boshaften Wege so weit
"fortschreiten, daß weltliche Personen be-
"trogen oder gar in Schaden gesetzt wer-
"den, welche ihre eigene Erfahrung (denn
"von anderer Leuten Sagen oder Hören et-
"was anzuzeigen, ist zu Anstellung eines
"kostbaren Prozesses zu weitschichtig) mit

N 3 "Eid

(*) Nach den Grundsätzen der kathol. Kirche.

"Eid bestärken können, so muß man sie zu
"Verhaft nehmen, und mit ihr als einer
"Stelionantinn verfahren u. s. w. *** den
"11. Heum. 1781."

Man wird mir erlauben, über das
eben mitgetheilte Faktum ein paar Anmerkungen zu machen. Fürs erste bin ich redlich genug, meinen eignen Fehler zu gestehen; ich war wirklich geneigt, das Gei-
stermährchen zu glauben, weil ich damals
ein junger, unerfahrner Priester und Seelsorger bey einer andächtigen Person unmöglich Trug und Hinterlistigkeit voraussetzen
konnte, so sehr auch meine theoretischen
Grundsätze mit der ganzen Erzählung in
Kontrast standen. Was mich bey der ganzen Sache am meisten tröstete, war dies,
daß die Denuntiantinn des Geistes selbst
verlangte, ich sollte den Fall an das weltliche Gericht überschreiben; denn auf solche Art dachte ich, wird sich die Wahrheit
oder Falschheit desselben gewiß aufklären,
wie es auch geschehen ist. Es meldete sich
weiters weder Geist, noch dessen Schwester, und es gab sich ganz klar, daß die an-
gebliche Schwester dieses Geistes Niemand
anderer, als die Betrügerinn selbst, von
welcher der Beamte so wunderliche Bege-
ben-

benheiten schrieb, gewesen war; und daß
sie all den Wirrwar nur erdichtet habe,
um auf Kosten der Wahrheit dem gesunke-
nen Kredit ihres Rufes in etwas aufhelfen
zu wollen.

Nicht lange nach der Entdeckung dieses Betruges starb aus meiner Pfarre ein
Bauer, und seine hinterlaßene Wittwe
wollte den Geist ihres Mannes schier alle
Nächte gesehen haben; ich war jetzt taub
zu ihrem Angeben, verwies ihr ihre Einbildung, ihre Leichtglaubigkeit, u. d. gl.
doch sie ließ mir keine Ruhe. Endlich ihrer los zu werden, und weil des Gesages
unter den Leuten immer mehr ward, versprach ich ihr in das Haus zu kommen,
und Mittel zu machen. Ich gab heimlich
dem Beamten des Orts Nachricht, und
wir begaben uns gesammter Hand zu dem
Weibe. Der Anblick und die Gegenwart
des Beamten setzte die Bäurinn in eine sichtbare Verlegenheit; sie bath geschwin-
de um Verzeihung wegen eines fremden
Weibsbildes, daß sie ohne seiner Erlaubniß in die Herberge aufgenommen hatte,
und entschuldigte sich mit der Furcht vor
dem nächtlichen Geistesbesuche. Der
Beamte schafte aber die Vagantin fort aus

N 4

dem

dem Hause und dem Bezirke seiner Gerichts=
barkeit, schickte des Nachts zween beherzte
Männer, die in der nämlichen Kammer
wachen mußten, in der das Gespenst sein
Gepolter sonst allezeit vollbracht haben soll=
te: diese sahen und hörten, wie leicht zu
vermuthen war, nichts; einige Zeit dar=
nach bekam das Weib eine Heyrath, und
so wurde der Geist vollends erlöset. —

16.

Der berühmte Marquis d'Argens in sei=
nen jüdischen Briefen I. Th. 20. Brief
auf dem 214ten Blatt erzählet eine Bege=
benheit zwischen dem großen Weltweisen
Gassendi, und einem Schäfer, der sich ein
Hexenmeister zu seyn dünkte:

Gassendi war auf einem Dorfe, wo er
sich gemeiniglich von seinem Studieren er=
holte, und sah einen Haufen Bauern, die
einen Schäfer gebunden und geknebelt
brachten. Die Neugier trieb ihn anzu=
fragen, was dieser Mensch gethan hätte,
welchen man nach dem Gefängnisse führte.
Mein Herr, antwortete ihm ein Bauer,
er

er ist ein Hexenmeister: wir haben ihn ge:
fänglich eingezogen, und wollen ihn den
Händen der Gerechtigkeit überliefern. Die
philosophischen Ideen des Gassendi wurden
bey dem Worte Hexenmeister erwekt. Es
war ein angenehmes Vergnügen für ihn,
die Fabeln selbst zu untersuchen, die man
auf die Rechnung dieser Betrüger ausstreu:
et. Er befahl den Bauern diesen Men:
schen zu ihm zu bringen, und ihn seinen
Händen zu überliefern. Da er in grossem
Ansehen bey den Leuten dieses Dorfs stand,
so besonnen sie sich nicht ihm zu gehorchen.
Freund, sagte er zum Hexenmeister, da
er mit ihm allein war, du must mir aufrich:
tig gestehen, ob du ein Bündniß mit dem
Teufel gemacht hast. Wenn du dein Ver:
brechen gestehest, so will ich dir deine Frey:
heit wieder geben; wenn du aber halsstar:
rig schweigst, so werde ich dich dem Stock:
meister übergeben. Mein Herr, antwor:
tete der Schäfer, ich gestehe, daß ich al:
le Tage in die Versammlung der Hexen
komme. Einer von meinen Freunden hat
mir den Saft gegeben, welchen man einneh:
men muß, und ich bin seit 3 Jahren unter
die Zauberer aufgenommen. Gassendi un:
terrichtete sich sorgfältig von der Aufnahme
die

dieses vermeinten Zauberers, der von al=
len Teufeln so redete, als wenn er mit ih=
nen in Gesellschaft gewesen wäre. Höre, sag=
te Gassendi, du mußt mir die Arzeney zeigen,
welche du einnimmst, wenn du in die höllische
Versammlung gehest; ich will dich diesen
Abend dahin begleiten. Es wird auf sie an=
kommen, antwortete der Schäfer, ich wer=
de sie hinführen, sobald es Mitternacht
seyn wird. Als die Stunde kam, sagte
Gassendi: nun, die Zeit unsrer Abreise ist da.
Der Zauberer zog eine Büchse aus seiner
Tasche hervor, darin er eine Art von Opium
hatte; er nahm für sich etwas davon, in
der Größe einer Nuß, und gab dem Phi=
losophen eben so viel, indem er sagte, dieß
müßte er einnehmen, und hernach sich un=
ter den Schornstein legen, dabey versicherte
er ihn, daß bald ein Teufel in Gestalt ei=
ner großen Katze kommen, und ihn in die Ver=
sammlung führen würde; und daß die Zaube=
rer gewohnt wären, auf solchen Pferden sich
in ihre Versammlung zu begeben. Gassendi
nahm die Salbe an; stellte sich aber, als
könnte er sie nicht einnehmen, wenn er sie
nicht zuvor in etwas einhüllte. Er gieng
in eine Nebenkammer, nahm etwas Back=
werk, darauf er Oblaten legte; und nach=
dem er wieder zum Schäfer kam, sagte er,
nun

nun ich bin bereit, dir zu folgen. Wir
wollen uns beyde auf den Boden legen,
antwortete der Zauberer; in dieser Stellung wollen wir unsere Salbe einnehmen.
Sie streckten sich beyde auf die Erde neben
dem Kamin. Der Philosoph aß sein Back-
werk, der Hexenmeister seine gewöhnliche
Arzney. Kaum waren einige Minuten verstrichen, so schien er außer sich zu seyn, wie
ein betrunckener Mensch. Er schlief ein,
und während seines Schlafs redete er unaufhörlich, und sagte tausenderley Narr-
heiten. Er sprach mit allen Teufeln, er redete mit seinen Kammeraden, die er eben
für Zauberer hielt, so wie sich selbst. Nachdem er vier oder fünf Stunden geschlafen
hatte, erwachte er, und war noch an eben
demselben Orte, wo er sich niedergelegt hatte. Nu, sagte er zum Gassendi, sie müssen mit der Art, mit welcher sie der Bock
aufgenommen hat, zufrieden seyn. Es ist
eine große Ehre, daß er sie gleich den ersten Tag ihrer Aufnahme zugelassen hat,
ihm den Hintern zu küßen. Er erzählte
hierauf alle die Historien, die man von dieser Versammlung hat.

Gassendi war von dem Zustande dieses Unglücklichen gerührt, und benahm ihm
seinen Irrthum. Er machte in seiner Ge-

gen-

genwart den Versuch mit seinem Safte an
einem Hunde, der ihn fressen mußte, und
welcher gleich darauf einschlief. Der Schä=
fer wurde in Freyheit gesetzt. Vermuth=
lich belehrte er seine Mitbrüder, die eben
dieselbe Betrügerey glaubten, eines Bes=
seren.

17.

Zu den vielen Betrügereyen mit Gespen=
sterhistörchen können wir folgenden merkwür=
digen Beytrag liefern. Zu Sunderland
ließ sich jeden Abend eine lange weisse Fi=
gur sehen, die vom Ufer des Meeres kam,
ein Kind in der Hand zu haben schien, und
langsam die Straßen hinauf schritt, bis
sie verschwand. Man glaubte, daß es der
Geist einer Weibsperson sey, die sich vor
kurzem ersäuft hatte, bis endlich ein Sol=
dat mit geladenem Gewehr auf die Erschei=
nung losging, und den nächtlichen Besu=
chen eines Schleichhändlers ein Ende mach=
te, der mit einer Maske aus der Geister=
welt regelmäsig jede Nacht sein Faß mit
Branntewein in die Körperwelt
hinein stahl.

Uhuhu

oder

Hexen- Gespenster- Schatzgräber-

und

Erscheinungs-Geschichten.

Viertes Packt.

Dicamne aliquid ridiculosius?

Chrysostom.

Erfurt, 1787.

bey Georg Adam Keyser.

Vorrede.

Ich habe schon mehrmalen erwähnt, daß Mangel an physikalischen, historischen und exegetischen Kenntnissen, und eben daher entspringende unrichtige Vorstellungen, so viele sonst wirklich anerkannte Gelehrte der Vorwelt, verleitet haben, sich Dinge zu träumen und durch ihre Schriften auf die Nachwelt zu bringen, die wider alle Begriffe der heiligen Schrift, Vernunft und Erfahrung sind;

wel-

welches die natürliche Folge gehabt, daß andere Gelehrte sie eben ungeprüft, auf Treu und Glauben angenommen und ihre uns lächerliche Hypothesen und mit schwülstiger Schulweisheit verbrämte Träumereyen, von einem Jahrhunderte zum andern, uns überliefert und immer so weiter ausgebreitet haben.

Unser philosophischeres Zeitalter scheint aber nicht mehr alles so ungeprüft mit blindem Glauben fernerhin annehmen zu wollen, und vernünftige Gelehrte fangen an, ohne Ansehen der noch so berühmten Schriftsteller, solchen, der Vernunft, Erfahrung und Naturgesetzen zuwider laufenden Meynungen nachzuforschen und die richtigere Entdeckungen dem unbefangenen Publiko vor Augen zu legen.

Ein solches Beyspiel liefert uns der durch so viele physikalisch ≠ chemische Schrif≠

Schriften und neuen Ausgaben der natür=
lichen Magie, so berühmte Herr Senator
und Apotheker Wiegleb, in Langensalza,
im deutschen Merkur 1786. No. 12. p. 290.
vom Ursprung der fabelhaften Ge=
schichte des Vogels Greif: Es
heist nämlich im 7. Buch, §. 2. nach
Großens Uebersetzung der Naturgeschich=
te des ältern Plinius (an der wir, wie
er auch sagt, einen wahren Schatz des
Alterthums besitzen) "daß nahe am Ur=
"sprunge des Aquilo, (Nord=Pole) und
"an der Höhle desselben, welchen Ort
"man Geselithron nennt, die Arimas=
"per wohnen, die sich dadurch auszeich=
"nen, daß sie nur ein Auge mitten auf der
"Stirn haben. Sie führen beständig mit
"den Greifen, einer Art wilder Vögel, wie
"man sie eigentlich beschreibt, um die
"Erzgruben Krieg. Diese kratzen das
"Gold begierig aus den Gängen hervor,
"und bewahren es, und die Arimasper
"rauben es ihnen. Dies schreiben vie=

"le. Die berühmteſten darunter ſind He-
"rodot und Ariſteus der Proconneſier."

Weil Plinius ſeine Währmänner
angeführt hat, ſo ſcheint der doppelte
Unſinn dieſer Stelle — Menſchen, die
nur ein Auge vor der Stirn haben,
und Vögel welche Gold aus der Erde holen, es bewachen und deshalb mit
Menſchen Krieg führen ſollen — auf
ſeine angeführten Vorgänger zu fallen.
Aber Herr Wiegleb hat den ganzen Herodot genau überſehen, und drey Stellen
gefunden, wovon nach aller Wahrſchein-
lichkeit Plinius nur eine mag vor Augen
gehabt haben. Es kann daraus evident
dargethan werden, daß der zweyte Unſinn
dieſer Stelle auf des Plinius Unvorſich-
tigkeit und, Unkunde beruht. Die erſte
Stelle ſelbſt lautet in Herodots Geſchichte, von Goldhagen überſetzt, B. 4. §. 25.
alſo: "Weiter hinauf wohnen, wie die
"Iſſedoner ſagen, einäugigte Leute, und
"die Gryphen, (Greife) welche das Gold
"be-

"bewahren. Von diesen haben es die
"Skythen, von den Skythen aber wir
"andern bekommen, (nehmlich das Gold)
"und wir nennen sie (jene eindugigen)
"auf skytisch Arimasper. Denn Ari-
"mia heißt bey den Skythen Eins, Spu,
"das Auge." In der mittlern Periode
dieser Stelle, (schreibt Herr Wiegleb)
bin ich vom Herrn Professor Goldhagen
abgewichen, der sie folgendermaßen über-
setzt hat — von jenen haben es die Skythen gehört, von den Skythen haben wir
andern die Meynung angenommen rc.

Die andere Stelle ist im dritten
Buche §. 3. befindlich und lautet also:
"Gegen Norden zu hat Europa, wie be-
"kannt ist, viel Gold: wie es aber ge-
"wonnen werde, kann ich auch nicht mit
"Gewißheit sagen. Man giebt'vor, als
"nähmen es die Arimasper, welches ein-
"äugige Leute seyn sollen, den Greifen
"weg; ich lasse mich aber nicht bereden,
"daß Leute mit einem Auge gebohren
* 4 "wer-

"werden, und doch in andern Dingen mit
"andern Menſchen einerley Natur haben."

Von dieſen beyden Stellen hat
Plinius wahrſcheinlich nur die letzte vor
Augen gehabt. Denn wenn er die
zwente erwogen hätte, ſo würde er
wegen der einäugigen Leute zweifel-
hafter worden ſeyn. Im Gegentheil
aber erſieht man unläugbar, daß Plinius nicht gezweifelt, und noch dazu das
Sonderbare gar wunderbar gemacht, indem er dieſen Leuten ein Auge vor die
Stirn ſetzet, wovon doch in Herodots
Beſchreibung nichts angeführt iſt. Konnte gleich Plinius nicht einſehen, was es
mit jenen einäugigten Leuten für eine Bewandnis hatte: ſo ſollte er doch nicht
noch mehr ausſchmücken, ſondern getreu
erzählen, und gewußt haben, daß nirgends
ganze einäugigte Völkerſchaften vorhanden wären. Nach Bocharts (wahr-
ſcheinlicher) Vermuthung, war es nur
ein beygelegter Nahme, und vermuthlich
daher

daher entſprungen, daß jenes Volk aus
guten Bogenſchützen beſtund, und zur
richtigen Zielung dabey ein Auge zu-
ſchloß. *) Aus dieſem Grunde konnten ſie vielleicht von ihren Nachbarn, iro-
niſch, (ſpottweiſe) Einäugigte genannt
worden ſeyn.**) Hiernächſt iſt wohl zu
mer-

*) Weil die Scythen, oder doch wenig-
ſtens eine Nation derſelben ſo gute
Schützen geweſen, ſo rührt vermuthlich auch der Nahme Schütze
von Skythen oder Scythe her, und
wurde daraus Schütte, Schütze.
A. d. H.

**) So wie die Fabel von den Ari-
maspern entſtand, ſo entſtand auf eine ähnliche Weiſe die von den Centauren. Die Centauren werden
uns nämlich von den Alten als Ge-
ſchöpfe vorgeſtellt, die oben Menſch
und unten Pferd ſind. Vermuthlich

merken, daß in beyden Stellen nicht die
allergeringſte Veranlaſſung vorkommt,
die Gryphen für eine Art wilder Vögel
zu halten, wofür ſie Plinius geradezu
ausgiebt. Hätte er die jetzt gleich nachfolgende dritte Stelle des Herodots in
Vergleichung gezogen, welche ſich in
angeführter Ausgabe im 4ten Buche,
§. 12. befindet, und eben diejenige iſt, die
Herodot aus dem Ariſteus anführt, ſo
würde er die Gryphen nicht für eine beſondere Art wilder Vögel ausgegeben
haben.

Dieſe Stelle heißt: "Man hat
"noch eine andere Erzählung bey den
"Griechen und Ausländern zugleich.
"Ariſteus, des Kaſtrobius Sohn, aus
"Prokoneſus, ein Dichter, gab vor, er
"ſey,

lich mögen ſie die Kunſt zu reiten, er-
funden haben, da denn ein Vorüber-
gehender wohl geglaubt: Der Reiter wäre halb Menſch, halb Pferd.
A. d. H.

"sey, als er vom Phöbus begeistert wor-
"den, zu den Issedonern gekommen. Ue-
"ber den Issedonern, sagte er, wohnen die
"Arimasper, welche nur ein Auge ha-
"ben: über diesen die Gryphen, welche
"das Gold bewahren; weiter hinauf die
"Hyperboreer, welche sich bis an das
"Meer erstrecken. Alle diese, die Hy-
"perboreer ausgenommen, fielen ihren
"nächsten Nachbarn in das Land, nach-
"dem die Arimasper den Anfang ge-
"macht hatten; von diesen wurden die
"Issedoner, und von den Issedonern die
"Skythen aus dem Lande getrieben.

Diese dritte Stelle giebt nun son-
nenklar zu erkennen, daß unter den
Gryphen keine wilde Vögel, sondern
ein besondres Volk der Skythen zu verstehen sey. Ein Volk, das in einer gold-
reichen Gegend gewohnet, wo vermuthlich goldführende Flüße gewesen, daraus
das Gold von ihnen gesammelt, und an
die benachbarten Arimasper verhandelt
worden.

worden. Kurzer dazu zu kommen, mögen letztere die erstern wohl oft überfal-
len haben, um ihnen das Gold zu rauben, und daraus der beständige Krieg unter ihnen entsprungen seyn.

Hier liegen nun die vom Plinius
begangenen Fehler offenbar am Tage.
Er hat aus Uebereilung und Unkunde der
Naturgeschichte den Arimaspern ein
Auge an die Stirn gesetzt, ein Volk
zu einer besondern Art wilder Vögel gemacht — läßt diese Vögel mit Völkern
um Erzgruben Krieg führen — wovon in den von ihm selbst angeführten
Autoren nicht ein Wort stehet.

Diese Stelle hat Herr Wiegleb
deswegen ins Licht gesetzt, weil sie der
einzige und wahre Grund der fabelhaften Geschichte des Vogels Greif ist,
die immerfort, auch noch in gegenwär-
gem Jahrhunderte, in Naturhistorischen
Schriften fortgepflanzt worden ist.

Da

Da sich Plinius einmal die Exiſtenz eines solchen wunderbaren Vogels vorgestellt hatte, und jener Nahme Gryphus von den Ueberſetzern Greif verdeutſcht worden, ſo war es unſern abergläubiſchen Vorfahren ſehr leicht, ihm noch andere wunderbare Eigenſchaften anzudichten, und Ammen und Kindern erzählen zu laſſen.

Wie ſehr haben wir alſo Urſache, der göttlichen Vorſehung zu danken, daß in unſern Tagen die Gelehrten nicht mehr durch blinden Glauben, ſo unſinnige Traditionen, der geſunden Vernunft, der göttlichen Offenbahrung und den unwandelbaren Naturgeſetzen gerade entgegenlaufende Meynungen, und noch ſo ſchulgelehrt aufgeſtutzte Geſchichten, annehmen, ſondern ſolche aberwitzige Vorſtellungen genau prüfen, und unpartheiiſch die richtigere Reſultate ihrer philoſophiſchen Unterſuchungen, der prüfenden Welt öffentlich vorlegen und nicht mehr fürchten dürfen,

fen, durch ihre, den alten Philofophfyfte-
men, Kirchenfätzungen und fcholaftifchen
Spitzfindigkeiten, gerade entgegen laufenden vernünftigern Meynungen, Leib
und Leben, Hab und Gut, durch Feuer,
Schwerdt, Marter und Confiscation
verluftig zu werden; weil wir auch in
diefen Tagen Regenten und Obrigkeiten
haben, die von einer geläuterten Philo-
fophie aufgehellt, mit eigenen Augen Licht
und Finfternis zu unterfcheiden wiffen;
überdies durch rechtfchaffene, auch er-
leuchtetere geift- und weltliche Diener des
Staats und der Kirche belehret werden:
daß die, durch richtigere Sprachkenntnis
und vernünftigere Exegefe erft recht zu
verftehende heilige Schrift, keinen Irrthum und zum Aberglauben neigende
fchiefe Vorftellungen enthalte, alles nach
dem Gange der von Gott felbft beftimm-
ten Gefetzen der Natur gefchehe, und
was auch oft wunderbar fcheinen könnte, doch begreiflich mache; daß alfo eine
ver-

vernünftige Aufklärung dem Wohl des Staates weit ersprieslicher sey, als eine tyrannische Gefangennehmung der gesunden oder kranken Vernunft unter dem Gehorsam des blinden Glaubens.

Dieser Meynung sind gewis alle wahre Weltweisen und aufgeklärte Theologen. Fragen über geschehene Dinge (res facti), sagt ein Anonym in Wekhrlins grauen Ungeheuer, 8. B. 1786. sind nicht Zweifel gegen die Religion. Zeugnisse und Erzählungen nach der berüchtigten Theorie der Probabilitäten zu prüfen, und den Grund des Glaubens zu bestimmen, den man ihnen schuldig oder nicht schuldig ist, gehört zu den Befugnissen eines jeden selbstdenkenden Wesens, deren Kränkung oder Beeinträchtigung, Unverstand und unerträglicher Despotismus seyn müste.

Daß

Daß es zum Exempel eine Magie giebt, die durch Geisterzitationen vollführt wird, daß ein Mensch durch alberne Ceremonien, Beschwörungen und nonsensikalische Wörter den Zustand eines Geistes verändern, und ihn zum Erscheinen und Antwortgeben zwingen kann; ist eine offenbare Absurdität.

Nur durch den Glauben wissen wir daß es Dämonen giebt. Aus Vernunftgründen und Erfahrung läßt sich weder ihr Daseyn, noch ihr wirksamer Einfluß auf die Dinge dieser sublunarischen Welt, beweisen. Man muß die Geistererscheinungen, welche in der Schrift angeführt werden, a l l e n f a l s als besondere göttliche Zulassungen. — deren nicht mehrere als die Offenbarung ausdrücklich angiebt, vermuthet werden können — als e i n e Art von Wundern ansehen, die nur in seltnen und ausserordentlichen Fällen und zu wichtigen Zwecken ge=

geſchahen, deren öftere Wiederholung
aber nur den Aberglauben und die pa-
niſchen Schrecken in der Welt vermeh-
ren würde.

Es geht den meiſten Menſchen, wie
den Anwohnern des Eismeeres, nach der
Erzählung des Tacitus. "An dieſem
Meere, von dem man glaubt, es ſey die
äuſſerſte Gränze der Welt (illuc usque
tantum natura) ſah man Göttergeſtal-
ten, mit Strahlenkränzen ums Haupt.
Es iſt kein Wunder, wenn es da, wo
die Natur aufhört, ſpukt.

So ſieht man überall Götter, wo
der uns bekannte Kreis der Naturgeſetze
und Naturwirkungen ein Ende hat.

Wie ſehr wäre nur zu wünſchen,
daß erſt die Ueberzeugung von der Richtigkeit dieſer Grundſätze allgemeiner würden und nicht noch immer ſelbſt viele
Geiſtliche und obrigkeitliche Perſonen

**   Dem

dem gemeinen Volk die ärgerlichste Ver=
anlassung zum Aberglauben gäben.   Ein
Beyspiel unserer Zeit lesen wir in dem
Journal von und für Deutschland,
3ter Jg. 1786. 9. St. p. 237. von dem
Osterodischen Wunderkind: wo ein
Marktschreier auf seiner mit Obrigkeit=
licher Erlaubnis aufgebauten Lügen= und
Betrugsbude. unter andern dummen
Charletanerien auch das siebente Kind
des Hufschmidts Dörge für ein Wun=
derkind erklärte und ihm die Eigenschaft
und Kraft beymaß oder anlog, daß es
alles heilen könne, was es berühre, so
daß man sogar seinen Excrementen Wun=
derkraft zuschrieb, seinen Urin und das
Wasser, worinnen es gewaschen worden
war, trank, und die mit seinem Koth be=
schmuzten Tücher auf die Schäden leg=
te.   Das schlimmste aber war, daß selbst
Seine Hochwürden, der Herr Super=
intendent Bockenstein in Osterode, an
Sanct Dörgen glaubte, und ein Ge=
                                    wächs

wächs vorn auf dem Kopf, das immer
wuchs, von ihm kuriren laſſen wollte,
ſichs von ihm ſtreicheln lies und auch ſeiner hypochondriſchen Frau dieſen Wun-
derthäter anpries, die aber bey aller ihrer ſtarken Hypochondrie doch noch klü-
ger war, als ihr hochgelahrter Mann,
und den Taumaturgen verſpottete. Das
heilige Dörelchen konnte auch wirklich
das Gewächs Sr. Hochwürden nicht
heilen, ungeachtet es faſt täglich daſſelbe
ſtreichelte, ſondern es muſte die Heilung
ohne Wunder durch den Stadtchirur-
gus Brinkmann geſchehen.

Bey dieſer Gelegenheit wird in pa-
rentheſi bemerkt, daß Se. Hochwürden
auch an Teufels Beſitzungen glaubten,
und die Krankheit der Frau Superinten-
dentin dem Herrn Legion Schuld gaben,
der in ſie gefahren ſey, wie in die Schweine der Gergeſener. Solchen Glauben
fand Jeſus in Iſrael nicht, als Sanct

** 2 Dörge

Dörge in Osterode, den selbst der Hohepriester der Stadt und die Obersten des Raths ihre Verehrung bewiesen! und das nicht zur Zeit Gregors des Siebenten, nicht in Spanien oder in Bayern, sondern in Osterode im Kurhannöverischen, einem bekanntlich ganz lutherischen Lande, und das in den letzten 12 Jahren, zu der Zeit, da Justus Henricus Jenisch dirigirender Burgermeister in Osterode war.

Doch ist diesem hochweisen Magistrat und dem hochgelahrten Herrn Superintendent von den geist- und weltlichen Landeskollegien zu Hannover dieser Unfug damals aufs nachdrücklichste verwiesen worden.

Daß nun der Glaube an Hexen-Gespenster- Geistererscheinungen und von Teufeln Besessene oder Geplagte, sich so lange erhalten, ist ohnstreitig mit dar-

darinne zu suchen, daß die in der heil.
Schrift und besonders im neuen Testa-
mente angeführte, von Christo und seinen Aposteln wunderbar Geheilte, dä-
monische oder begeisterte Leute, sonst
Besessene genannt worden. Es sind
aber eben dieses nicht vom Teufel oder
bösen Geistern, sondern von Krankheiten Geplagte gewesen, und unter dem
Ausdruk Teufel und Geister alles Böse
verstanden worden.

Die verdienten Männer, Baltha-
sar Becker, Wettstein, Sykes, Fermer
und der noch lebende D. Semler haben
dieses längst schon als große Theologen
exegetisch erklärt, und Rich. Mead hat
in seinen Medicis sacris sive de morbis
Biblicis, diese Sache als Arzt gründlich
erwiesen. Erst neulich aber hat der Herr
Doctor Theod. Gerhard Timmermann
Professor der Anatomie auf der Universität zu Rinteln, in einer bey A. H. Bö-

sen-

senthal verlegten Schrift, unter dem Ti=
tel: Diatribe Antiquario Medica de Dæ-
moniacis Evangeliorum 1786. in 4. auf
90 Seiten als Arzt dies umständlich er=
läutert.

Dieser vom Aberglauben so weit
als vom Unglauben entfernt scheinende
Verfasser, führet den Leser in die alte
Welt, und in die Schulen, und zu den
Erfahrungen der Aerzte; wobey er nicht
unterläßt, die aufgestellte arzneykundige
Behauptungen für jeden aufgeklärt=ge=
wissenhaften Christen annehmlich zu ma=
chen und zu zeigen: wie um die Zeiten
Christi, unter den Juden, ganz na=
türlich, und ohne dogmatische Fictio=
nen, mehrere als anders wo solche
Patienten seyn konnten. Er bestimmt
auch den bisher schwankenden Begriff,
den man sich von den dämonischen ma=
chen muß, genauer, als zeither geschehen
ist. Dieser Begriff konnte von einem

Arzte

Ärzte richtiger ausgedruckt werden, als von sonst auch noch so großen Gottesgelehrten, die entweder mit der alten Welt nicht bekannt waren, oder denen es bey ihren weitläuftigen gelehrten Kenntnissen an gründlicher Einsicht in die Natur des menschlichen Körpers fehlte.

Er führt die vorzüglichst treffenden Beweisstellen aus den Zeitgenossen der dämonischen und aus den alten Aerzten wörtlich an, damit jeder selbst urtheilen könne. Doch da diese Schrift für Gelehrte von Profeßion bestimmt ist; so verweise ich diese auf selbige und wenn einem oder dem andern meiner ungelehrten Leser an den, für eine Vorrede zu umständlichen Beweisen und Erklärungen gelegen ist, an einen Sprach- und Sachverständigen Gelehrten, und theile nur hier noch eine Meynung vom Ursprung des Teufels aus schon erwähnten Wekhrlins grauen Ungeheuer,

8ter B. p. 186. mit: Es ist bekannt, daß
der Teufel ein chaldäisches Produkt,
und erst ziemlich spät von da zu den He-
bräern gekommen ist.   Die Christen
nahmen ihn aus den jüdischen Su-
perstitionen in die heiligste und
vernünftigste der Religionen auf.
Man bezeichnete durch seinen Nahmen
die unbekannte Ursache des Bösen
in der Welt, welches man aus einer sehr natürlichen Illusion perso-
nifizirt hat.

Allein woher erhielt der Unhold die
Gestalt, die er noch jetzt in den Köpfen
des Pöbels, und auf der Leinwand der
Mahler hat?   Wahrscheinlich haben die
Faunen und Satyrn, Aegipanen und
dergleichen, das heißt, große mensch-ähn-
liche braunhaarige Affen, zu dieser gro-
tesken und absurden Vorstellung Anlaß
gegeben.

Große

Große Affen gab es dann auch in den thebaischen Wüsten, wo in den ersten Jahrhunderten des Christenthums so viel schwarzgallichte Einsiedler hockten, welche immer mit dem Teufel scharmuzirt haben wollten.

Wenn man in einer menschenleeren Einöde allein ist, viel wacht und fastet, ein trockenes Gehirn und eine verbrannte Einbildungskraft hat: so kann man einen grosen, von fern schwarzscheinenden Affen leicht für den Teufel oder für einen Satyr halten. Es ist nicht wunderbarer, als daß Don Quixotte von Mancha, Windmühlen für Festungen nahm.

Die Leute jener Zeit haben überhaupt Wunderdinge gesehen, die jetzt unsere Kinder ihren Ammen freylich nicht mehr glauben, wenn sie auch versichern, daß sie gedruckt wären.

Aus

Aus jenen Zeiten rührt also auch
der Begriff der persönlichen Besitzungen
und die bey der christlichen Taufe ange=
nommene Formeln des Exorcismi oder
Austreibung des unreinen Geistes her,
die so auch die nachtheilige Folge der so
schiefen Vorstellungen erzeugen müssen.
Aber erst neulich wird in der zu Gotha
herauskommenden Beckerischen deut=
schen Zeitung 3. St. den 19ten Jan.
1787. eben erklärt: daß unsere gelehrte
Theologen längst darinne einig sind: daß
diese Formeln weiter nichts bedeuten, als
eine feyerliche Erklärung, daß der Täuf=
ling auch die Pflichten der Religion
Jesu erfüllen, das böse hassen und
das gute lieben wolle, und daß diese jü=
dische Redensart nichts wesentliches bey
der Taufe sey *) daher jetzt die Consisto=
ria

*) Im Fürstenthum Schwarzburg=
   Sondershausen ist sie ganz abge=
   schafft.

ria der Meynung sind: so wie jedem Prediger erlaubt sey, seinen Zuhörern biblische Stellen durch Umschreibung und richtigere Uebersetzung, in die jetzige Art zu
reden, deutlich zu machen, so stehe es
auch jedem frey, bey der Taufe statt jener Formel einen für unsere Zeiten und
Sitten schicklichern Ausdruck zu
wählen, um den Pathen die Erklärung
thun zu lassen, daß der Täufling sich bey
der Aufnahme in die christliche Kirchen-
gemeine zu einem christlichen Lebenswan-
del verpflichte. Jeder könne also ohne Anfrage, jene jüdische Beschwörung abän-
dern, zumal wenn es Eltern oder Pathen
verlangten.*) Die Sache sey fast zu un-
wich-

*) Wie dies der, als exegetischer The-
olog so berühmte Herr Superin-
ten-

wichtig, und darüber besondere Landes=
verordnungen zu machen, wenn man
nicht wirklich dafür halte, daß der wei=
se Schöpfer, auser der menschlichen See=
le, noch einen andern, nnd zwar bösen
Geist erlaube, sich in die armen Kinder
zu verstecken, für welche sonderbare Mey=
nung in der heil. Schrift auch nicht der ge=
ringste Beweis zu finden ist. Daß übri=
gens der Irrthum von der Einmischung
eines bösen Geiftes in die Regierung des
Allweisen und Allgütigen dem Menschen=
geschlechte unendlichen Schaden gethan
ha=

tendent Doctor Rosenmüller in
Leipzig erst neulich gethan, da ein
aufgeklärter Bürger den Hokus Po=
kus bey seinem Täufling durchaus
nicht haben wollte.

habe und noch thue, sey bekannt genug; so daß ein redlicher Seelsorger Dank verdiene, wenn er diesem falschen Begriffe das Ansehn zu nehmen suche, das ihm der Exorzismus bey der heil. Taufhandlung giebt.

Wie lange hat sich nicht ferner der Aberglaube unter allen Menschenklassen erhalten: daß die Körper der Verstorbenen und Begrabenen oder längst verfaulten Leichen noch Einfluß und Wirkung auf lebende Menschen hätten und wie oft hat nicht dieser einfältige Begrif ganze Familien beunruhigt, und einen noch einfältigern erzeugt, daß deswegen Menschen aus den Gräbern steigen, um gethane Gelübde, lächerliche Ceremonien,

oder

oder sich zu Schulden gebrachte bey ihrem
Leben verheimlicht gebliebene Uebelthaten,
bekannt zu machen, und von den hinter=
lassenen Erben, Freunden und Verwand=
ten die Erfüllung oder Genugthuung zu
begehren?

Wären dergleichen durch Ammen=
erzehlungen auch auf uns gekommene Be=
gebenheiten und vorgespiegelte Erschei=
nungen nur muthig untersucht und reif=
lich darüber nachgedacht worden, so wür=
de sich immer gefunden haben, daß Geld=
prellerey, Pfaffen= und Jesuiten=Betrug
oder offenbare Dummheit zu Grunde ge=
legen.

Da hiernächst der schon aus er=
stern Packten bekannte Mittheiler einer
akten=

aktenmäsigen Hexen-Geschichte, Herr
Amtsaktuarius Pistorius, in einer Ein-
leitung, die er einigen abermals mitgetheilten aktenmäsigen Hexengeschichten
vorsetzet, über die Absicht und Nutzen
dieses Büchleins seine Meynung saget,
und manchen darauf Einflus habenden
falschen Behauptungen begegnet, die
solche Gelehrte und Weltweise wohl
hegen können, die manche und alle Volk-
klassen zu wenig und nur von ihren
Studierstubenfenstern aus, oder aus Bü-
chern kennen, die von eben solchen
Handwerksgenossen herrühren — die
also eigentlich darüber gar nicht urtheilen können; so empfehle ich diese Einlei-
tung zur aufmerksamen Prüfung und jedem Wahrheitsfreunde und aufmerksamen

men Weltbürger zur Beherzigung und Realifirung. Oftermeſſe 1787.

Der Herausgeber.

—————

Einleitung.

Der Herausgeber dieses Buchs hat über die Absicht desselben und den Nutzen, den es stiften soll und stiften wird, schon zeithero Erläuterung gegeben. Er hat auch ein Urtheil zu widerlegen gesucht, nach welchem die von mir gelieferten Auszüge eines Hexenprocesses für zweckwidrig gehalten worden sind. Ehe ich aber folgende wiederum einrücken lasse, halte ich für nöthig,

A   noch

noch eins und das andere darüber zu sagen.

Es ist wahr, daß Aktenauszüge wie
in den vorhergehenden Theilen enthalten sind, für viele überflüßig, oder doch
unerheblich sind, es ist aber auch eben so
gewiß, daß es für viele unnöthig ist, über
Hexerey, Schatzgräberey oder andere
vom Aberglauben abstammende Thorheiten noch etwas zu sagen, oder zu schreiben. Wenn man indessen doch noch
täglich erfährt, daß die niedrigste Classe
von Menschen, der gemeine Mann sowohl als viele Vornehme, dergleichen Irrthümer noch hegen und pflegen, und wenn
man zugleich noch wahrnimmt, daß sie
sich nicht nur noch erhalten, sondern sogar oft Ursachen der traurigsten Vorfäl-
le werden, welchen nichts vorbeugen kann,
da die wenigsten ihren wahren Ursprung
kennen, oder dazu fähig und beru-
fen sind, ihn zu erforschen: so ist es gewiß unter vielen andern jetzt üblichen Be-
leh-

lehrungen, eine der nützlichsten und frucht-
barsten, welche die Ausrottung so tief
eingewurzelter, so mächtiger und darum
so sehr schädlicher Vorurtheile zum Ge-
genstande hat. Nicht einmal der Vor-
wurf der Uebertreibung, welcher viele andere Schriften trift, welche Aufklärung
verbreiten sollen, findet bey diesen Blät-
tern statt; vielmehr sind sie gewiß am
ersten fähig manches Gute zu stiften, wenn
anders durch schriftlichen Unterricht Aufklärung befördert werden kann.

Man fange nicht damit an, den gemeinen Mann Kenntniße, die ihm bis-
bisher fremd waren oder nur Beweg-
gründe zu einem moralisch guten Wandel zu lehren; das hieße ihn durch einen
Sprung bessern wollen. Es ist hiernoch
so vieles an negativen Vollkommenhei-
ten zu ersetzen übrig, daß nur derjenige,
welcher diese Classe von Menschen genau
kennt, eine höhere Cultur derselben, für
viel zu früh, überflüßig und unnütz findet.

Ueber-

4

Ueberhaupt hat man viel und alles gethan, was sich da nur thun läßt, wenn
man den gemeinen Mann von den schädlichen Irrthümern gereinigt hat; mehr
thun, ihm reinere, minder sinnliche Begriffe von Gott, der Natur und andern
blos abstracten Wahrheiten beybringen
wollen, hieße ihn aus dem Stande her-
ausheben, in welchen ihn Staatsverfas-
sung, Nahrungserwerb und andere hieraus fließende festbestimmte Verhältnisse,
setzen. Sind nur die verderblichsten Irrthümer, solche, womit er oft sich und
seinen Nebenmenschen schadet, hinweg-
genommen, so ist er auf seinem Stand-
punkte gut, und moralisch besser, als
wenn man ihn nun weiter in der Erkennt-
niß fortführen, und ihn mit schlüpfrigen
Begriffen, von ganz entbehrlichen Wahrheiten, bereichern wollte, bey welchen er,
so lange er ein gemeiner Mann bleibt,
immer einen seichten Verstand behalten,
daneben aber durch unzeitige Grübeleyen

in

in der neuern Zeit so sehr hintangesetzten
mächtigen Grundstütze aller gemeinen
und Privatglückseligkeit, der Religion,
irre gemacht werden würde.

Um nun in jenem Falle etwas zweckmäsiges zu thun, hat man zwey Wege,
wovon der eine, welcher es blos mit Aufklärung der Begriffe zu thun hat, wieder ganz unnütz ist; da auch die bündigste Schlußfolge für des gemeinen
Mannes kräftige Art zu denken, wenn
ich es so nennen soll, viel zu unkräftig
ist; und ihn niemals überzeugt. Will
man ihn also leiten, so muß man den
andern Weg erwählen, ihm nähmlich einen Gedanken, und die darin liegende
Wahrheit oder Ungereimtheit anschaulich zu machen, und gleichsam zu versinnlichen. Hierzu sind Belehrungen, wozu
Beispiele Gelegenheit geben, das bequemste Mittel; je mehr nun diese seiner gewöhnlichen Art zu denken, gleich kommen, und je genauer sich jene an diesel

ben

ben anschließen, desto treffender wůrken
sie auf seine Ueberzeugung; und so rotten
sie unvermerkt Irrthůmer aus, indem
entweder Abscheu, Mitleid, Beschä-
mung oder andere Aeußerungen der Empfindungen verursacht werden, welche
dieSeele, ihrerNatur nach, zu einemMis-
fallen bewegen. Wo kann man aber
wohl, alltäglichen und so sehr gemeinen
Thorheiten anders auf die Spur kommen,
als entweder durch einen langen Umgang
mit gemeinen Leuten, wo man aber doch
immer am wenigsten etwas erfährt, oder
durch schriftliche Nachrichten, in denen
sie mit aller Gewissenhaftigkeit registrirt
worden sind, dergleichen die Hexenprocesse an die Hand geben? Freylich wůr-
de ich, hätte ich die Aktenauszůge in dem
ersten und 2ten Packt gleich anfangs zu
dieser Absicht bestimmt, manche Be-
merkung hinzugethan, manches geändert oder wohl gar weggelassen haben;
indessen erfahre ich doch zu meinem Ver-
gnůgen täglich von Leuten, denen ich dieses

ſes Buch zu leſen gegeben, daß ſie dadurch ſchon manche Thorheiten einſehen
und verlachen gelernt haben. Wollte
man aber zweifeln, daß der gemeine Mann
bis jetzt noch die ganze Theorie von He-
rerey und andern Gaukeleyen glaubt,
und zu manchen gefährlichen Poſſen dadurch angetrieben wird, ſo wäre das eben
ſo unrichtig geſchloſſen, als wenn man
Belehrungen darüber und unterrichtende
Beyſpiele für überflüßig hält. Ich finde
das Vorurtheil noch allgemein, nach welchem der gemeine Mann die unter dem
Nahmen des fliegenden Drachen bekannte Lufterſcheinung für den Drachen oder
den Teufel hält, aber nicht blos hält,
ſondern ſogar Leuten, die ſich durch Fleiß
Vermögen erworben haben, ein Ver-
ſtändniß mit dieſem Drachen andichtet.
Dieſes iſt indeſſen die ſchädlichſte Folge
noch nicht. Wenn aber nun ein ganzes
Dorf entweder öffentlich oder doch in
Geheim ſolches als wahr annimmt, und

den

den guten und ruhmwürdigen Namen
der Beschuldigten untergräbt oder sie we=
nigstens haßet, ist dieses etwas gleichgül=
tiges? Oder wenn ein leichtgläubiger und
eifersüchtiger Mann durch Einbildungen
oder Verhetzungen anderer sein Weib für
eine Ehebrecherin hält, nun zu einem
Gaukler geht, sich von ihm durch die
Wünschelruthe um sein Geld betrügen
läßt, und denn noch mehr belogen zurück=
kommt, sein Weib halb tod prügelt und
sie mit Vorwürfen so lange peinigt, bis es
von ohngefähr die Obrigkeit erfährt und
ihm Einhalt thut; liegt da nicht der Grund
noch immer in dem alten Hexenglauben?

Eben so und noch viel schlimmer ist
es mit dem Glauben an Ahndungen und
Erscheinungen. Man philosophiere und
moralisiere darüber dem Bauer so viel vor,
als man nur will, so bleibt er immer auf
dem vorigen Puncte unverändert stehen.
Da indessen die Begriffe, die er davon
hat, nicht absolut nothwendig sind; so bleibt

es

es möglich, daß er andere haben kann.
Nur die Umstände, unter denen solches
existirte, zieht man niemals mit gehöriger Vorsicht in Betrachtung. Diese
Irrthümer des gemeinen Mannes ent-
springen oft aus Erzählungen solcher Leute, die er für glaubwürdig hält, und erhalten durch Traditionen, welche sich
über viele Menschenalter hinausdehnen
ihr Gewicht bey ihm. Sehr oft aber begegnet ihm selbst etwas zu einer Zeit, wo
diese Furcht bey ihm rege ist, und weil
er entweder nicht im Stande oder zu nach-
lässig ist, die Ursach zu erforschen, so ist
sein Glaube daran nun völlig bestätigt.
Eine solche Ueberzeugung, die das Ge-
präge der sinnlichen Gewisheit hat, und
mithin dieselbe ist, außer der die ganze
Welt keine richtigere kennt, durch Argu-
mente entkräften wollen, wären solche
auch auf der Canzel, oder im sogenannten Volkston vorgetragen, ist ein Gedanke, den nur derjenige anwendbar fin-

den

den kann, der die Bewegung einer Wind=
mühle durch einen Machtspruch oder
durchs Schwerdt zur Ruhe bringen woll=
te. Dixi. Creuzburg den 16ten Sep=
tember 1786.

G. W. Pistorius.

———————

I.

In dem F. Amte C—g an der W—a,
wurde in den Jahren 1658. bis 1674.
die Ausrottung der Hexen durch Feuer und
Schwerdt mit einem solchen Eifer betrie=
ben, daß blos allein aus diesem Ort 5
Personen kurz hintereinander verbrannt
wurden, die 6te aber während der Tor=
tur starb, und unter den Galgen begraben
wurden. Die gerichtlichen Acten darüber
liegen noch da, und ich liefere daraus hie
einige Auszüge:

Elsa Hermann Rupprechts Ehe=
weib, ward nach dem Fol. 11 der wider
sie ergangenen Untersuchungsacten befind=
li=

lichen Extract aus den Acten der zu C—g
justificirten Hexen von 3 bereits verurtheil=
ten, der Hexerey beschuldigt, und man
findet in den Acten verschiedentlich bemerkt,
daß diese ihre Anklagen mit dem Tode ver=
siegelt hätten.   So schnell wie ein wach=
samer Richter einer Räuberbande, die ein
Gefangener Mitschuldiger entdeckt, nach=
spürt, und sie einzieht, so aufmerksam wur=
de damals den armen Hexen nachgeforscht,
so schnell zog man sie zur Rechenschaft und
verurtheilte sie.   Kaum hatte die schon
verhörte Pinkennägelin bekannt, daß
die Rupprechtin dem Hexentanze ufm
Hain zu C—g beygewohnet hatte, so er=
kannte schon der Schöppenstuhl in dem
Urtheil, das jener den Tod brachte, dieser
die Gefangennehmung.   Zufolge diesem
Urtel wurde die Rupprechtin eingezogen
und über verschiedene Artickel vernommen.
Unter diesen waren folgende:

Ob nicht wahr, daß Hanß Thielen
Weib die ißig justificirte arme Sünde=
rin, sie das Hexen gelernet?

Wahr, daß es geschehen, bald nach
ihres ersten Mannes, des kleinen Mül=
lers Tode?

Die

Die Inquifitin beantwortete alles mit
Nein. Es ist aber bey dem ersten Arti:
ckel angemerkt:

Die arme Sünderin sagt ihr solches
ins Gesicht, und ist darauf gestorben.
Und bey dem letztern:

Die arme Sünderin sagt, nach des
kleinen Müllers Tode, hat auch der
Inquifitin den Ort, wo es geschehen,
benahmet.

Weil nun aber die Inquifitin dennoch
nichts gestehen wollte, so kam die liebe
Tortur. Aber auch diese wollte Anfangs
keine Wirkung thun, darum wiederholte
und verstärkte man sie, und nun bekannte
die Inquifitin, sie wäre eine Hexe und
hätte das Hexen von der justificirten Schä:
ferin gelernt. Sie wäre von der Schä:
ferin mit folgendem Spruch:

Ich wasche meine Hände.
Thue einen reinen Boten senden.
Du seyst gleich wo du wilt,
Bey Reichen oder bey Armen.
Du wilst Ihnen werden zu Spinn
und Feind
Als den Kröten unterm Zaun.
Und Ich in Deinem Herzen
Die liebste und schönste möchte seyn.

Im

Im Rahmen des Vaters, Sohnes
und h. Geistes,

eingeweiht worden. Dann wäre sie ei=
nem ihr erschienenen hübschen Kerl bis an
Werrstadt nachgegangen. Dort aber
wäre ein Reiter mit langen Schuhen wie
Hörner, mit 3 Ringen an der Hand, an=
gethan mit einem Koller und ledernen Ho=
sen und auf einem mit einer rothen Schnur
umbundenen braunen Pferde sitzend, zu
ihr gekommen, und vom Pferde abgestie=
gen. Dieser hätte ihr geschmeichelt und
ihr einen Dickthaler für ihre Gunstbezeu=
gung geboten. Und als sie ihm nachge=
geben, hätte er mit ihr in einem Erlen=
busche Unzucht getrieben.

Were ein junger Kerle, hette gel=
be löf, ein schwarzbraun Angesicht,
undt seine Naturalia so kalt Alß Eiszа=
ken gewesen.

Auf dieses Reiters Verlangen hät=
te sie aber zuvor zween Finger in die Hö=
he halten und ihm nachsagen müssen, daß
sie sich an ihn halten und Gott im Him=
mel verläugnen wolle, denn sie könnte
nicht zweyen dienen. Und dann hätte er
ihr versprochen, daß sie genug haben sol=
te. Dort hätte sie der Reiter auch drey=
mal

mal mit Wäſſer ins Teuffelsnahmen, und
daß ſie Gott und ſeinen Werken abſagen
ſolle, beſprengt. Die Hexentänze am
Hayn hätte ſie beſucht, und ihren Buhlen, mit Nahmen Stephan, in einem
Koller mit gelben Ermeln, dort angetroffen. Dieſer hätte daſelbſt die Fahne geführt, in welcher eine blaue und gelbe und eine bunte Docke geweſen wäre. Drey Spiel-
männer, eine Trompete und eine Fiedel
wären da geweſen, darnach hätten ſie ge-
tanzt, und zwar gienge der Hexentanz
links herum.

Am folgenden Tage läugnete die Inquiſitin alles wieder. *) Man mußte alſo abermahls zur Tortur ſchreiten. Sie
that auch bald ihre Wirkung und die Inquiſitin ſchilderte nicht allein das ganze He-
renmahl und Ball, ſondern gab auch eine
Liſte von 16 weiblichen Gäſten, ad acta
wovon einige ſchon als verurtheilt, wohlbe-
dächtig in margine notirt ſind. Zum Abſchied gab ihr bey dieſem Schmaus Sig-
nor Stephan ein Pulver, welches ſie in
verſchie-

*) Weil ſie den Unſinn nur erdacht, um
der Marter auszuweichen.

A. d. H. des Uhuhu.

verſchiedene Felder ausblies, und hieraus
entſtanden Raupen, die ſo unhöflich waren, ihr ihr eigenes Kraut abzufreſſen.

Am vierten Tage läugnete ſie indeſſen Alles wieder.

Wenige Tage darauf wollte ſich die
Inquiſitin mit Glasſtücken, womit ſie ſich
in den Hals ſchnitt, ermorden. *) Man
entdeckte es aber noch zu rechter Zeit und
der Scharfrichter verband ſie. Hier zeigte ſich aber ein äuſſerſt bedenklicher Um-
ſtand. Man nahm nemlich wahr, daß
während des Verbindens ein groſſes ſchwar-
zes Ding, wie eine Ratte auf dem Gie-
bel des Gefängniſſes ſaß, und zuſah. Dieſes Wunderthier hatte man ſchon vorher
als die Inquiſitin einmal aus dem Gefäng-
niß kam, an dem gedachten Orte geſehen,
und man fand daher für nöthig, ſolches
wohl anzumerken. **)

Weil

*) Welche verzweiflungsvolle Entſchließung
ſie den ihr noch bevorſtehenden Martern
und Schande vorzuziehen für gut fand.
A. d. H.

**) Ich kenne jetzt Amtsdiener, die über
die Dummheit ſolcher Beamten herzlich
lachen.
A. d. H.

Weil nun die Inquiſitin weder durch
Güte noch durch Schärfe zu einem feſten
Geſtändnis gebracht werden konnte: ſo
machte man den Proceß kurz.

Hat Inquiſitin vermittelſt der ſcharf:
fen Frage geſtanden und bekannt, daß
ſie mit dem Satan, welcher ſich Ste:
phan genennet, Unzucht getrieben, und
von ihm einen dicken Thaler bekommen,
hernach mit ihm einen Bund gemacht,
ihm geſchworen, und hingegen Gott
im Himmel abgeſagt, und hätte der
Satan ſie mit Waſſer getauft, darnach
wehre ſie mit auf den Hexentänzen gewe:
ſen, es wehre auch der böſe Geiſt ins Ge:
fängnis zu ihr kommen, und geſagt, Sie
ſollte ſich hart ſtellen, Sie ſollte keine
Schmerzen mehr haben, undt hätte mit
ihr Unzucht getrieben, Ihr auch vor vier
Jahren ein Pulver gegeben, das ſie aus:
geblaſen, daraus Raupen worden, undt
Clauß Güntermanns Kuhe bezaubert
und ihr die Milch genommen, hernach
aber ihr Bekenntniß wiederrufen, undt
alles geleugnet. Dafern nun die ver:
haffte Elſa Rupprechtin uff ihrer beſche:
henen Revocation, darüber ſie noch:
mals in Gegenwart der Gerichtsperſo:
nen eigentlich zu vernehmen, beruhen
wird

wirdt, so ist sie wiederumb mit der
Schärffe anzugreiffen, uff die Inqui:
sitional:Artickul zu examiniren, und
ihre Außsage mit Fleiß aufzuzeichnen,
da sie nun ihre vorhero bekannte Un:
thaten undt Verbrechung gestehet, undt
nach etlichen Tagen außer dem Gefäng:
niß undt dem Orthe der Tortur, ohne
Beyseyn des Scharfrichters, jedoch in
Gegenwart der Gerichtspersonen und
Zeugen, ungebunden, unbedrohet und
also in der Güte undt freywillig uff vor:
gehendes Befragen uff ihre gethane Ur:
gicht undt Bekänntnüß verharret, so
ist sie mit dem Fewer vom Leben zum
Todte zu bringen, und ungeachtet die:
selbe folgends für öffentlichen peinlichen
Gerichte ihr Bekänntnüß wiederruffen
solte, solche Straffe an ihr zu exequi:
ren und zu vollstrecken, wider die von
ihr angegebenen Personen aber ist in
Geheimb zu inquiriren undt auff sie flei:
ßige Acht zu geben, daß sie nicht entge:
hen, von Rechtswegen, Uhrkundliche
mit Unserm Insiegel besiegelt.

 Verordnete Dechant, Senior undt
  andere Doctores des Schöppen:
  stuels zu Jehna. *)

        End:

*) Von diesen nachhero jetzt mit so geschick:
Uhuhu. 4s Päkt. B   ten

Endlich heißt es, habe die Inquisi=
tin ihre schwere Sünde bereuet und ihre
Unthaten nochmals bekennet, daher sie
denn nach einer 2 Monat lang gedauerten
Inquisition am 27. Julii 1660 enthauptet
und darauf verbrannt wurde.

2.

Die zweyte dieser Hexen war Anna
Lünichin. Ihre Geschichte ist folgende:
Sie brachte einer Bekannten ein Stück
Kuchen. Die Beschenkte sowol, als al=
le andere, welche davon aßen, wurden
einige Tage darauf krank, erstere aber
klagte über Zerrüttung nnd Empfindun=
gen im Haupt und verfiel nachdem den 6ten
Tage darauf datirten Bericht, Fol. 6. gar
in Wahnsinn, so, daß sie bewacht und
geschlossen werden mußte, wovon sie sich
indessen bald wieder erholte und am 3ten
Jan. schon selbst wieder vor Gericht er=
schien.

weisen Männern besetzten Schöppenstuhl=
und Juristenfacultät sind besonders in je
nen Zeiten viele so erzdumme Urtheile
ausgegangen nnd dadurch klügere Perso=
nen als ihre verblendete Richter waren,
elendiglich umkommen.

A. d. H.

schien. Hier hatte nun die Obrigkeit das
Recht, die Sache zu untersuchen, denn
wahrscheinlicherweise waren die Krankheiten der Leute, welche von dem Kuchen
aßen, Folgen eines schädlichen Krautes
oder Wurzel, welche die Lünichin ihnen
in dem Kuchen beygebracht hatte, und
weil sie S. 34 der Acten, läugnet, Kuchen weggegeben zu haben, solches aber
S. 84 eingestehet, und angiebt, daß sie
etwas von einer Wurzel, welche sie He-
renwurzel nennt, klein gerieben, in den
Kuchen gethan, so bestärkt solches jene
Vermuthung.

Allein dieser Umstand wurde nicht
von der Seite seiner würklichen Straf-
barkeit betrachtet und untersucht, sondern
er war nur Wink zu wichtigern Untersuchungen, denn gewöhnlichermasen kam
Satan bald mit ins Spiel. Es wurde
nähmlich angezeigt, daß man einen Feuer-
klumpen aus der Inquisitin Hauß habe
ziehen sehen. S. 35 heißt es, Art. 10:

ob nicht vor wenig Wochen, gegen
Abend, ihr Buhl (Gott behüte Uns:)
aus Ihrem Hauße zum Hinterloch
herausgefahren?

Hierzu kamen denn noch andere Bezaube-
B 2   be-

berungen, wodurch sie andere krank oder
voll Läuse gehext haben sollte.

Jemehr man sich mit der Geschichte
der Hexenprocesse bekannt macht, desto
mehr findet man, daß bey dem gemeinen
Mann durchgängig ein Aberglaube herrsch=
te, der an Wahnsinn gränzt, und bey
welchem es nicht zu verwundern ist, daß
er so traurige und schreckliche Verwüstun=
gen anrichtete. So heilig dem gemeinen
Mann ein Eyd, besonders in den dama=
ligen Zeiten war, wo Satan noch so sehr
gefürchtet wurde, so war er doch bereit,
die unsinnigsten Sagen für Wahrheit aus=
zugeben, und Urtheile, wie sie ein Trun=
kener oder Wahnwitziger hat, zu beschwö=
ren, welches denn auch die Obrigkeit auf
Treu und Glauben hinnahm.

Die Lünichin wollte ihre Hexereyen
nicht gestehen, sie kriegte daher die Tor=
tur, starb aber während derselben.
In dem darauf erfolgten Rescript
heißt es:
Wann dann aus allen Umbständen er=
scheinet, daß die Lünichin vom Satan
umbs Leben gebracht seyn müsse, zu=
mal da sie nachmittage wieder 1 Stun=
de uf die Leitter gezogen, nichts beken=
nen

nen oder antworten wollen, sondern
ganz stille geschwiegen, auch wie sie
von der Leitter gebracht, bald darauff
umbkommen rc.

Diesem Befehl zufolge wurde sie durch
den Scharfrichter unter den Galgen begraben.

Nun heißt es S. 97 dieser Acten
weiter.
Actum am 26. May 1659.

Ist mit der Inquisition in Hexerey-
Sach, Pflicht und Gewissen halber fort-
gefahren undt folgende Persohnen als
Nachbarn verhöret darbey ernstlich ermah-
worden, die reine lautere undt unverfälsch-
te bekannte Wissenschaft zu eröfnen rc.

3.

Die dritte Hexe, Anna Thielin wurde nun vorgenommen: Es wurden zuerst
die Nachbarn, und diejenigen, welche bey
ihr im Hauße gewohnt hatten, vernommen, da wurde denn ausgesagt, daß Läuse und Flöh genug im Hauße gewesen, und
vermuthlich von ihr hergekommen wären,
auch wieder eines Wunderthiers, eines
Vogels erwähnt, welcher in ihrer Stube einmal herumgeflogen und wieder weg-
gekommen wäre, ohne daß man gewußt
habe, woher oder wohin er gekommen
wäre,

wäre, da weder Thür noch Fenster offen
gestanden hätten. Die Frage aber:

> ob Zeuge nichts gesehen, gehöret,
> vermerket, von der Inquisitin, das
> der Zauberey verdächtig sey? vndt
> etwan der böse Feindt in Ihr Hauß ein=
> gezogen? blieb gröstentheils unentschieden.
> Die Sache mußte aber mit Ernst angegriffen
> werden und ich will das Protocoll S.
> 105 der Merkwürdigkeit wegen auszugs=
> weise hersetzen.

Actum am 13. Febr. 660.

Nach hiebevor wohlgesprochenen Jeh=
nischen Vrthel ist, Hanß Thielen Schaf=
meisters zu L** Weibes wegen, fleißige
Erkundigung, in verdächtiger vnd beschul=
digter Hexerey eingezogen worden: vndt
nachfolgende Rucht und Vermuthung bey=
gebracht:

1) Ist aus den Actis, der am 3ten Ju=
lio 1658. verbrandten Zauberin, Elsa
Kaiserin, offenbahr, vndt hats mit
ihrem Tode bestärket, daß diese Hanß
Thielen, Schafmeisters Weib, mit
Justificirter am Tanz gewesen, am
Hain zu L** vndt zu Pfersdorff off Wal=
purgistagk. Fol. actor. 110.

2)

2) Hat Juſtificirte Barbara Pinkernägelin, ſo am 23ten Nov. 1658. mit dem Schwerdt gerichtet und darnach verbrandt worden: in der Vhrgicht am 27. Oct. ſelben Jahrs, vff bemelte Thielin bekandt, wie Fol. act. 116 zu vernehmen, Iſt auch darbey bis aus Ende verblieben.

3) Hat die verhaffte Anna Lünichin am 4. Febr. inſtehenden Jahrs in der Vrgicht act. 7 bekandt, daß dieſes Thielen Weib, Wurtzel in der Eiſenacher Gaſſen, geweſener Verhafftin gegeben, beim Brun, alß ſie die Schaafe füttern wollen, daß ſolche Graulichs Weib bekommen ſollte, daß ſie wieder geſund würde, welches Lünichin gethan, und ein Bißlein mit einem Meſſer klein gerieben, in ein Deutlein gethan, vndt hernach in dem Platzkuchen gebracht, welchen Kuchen hernach Graulichs Weib, ſo darauf unſinnig, Feldmeiſters Kinder, ſo wohl andere, ſo von dieſen Platzkuchen geſſen, krank worden, bekommen: die Wurzel hatte dieſe Frau Hexenwurzel geheiſſen, iſt auch darbey beſtendigk verblieben, wie in gedachter Vrgicht zu ſehen?

4) Aus den Inquiſitions-Acten am 26ſten May 1659. hat Sich befunden: daß

B 4   Georg.

Georg Zwirner, ein Mann von 70 Jahren, vff sein Pflicht vndt Gewißen ausgesagt, daß vber 20 Jahr die Rucht von ihr gangen, man sie vor eine Zauberin halte? ꝛc.

Bey den darauf angestellten Verhören, wollte das unglückliche Weib nichts gestehen, es kam also die Tortur, welche auch sie zum Geständniß brachte. Sie erzälte nun, daß sie der Teuffel zur ewigen Verdammniß umgetaufft, daß sie beym Genuß des heil. Abendmahls die Hostie aus dem Munde genommen und den Wein ins Schnupftuch gespuckt, die Hostie aber dem Teufel gegeben habe, welcher ihr 1 gl. dafür gegeben hätte; ferner erzälte sie nun, daß sie mit dem Teufel Unzucht getrieben und das, was sie von ihm gebohren, verbrannt habe, um mit der ausgestreuten Asche das Vieh zu tödten. Als sie die Hexentänze beschrieb, bey welchen sie gewesen seyn sollte, fand man vor nöthig, folgendes von Gerichtswegen dabey anzumerken:

NB. Also vor vngefähr 3 Jahren eines Abends, bey L** vffn Scherbdaischen Bergk genennt, viel Kutschen, Reuter, auch die zu Fuß gangen, vndt

Huu-

Hunde bey sich gehabt, sehen laffen,
hat man in der Stadt gemeinet, daß
es Kriegsvolk sey: Itzo berichtt Inquisitin, daß sie und ihre Gesellschaft
auch darbey gewesen, were nach Walpurgis geschehen, da sie oben vff ge-
nanndten Bergk hinwegk vff Jffta, vndt
förder vff Gerstungen gezogen, da 4
Frauen (die sie nicht nennen konnte,
herauskommen, vndt sie empfangen,
vndt Gästerrey vor Gerstungen vffm
rasen gehalten.

Dem hierauf erfolgten Urtel:

hat Inquisitin gestanden vndt bekanndt,
daß sie von der justificirten Pinkernägelin das Hexen vor ungefehr 14 Jahren
gelernet, sich von dem bösen feinde dem
Teuffel, zur ewigen Verdammnis tauf-
fen laffen, den Herrn Christum hingegen verschworen, mit dem bösen feinde unzucht getrieben, darfür ein Kopff-
stüke bekomme, vndt auff den Hexentänzen gewesen, auch Viehe durch pul-
verstrewen gesterbet, vndt Hermann
Rupprechts Weib das Hexen gelernet 2c.

zufolge wurde sie d. 18. May 1660, enthauptet und verbrannt.

4.

Form eines Hexenprozesses
aus den alten Zeiten.

Herausgegeben von
Karl von Eckartshausen rc. *)

Es lebte in einem Dorf in Deutschland ein Bauer, Veit Pratzer genannt.
Dieser Mann war wegen seiner witzigen
Einfälle und ganz ungewöhnlicher Mun-
terkeit seines Gemüths in der ganzen Gegend bekannt, in der er lebte. Wo man
eine Hochzeit hielt, wo ein Schmaus war,
ward Veit dazu gebeten: denn Veit ermunterte die ländliche Gesellschaft.

Veit wurde etlichemal in Raufhän-
del verwickelt, und weil Veit ein starker
nervigter Mann war, so war der Sieg
meistentheils auf seiner Seite. Veits
Glück im Raufen war bald die Ursache,
daß ihn das abergläubische Volk für einen
Mann ausgab, der sich festmachen könnte.
Veit ließ die Menschen bey ihrer Meynung,
denn er hatte seinen Vortheil dabey: alles

*) Auszug aus dem vierten Bändchen des
Hrn. Hofrath von Eckartshausen Erzählungen.

les fürchtete ihn; und wenn es lärmen
gab, so sagte Veit nur ein Wort, und es
ward wieder Ruhe.

Eine Sage giebt bey abergläubischen
Leuten immer die andere. Furcht und
Neid vergrößern die Sachen, und Veit,
der vormals nur für einen Mann ausge-
schrieen wurde, der sich festmachen könnte,
war nun allgemein als ein Hexenmeister
bekannt. Veits Unschuld und Aufrichtigkeit mit der er über dergleichen Sachen scherz-
te, waren die Ursachen seines Unglücks.
Man fragte ihn eines Tags, ob er auch
Mäuse machen könnte; und er bejahte es.
Der Tag der Kirchweih im Dorfe ward von
Veiten bestimmt, den Dorfjungen öffentlich
zu zeigen, wie er Mäuse machen könnte.
Veit gab sich mittlerweile alle mögliche
Mühe, so viel lebendige Mäuse zu fangen,
als ihm möglich war; es gelang ihm auch,
in kurzer Zeit gegen zwei Dutzend zu bekommen. Das Kirchweihfest war da,
und Veit sollte sein Versprechen halten.
Alle Innwohner des Dorfs, groß und
klein, alt und jung, erwarteten Veit in
der Schenke, und wollten Zeugen seiner
Hexerey seyn. Veit erschien und hatte einen großen trelchenen Sack bey sich, der
in der Mitte durch unternäht war, und
folglich zwo Oefnungen hatte. Eine Sei-

te des Sacks war leer; in der andern Sei=
te hatte Veit seine Mäuse verborgen. Nun
kam Veit in das Wirthshaus, stand auf
den Tisch, und sagte: Seht, Jungen,
dieser Sack ist ganz leer! bringet mir nun
24 kleine Kieselsteine, und werfet sie mir
in diesen Sack hinein, und ich will euch
24 Mäuse daraus machen. Die Jungen
brachten ihm 24 kleine Steine, und war=
fen sie in Veits Sack. Veit kehrte sich
in größter Geschwindigkeit auf den Tisch
um, *) sprach etliche unbedeutende Wör=
ter, öfnete die andere Seite des Sacks,
und ließ seine eingesperrten Mäuse aus
dem Sack heraus; die so schnell, als sie
konnten, in dem Zimmer herumliefen und
sich flüchteten. Veits Erwartung war
aber ganz anders, als der Erfolg seines
Spaßes. Das thörigte aberglaubische
Volk sah diese That für Teufelskunst an,
und Veit mußte sich mit größter Lebensge=
fahr aus dem Wirthshause retten, und sich
bald hernach gar aus seinem Dorfe flüch=
tig machen. Veit wollte zwar seine Un=
schuld retten, berief sich auf den Sack,
den

*) Und vermuthlich auch das Theil des
Sacks, worin die eingefangenen Mäu=
se steckten.
A. d. H.

den er im Wirthshause liegen ließ; allein
niemand gab sich die Mühe, zu untersuchen, und der Teufelssack war schon längst
verbrannt. Veit mußte ein Jahr lang,
wie ein Flüchtling im Lande herumziehen,
und wo jemanden Böses geschah, wo ein
Mensch einen Fuß brach, oder krumm
oder lahm wurde, da ward Veit als die
Ursache angegeben. Wenn der Hagel fiel,
oder der Donnerschlag, so waren Hagel
und Donner Veits Werke. So gieng die
Sache fort, bis endlich die Obrigkeit auch
den armen Veit verfolgte. Veit kam in
die Inquisition und starb den Tod eines
Märtyrers, verurtheilt durch Aberglauben
und Dummheit.

Hier folgt sein Prozeß.

Unterthänigste Anzeige.

Johann N. hiesiger Amtmann und
Gerichtsdiener, macht die unterthänigste
und pflichtmäßige Anzeige; daß er durch
ämsiges Ausspähen in sichere Erfahrung
gebracht habe, daß Veit Pratzer, oder
der sogenannte Hexen-Veitl sich öfters bey
einem Einödbauern in der Revier des
Nachts über aufhalten solle. Amtmann
ha-

habe daher dieses unterthänigst anzeigen, und keine Maaß geben wollen, was gegen einen solchen gefährlichen Menschen von Seiten einer hohen Obrigkeit vorgekehrt werden solle; womit er sich unterthänigst gehorsamst empfiehlt.

Unterthänigst gehorsamster
Johann N. Amtmann allda.

Amtsbefehl.

Amtmann! Der Befehl geht hiemit an dich, daß du dich sogleich mit Anhandnehmung mehrerer Gerichtsdiener in das von dir angezeigte Einödbauernhauß begeben, alldort eine genaue Haußvisitation vornehmen, und den dort sich befindenden Johann Pratzer, vulgo Hexenveitl, sogleich gefänglich anhalten, kreutzweis schließen, und auf den Wagen dergestalt zu befestigen, Anstalt machen sollest, daß gedachter Hexenveitl gleichwohl mit keinem Fuß die Erde betreten möge; wornach du deine weitere Anzeige zu machen hast. Datum vt supra.

Gericht allda.

Weitere unterthänigste Anzeige.
Johann N. Amtmann und Gerichtsdiener allhier, macht die weitere unterthänig:

nigste Anzeige, daß er sich sogleich nach er=
haltenen Amtsbefehl mit Anhandnehmung
vierer Gerichtsdiener, Freytag Nachts
zwischen 10 und 11 Uhr, auf den Einöd=
hof, allwo der sogenannte Hexenveitl sich
befinden solle begeben habe.   Alldort hat
der Amtmann obgedachten Veit Pratzer,
vulgo Hexenveitl, hinter dem Ofen auf der
sogenannten Loder liegend und ausgezogen
angetroffen, und selbem sogleich im Nah=
men der Obrigkeit den Arrest angekündiget.
Der Inquisit hat sich sogleich ohne Wider=
stand ergeben,   aber bitterlich zu weinen
angefangen, als man ihn mit Händ und
Füßen auf den Leiterwagen dergestalt an=
schmiedtete, daß er frey in der Luft zu hän=
gen gezwungen war.   Jesus, Maria!
schrie er auf, Ihr werdet mich ja doch im
Ernst nicht für einen Hexenmeister halten?
Ich bin ohnehin armselig genug. Ich Amt=
mann machte aber keine weitere Umstände
mit selben, indem mir dergleichen Ausflüch=
te schon ohnehin bekannt sind, sondern
führte denselben sogleich in die Eisenfrohnfe=
ste, allwo ich selben in die Hexenkeiche Num.
16. tief unter die Erde in einen großen ku=
pfernen Kessel wiederholter angeschlossen,
und frey in die Luft einsweilen aufgehan=
gen habe, mit der unterthänigsten Anfra=
ge

ge, wie ich mich weiter mit dem Verhaf=
ten zu verhalten habe. Datum vt supra.
Unterthänigstgehorsamster
Johann N.
Amtmann allda.

Specification.

derjenigen Sachen, die man bey Verhaftnehmung
des Veit Pratzers, vulgo Hexenveitl vorge=
funden hat.

1.) In der rechten Rocktasche ein alt zer=
rissen Schnupftuch.

2) Eine zerbrochene papiermacheene
Schnupftabacksdose.

3) Eine alte Tabackspfeife.

4) Ein Stückel schwarzen Rauchtaback.
In der linken Rocktasche.

1) Einen Aufsatz von einem Memori=
al, daß man ihn doch wieder zu seinem
Weib und Kindern in seine Heimat lassen
möchte.

2) Einen Rosenkranz.
In der Hosentasche.

1) Ein Amulet und altes Skapulier.

2) Geld 4 kr. 3 Pf.
Amtsbefehl.

Amtmann! Deine weitere Anzeige
hat zur Nachricht gedient. Hast also gleich
Anstalt zu machen; daß bis Mittwoch
früh

früh zu gewöhnlicher Gerichtszeit sich zwe=
en Bader vom Ort in der Frohnfeste befin=
den, damit die Besichtigung des Delin=
quenten vorgenommen werden könne. Ue=
brigens hast du ihm alle Speisen, die du
selbem zu seiner Nahrung darreichst, von
dem Beneficiate des Orts vorläufig bene=
diciren zu lassen. Actum ut supra.

Gerichte allda.

Hochgelehrter
Hochzuverehrender Herr Doctor!

Nachdem verfloßene Woche Veit
Pratzer, oder der berüchtigte sogenannte
Herenveitl, in die hiesige Eisenfrohnfeste
gefänglich gesetzt, und dem Kriminalpro=
zeß puncto sortilegii unterworfen worden:
so findet man Gerichtsseits vor allem noth=
wendig, den Verhaften, in Beyseyn Eu=
er Hochedelgebohrn sowohl als zween ver=
pflichteter Bader, ordentlich zu visitiren,
ob sich an des Inquisiten seinem Körper
kein stigma oder anderes signum diabolicum vorfinde. Euer Hochedelgebohrn be=
lieben sich also Mittwochs früh allhier
einzufinden. Man ist übrigens mit aller
Diensterbietung

Euer Hochedelgebohrn
ergebenster ꝛc. ꝛc.

Protocoll,

welches bey gerichtlicher Visitation des pᶜᵗᵒ sortilegii & muris factionis in Verhaft sitzenden
Veit Pratzer, vulgo Hexenveitl, abgehalten
worden ist, wie folgt;.

Den 25ten als Mittwochs frühe begab man sich von Seiten des Gerichts mit
Anhandnehmung der zween ad hunc actum
verpflichteten Bader so wohl, als des hiezu
eigens erschienenen Medicinae Doctoris &
physici zu dem in der Eisenfrohnfeste pᶜᵗᵒ
Hexerey & Mäusmachens in Verhaft sitzenden sogenannten Hexenveitl, welchen man
in der unterirrdischen ad talia scelera eigens
bestimmten Hexenteiche in einem kupfernen
Kessel in der Luft hangend und mit beyden
Füßen und Händen mit starken Ketten
ganz nackend angeschlossen gefunden hat.

Von Seiten des Gerichts wurde sogleich Anstalt gemacht, daß gedachter Veitl
von vier Gerichtsdienern aus dem Kessel
herab, und, ohne auf die Erde gelassen zu
werden, in das gewöhnliche Examinirzimmer sogleich auf einen großen Tisch, der mit
vier geweihten brennenden Wachskerzen besetzt war, getragen und gelegt wurde. Alldort
nahm man die Besichtigung durch den ab-
geordneten Doctor und die zween Bader
vor; und ersah so viel, daß der Verhafte
unter dem rechten Arm, nahe an der Brust
ei-

einen ungefähr in der Größe eines Kreu-
zers sich befindenden schwarzbraunen Fleck
hatte, welcher einem Muttermale nicht un-
ähnlich war; allein, da die Meinungen
der hierbey erschienenen Bader so wohl, als
des Medici in Rücksicht dieser Muttermale nicht übereinstimmten, sondern vielmehr
ein billiger Verdacht obwaltete, daß gedachtes Muttermal bey dem ohnehin pcto
sortilegii sehr verschrieenen Hexenveitl vielmehr ein stigma oder sogenanntes Teufelszeichen seyn könnte, so nahm man keinen
Anstand, die gewöhnliche stigmaprobe an
gedachtem Hexenveitl durch den Scharfrichter vornehmen zu lassen. Zu welchem Ende man den Scharfrichter hereintreten lassen,
welcher mit dem geweihten Aal 3 Stiche über
das Creuz durch den schwarzbraunen Fleck
an dem Inquisiten gemacht hat. Bey den
ersten 2 Stichen zeigte sich kein Tropfen
Blut, wohl aber bey dem dritten, bey
welchem der Inquisit hellauf, Jesus, Maria und Joseph! zu schreien anfing. Nach
geendigter dieser Probe wurde der Inquisit ad evitanda omnia sortilegia am ganzen
Leibe rasirt, und auf die gewöhnliche Art
wieder in seinen Hexenkessel in die Keiche
zurückgebracht; wornach man über diesen
actum, nach vorher geschehener Beeidi-

gung,

gung, die zween Bader nachstehenderma:
ßen vernommen hat:

Eidliche Aussagen
der zween ad criminalia verpflichteten Bader in
Betreff des pcto sortilegii im Arrest sitzenden
Veit Pratzers vulgo Hexenveitl.

Int. 1.
Wie Ge:
zeuge mit
Tauf: und
Zunamen
heisse ꝛc. ꝛc.

Ad Int. 1.
Heisse Johannes Koll:
muth, 62 Jahr alt, von N.
gebürtig, allwo seine Ael:
tern eine Taferngerechtigkeit
inne hatten. Er seye ver:
heyratheten Standes, und
befinde sich dermalen schon
gegen 30 Jahr allhier als
Wundarzt.

Int. 2.
Gezeug
solle sagen,
was er bey
der heuti:
gen Visita:
tion an dem
Veit Pra:
tzer oder so:
genannten
Hexenveitl

Ad Int. 2.
Er kan kein weiteres sa:
gen, als daß er bey gedach:
tem Hexenveitl unter dem
brachium dextrum oder rech:
ten Arm nahe an der Brust
einen schwarzbraunen Fleck
entdeckt habe, welcher mit
einem Muttermale sehr vie:
le Aehnlichkeit hat; allein da
die Muttermale doch mei:
stentheils

wahrge=
nommen
habe.

stentheils mit denjenigen
Sachen, an welchen die
schwangere Mutter entweder
erschrocken oder überrascht
worden ist, einige Aehnlich=
keit haben; gedachtes Mal
aber solchergestalten beschaf=
fen ist, daß man sich gar kei=
nes Dinges entsinnen kön=
ne, mit welchem es eine
Aehnlichkeit haben solle, so
vermuthet er Bader viel=
mehr, daß das an dem He=
renveitl entdeckte Mal viel=
mehr ein wirkliches stigma
oder Teufelszeichen seye,
welches um so mehr wahr=
scheinlich, ja evident zu
seyn scheint, als selbes erst
durch den dritten Stich des
Scharfrichters geblutet hat

Er Deponent sey also des
zuverlässigen Dafürhaltens,
daß gedachtes Mal ein wah=
res stigma und folglich ein
zuverlässiges Zeichen sey, daß
gedachter Veit Pratzer ein
mit dem Teufel im Pakt ste=
hender Erzzauberer sey: wo=

C 3   mit

mit er seine Aussage be-
schließt und unterschreibt.

Joh. Rollmuth,
Bader des Orts.

Zweite Person. Interrogatoria priora

Petrus Wahrmann, 30 Jahr alt, aus Siebenbür-gen gebürtig, verheyratheten Standes, und dermalen Wundarzt allhier, giebt auf gerichtliches Befragen ad protocollum, daß er den p̊to sortilegii im Arrest sitzenden Veit Pratzer genau besichtiget habe; er hat zwar an gedachtem Pratzer einen schwarzen Flecken unter dem rechten Arm wahrgenom-men, der aber seiner Mey-nung nach nie in etwas we-der für oder wider den De-linquenten wird dienlich seyn können.

Er glaube, daß dieser Flecken von Natur aus ein Kindsmal an Veits Körper war, und weil er bey sei-nen Pflichten die Wahrheit sagen müß, so könne er
nicht

nicht bergen, daß ihm dergleichen. Viſitationen jeder-
zeit lächerlich vorkommen,
und daß er gar keinen Be-
griff habe, was denn ein ſo-
genanntes ſtigma oder Teufelszeichen ſeyn ſolle; ja es
ſcheint nicht einmal wahrſcheinlich, denn der Teufel,
der der Freund der Zaube-
rer iſt, wird hoffentlich ſeine Diener nicht brandmar-
ken. Und wenns wäre, wie
kann ein Menſch ſo ein Zeichen beſtimmen, von wel-
chem er keinen Begriff und
keine Kenntniſſe hat. Er
halte' ſeinen Grundſätzen
nach dieſes Mal in ſo lang
für natürlich, bis das Gegentheil ausdrücklich bewieſen iſt; und wann wird das
Gegentheil bewieſen wer-
den, da der Menſch ſo we-
nige Kenntniſſe in der Natur hat.

Er glaube alſo, man
ſolle ſolchen ungewiſſen Pro-
ben das leben der Menſchen
nicht

nicht Preis geben: denn er
kenne eine Menge Men=
schen, die dergleichen Ma=
le haben, und von welchen
er zuverläßig versichert ist,
daß sie keine Zauberer sind.
Womit er beschließt und un=
terschreibt.

Peter Wahrmann,
Wundarzt allda.

Anmerkung.

Gerichtseits hat man dieses obge=
dachtem Peter Wahrmann nochmal vor=
gelesen, und da er selbes ungeachtet der
ernstlichen Erinnerung wiederholter be=
stättigte, so hat man ihm seine freigeiste=
rische Ausdrücke ernstlich verwiesen, und
ihn zu mehrerem Respect gegen die Obrig=
keit ermahnt, auch das Protocoll von ihm
eigenhändig unterschreiben lassen.

Bey Besichtigung des puncto sortilegii im Arrest sitzenden Veit Pratzers,
vulgo Hexenveitl, hab ich bey gerichtli=
cher Visitation wahrgenommen, und zwar

1*mo.* In latere dextro sub brachio
in regione des pectoris einen großen
schwarzbraunen Flecken, über welchen ich
mein

mein Parere medicum dahin abzugeben
habe, ob selber schwarzbrauner Flecken
ein Muttermal oder aber ein stigma verum seu diabolicum oder Teufelszeichen
sey. 'Nach reif überdachter Sache affir-
mo ultimum, und behaupte ex funda-
mentis medicinae philosophicis, daß das
bey Veit Pratzer vorgefundene schwarzbraune Mal ein verum stigma diabolicum
sey, und zwar ex rationibus sequenti-
bus —

Stigma diabolicum est signum in
corpore humano diabolicum modo supernaturali in cute formatum.

Diese definitio stigmatis ist bereits
von allen Doctoribus Theologiae und
Kriminalisten acceptata et recta definitio,
Aus welchem ich daher physice medice
schließe.

1mo. Est signum. Sic docet ex-
perientia, weil man so ein Zeichen an dem
Körper des Veit Pratzers entdeckt hat.

2do. In corpore humano, am menschlichen Körper, weil Veit Pratzer ein Mensch
ist und folglich einen menschlichen Körper
hat, et etiam huc usque sortilegi, stry-
ges et sagae inter homines numerantur.

3tio Signum diabolicum, quia diabolus amat Colorem nigrum, & signa ig-

C 5　　　nifor-

niforma, welche einem Brandmal ähnlich), quod iterum confirmat opinionem.

4to Modo supernaturali in cure, Uebernatürlich: denn, wenn es ein natürliches Mal wäre, so hätte solches gleich auf den ersten Stich geblutet, quia Signum naturale non potest mutare substantiam corporis humani. Der menschliche Körper ist von Fleisch und Blut und der Verwundungen empfänglich, welches alles aber sich bey dem Brandmale des Veit Pratzers nicht gezeigt hat. Da nun nullum vulnus sine dolore in humano corpore kann verursacht werden, so kann man wieder rationabiliter schliesen, daß das bey dem Veit Pratzer vorgefundene schwarzbraune Mal ein verum stigma diabolicum sey, weil Inquisit erst bey dem dritten Stich einen Schmerzen bezeigt hat, aus welchen Gründen sich daher per evidentiam erweiset, daß gedachter Veit Pratzer eine mit einem stigmate diabolico versehene Person, id est ein wahrer Zauberer sei. Womit ich die Ehre habe mich zu empfehlen.

Datum vt supra.

Medicinae Doctor & Physicus.

Eid-

Eidliche Erfahrungen,

so wegen dem pcto sortilegii, im Verhaft sitzen=
den Veit Pratzer vulgo Hexenveitl von nach=
stehenden Personen eingeholt worden sind.

Int. 1.

Wie Gezeuge
mit Tauf= und
Zunamen heisse?
Wie alt? Von
wannen gebür=
tig? Wer dessen
Aeltern ꝛc. ꝛc.

Ad Int. 1.

Heisse Michel Kirsch=
vogel, 65 Jahr alt, von
Tagwerkersleuten ge=
bürtig. Er befinde
sich schon seit 15 Jah=
ren in N. ansäßig, all=
wo er einen halben Hof
im Besitz hat: seye ver=
heyratheten Standes
und mit 6 lebendigen
Kindern versehen.

Int. 2.

Ob Gezeuge
niemal in Arrest
gelegen, oder ma=
lefizisch behandelt
worden?

Ad 2.

Er seye in seinem
Leben niemal vor Ge=
richt gestanden.

Int. 3.

Ob er die Ur=
sache wisse, war=
um man ihn ge=
richtlich vorgela=
den habe?

Ad 3.

Er wisse die Ursache
nicht.

Int. 4.

Ob Gezeuge keinen gewissen Veit Pratzer in Erkanntniß habe, und woher?

Int. 5.

Ob er gegen diesen Veit Pra-tzer keine Feind-schaft habe, auch, ob er selbem nicht anverwandt sey?

Int. 6.

Ob er von nie-mand einen Un-terricht bekom-men, was er vor Gericht aussagen solle?

Ad 4.

O ja! diesen kenne er recht gut: sey sein nächster Nachbar ge-wesen.

Ad 5.

Nein, er seye sel-bem nicht anverwandt, auch habe er im ge-ringsten nicht eine Feindschaft auf selben: wüßte nicht, warum.

Ad 6.

Sei von nieman-den unterrichtet wor-den.

Hierauf hat man Gezeugen nach ge-machter Erklärung der Schwere des Mei-neides, & facta admonitione de dicenda veritate, mit dem wirklichen Eide belegt, und weiters befragt:

Inter spec..

Gezeuge solle bey seinem Ge-

Ad 1.

Er könne in der Hauptsache von diesem Manwiſſen ausſagen, was er von dem ihm bekannten Veit Pratzer anzugeben wiſſe? Manne gar nichts ungleiches ſagen. Er hat ſich immer auf ſeinem Hof ehrlich fortgebracht. Die allgemeine Sage war freylich, daß er etwas von der Schwarzkunſt verſtehen ſollte; allein er wiſſe halt auch nicht, ob dem alſo war. Er ſeines Dafürhaltens vermuthe, daß hinter der Sache nicht ſo viel ſtecke, als die Leute daraus machen. Veit iſt immer fleißig in die Kirche gegangen, welches er gewiß fleißig hätte bleiben laſſen, wenn er ein Hexenmeiſter geweſen wäre. Freylich ſagen einige, er hätte verſchiedene Teufelskünſte gemacht; er aber könne bey ſeinem Gewiſſen nichts davon ſagen.

Int.

Int. 2.

Ob Gezeuge niemals gesehn habe, wie gemeldter Veit Pratzer sich im Wirthshause befunden, und alldort verschiedene Teufelskünste gemacht haben sollen? Zu was Zeit dieses geschehen, und worinn diese Künste bestanden haben.

Ad 2.

Er könne sich erinnern, daß am Kirchweihfeste, vor einem oder anderthalb Jahren, gedachter Veit sich ebenfalls in dem Wirthshause befunden habe, wo er Deponent nebst noch andern auf einem Seitentische etwas Bier tranken. Der Veitl stund auf einem Tisch, und machte den Bauernpurschen verschiedenen Spaß vor. Auf einmal entstund ein Lermen, der Veitl hätte Mäuse gemacht, und wirklich liefen auch eine Menge Mäuse, wie Deponent selbst mit Augen gesehen, in der Stube herum. Dañ entstund so ein Lermen, daß sich der Veitl flüchtig machen mußte. Er Deponent blieb aber auf seinem Stuhle ruhig

hig ſitzen, und bekům=
merte ſich um dieſe Fa=
rereyen nicht viel.

Int. 3.

Ob Depo-
nent alſo die von
dem Veitl ge=
machte Mäuſe
mit eigenen Au-
gen geſehen habe

Ad 3.

Die Mäuſe habe
er freylich geſehen; aber
das wiſſe er nicht, ob
ſie der Veitl gemacht
habe. Er glaube halt,
er werde die Mäuſe
ſchon bey ſich gehabt
haben, um den Bu=
ben einen Spaß zu
machen.

Int. 4.

Wo dann
die Mäuſe hin ge
kommen ſeyen?

Ad 4.

Wo werden ſie
hingekommen ſeyn?
Sie werden halt in die
Mäuſelöcher geſchloſ=
ſen, und zur Thür hin=
ausgelauffen ſeyn.

Int. 5.

Deponent ſol=
le mit der Wahr=
heit beſſer heraus
gehen: denn es
ſeyen ganz ande=
re Anzeigen vor=
handen.

Ad 5.

Er könne nichts
anders ſagen, als was
er ſchon geſagt habe,
und wegen Andern mag
er einem armen Men=
ſchen nicht Unrecht
thun.

Int.

Int. 6.

Deponent solle sagen, wie dann die Mäuse ausgesehen haben.

Ad 6.

Wie werden sie ausgesehen haben? als wie halt die Mäuse. Hat denn der Herr Richter nie keine Maus gesehen?

Int. 7.

Es komme aber vor, als wenn sie ganz übernatürliche Mäuse gewesen wären.

Ad 7.

Das wisse er nicht zu sagen, denn er habe in seinem Leben noch nie eine übernatürliche Maus gesehen.

Int. 8.

Es kommt aber auch vor, daß die Mäuse in der Wirthsstube verschwunden seyen. Was er hiezu sage?

Ad 8.

Seyen freylich verschwunden, weil sie in die Mäuslöcher geschlossen und zur Thüre hinausgelaufen sind.

Int. 9.

Es will sich aber bezeigen, daß die Mäuse mitten im Zimmer verschwunden seyen; was er hiezu sage?

Ad 9.

Das wäre rar. Für seine Person habe er nichts gesehen. Es müssen die andern bessere Augen gehabt haben.

Int.

Int. 10.

Ob er also kein weiteres Proceß-dienliches anzugeben wisse?

Int. 11.

Ob er den Veit Pratzer für einen Hexenmeister halte?

Ad 10.

Nein, wisse nichts.

Ad 11.

Behüte Gott, daß er so übel von seinem Nächsten urtheilen sollte? Für einen Spaßmacher halte er ihn, aber für keinen Zauberer.

Hierauf wurde Gezeugen seine Aussage nochmals vorgelesen, und nachdem er selbe durchgehends bestätigte, von ihm eigenhändig unterschrieben.

Michel Kirschvogel.*)

Anmerkung.

Da aus der ganzen Aussage des Gezeugens ganz klar erhellet, daß Gezeuge entweder selbst mit dem Hexenveitl unter der Decke stecken müsse, oder daß gedachter

*) Dieser Bauer und der Wundarzt Wahrmann waren also gescheider als die hohe Obrigkeit und der lateinische Doctor.
U. d. H.

D

ter Kirschvogel ein unchristlicher Mann
seye, der das Mäusmachen und dergleichen Teufeleyen ohne Scheu in Bezweiflung zieht, so hat man dieses pro observatione Judicis kürzlich anmerken wollen.

Zweite Person,

Interrogatoria priora.	Elisabetha Spieglin, 62 Jahr alt, von N. gebürtig, allwo ihr Vater ein Tagwerker war. Sie seye bereits seit 7 Jahren im Wittwenstand, und befinde sich als Austräglerinn bey ihrem Schwiegersohne auf dem Hause. Seye niemals zu Verhaft gelegen, auch zu dem Veit Pratzer nicht anverwandt, noch hege sie gegen selben eine Feindschaft.

Testis jurata,

Int. spec. 1.	Ad 1.
Ob Deponentinn den Veit Pratzer oder Hexenveitl kenne?	Ja, diesen kenne sie recht gut: sey einer ihrer nächsten Nachbarn.

Int.

Int. 2.

Was sie denn von diesem Veitl. anzugeben wisse?

Ad 2.

Eine Menge Sachen. Wenn sie vom Morgen bis Nachts erzählte, so könnte sie nicht alles sagen. Ihre Gevatterinn und die alte Dorothee nebst der alten Baumeisterkathl; diese wissen auch recht zu erzählen: Denn diese sind bey der alten Spinnergretl oft in die Gunkel gegangen, und da hat ihnen die Gretl erzählt, was der Hexenveitl alles zu machen im Stande ist.

Int. 3.

Deponentinn solle also angeben, was sie vom genannten Hexenveitl wisse?

Ad 3.

Gott behüte und das heil. Kreuz! Der Veitl steht halt mit dem Schwarzen in Bekanntschaft.

Int. 4.

Wie sie denn dieses wisse?

Ad 4.

'S ist halt die allgemeine Sage, daß der Veitl hexen könne. Daß er fest ist, daran ist gar

D 2   kein

kein Zweifel: denn es haben ja die stärksten Buben nichts. mit ihm richten können, und Mäuse habe er auch schon gemacht.

Int. 5.

Ob Gezeuginn dann die Mäuse gesehen habe?

Ad 5.

Freylich habe sie die Mäuse gesehen, als sie der Veitl im Wirthshaus gemacht hat. Das waren Mäuse, als wie die lebendigen Teufel. Gott behüte! † † †

Int. 6.

Sie solle beschreiben, wie denn die Mäuse ausgesehen haben?

Ad 6.

Abscheulich haben sie ausgesehen, wie halt rechte Teufelsmäuse.. Vor lauter Furcht und Schrecken habe sie sich nicht getraut, sie recht anzusehen.

Int. 7.

Ob Gezeuginn glaube, daß der Hexenveitl ein Hexenmeister sey?

Ad 7.

Freylich glaube sie es: denn wenn er kein Hexenmeister wäre, so würde er ja keine Mäuse machen. Worauf sie beschließt, und, des Schreibens

bens unkundig, ihre Aus-
sage mit drey Kreuzeln
bestätigt.

† † †

Anmerkung.

Die Gezeuginn, die eine alte fromme andächtige Person zu seyn scheint, hat
ihre Aussage mit vieler Wahrhaftigkeit
aufgedeckt.

Nota.

Hierauf wurde auch von dem Richter die alte Gevatterinn Dorothee, die alte Baumeisterkathl nebst der alten Spinnergretl abgehört, welche alle in dem
nämlichen Ton, wie obige Gezeuginn aus-
sagten. Auch wurden überdieß noch 10
Bauernpursche vernommen, die in dem
Wirthshause zugegen waren, als der
Veitl sollte Mäuse gemacht haben: und
dieser ihre Aussagen bestunden darinn,
daß sie gehört haben, wie der Veitl gesagt hat, daß er Mäuse machen will; daß
sie in den Sack hineingesehen haben, ohne etwas zu entdecken; daß endlich die 24
Mäuse aus dem Sack herausgelaufen und
verschwunden seyen.

Nach diesen eingeholten eidlichen Erfahrungen wurde der Veit Pratzer examinirt,

nirt, nachdem man ihn auf einen hohen
Stuhl mit Händ und Füßen angeschlossen hatte, damit er nicht den Boden er-
reichen möchte. In seinem Examine bekannte der Unglückliche den ganzen Her-
gang der Sache. Er erzählte, daß er
den Sack vernäht und die Mäuse in einer Seite versteckt hatte. Aber was nütz-
te es? Es wurde ihm kein Glauben bey-
gemessen. Ich will hier Kürze halber
nur einige Extracte aus seinem Constituto
beylegen.

Extract aus Prazers Verhör.

Int. 44.	Ad 44.
Er solle doch nicht so boshaft läugnen, indem ihm alle diese Ausflüchte nichts hel-fen werden.	Er sey ein für allemal unschul-dig.
Int. 45.	Ad 45.
Man lasse ihm aber bereits unverhalten, daß seine vorgeblich versteckte Mäuse keine natürliche Mäuse wa-ren: was er hiezu sa-ge?	Was werde er sagen? daß sie halt, ungeachtet aller Aussagen, natürliche Mäuse waren.

Ad

Int. 46.

Inquisit sey doch
recht hartnäckig im
läugnen. Er solle
denken, daß er seine
Gefangenschaft ver:
längere und seineStra:
fe erschwere. Er sol:
le also sagen, ob er
noch behaupte, daß
seine von ihm gemach:
te Mäuse natürliche
Mäuse wären.

Int. 47.

Man wolle ihm die
vorige Frage nochmal
wiederholen, und man
frage ihn, ob er nichts
hierauf zu erinnern ha:
be?

Int. 48.

Wie könne Consti:
tut sagen, daß die Mäu:
se natürlich waren,
nachdem er bereits
schon selbst ad Int. 46.
einbekannt habe, daß
die Mäuse von ihm ge:
macht worden seyen.

Ad 46.

Ja, er behar:
re hierauf.

Ad 47.

Er habe nichts
zu erinnern; aus:
genommen, daß
er unschuldig sey.

Ad 48.

Das habe er
niemaleu gesagt.

D 4   Int.

Int. 49.

Wie? er könne der Obrigkeit so frech unter das Gesicht lügen? Hat man nicht in der ad Int. 46. an ihm gestellten Frage ausdrücklich per formalia gesagt, ob er noch behaupte, daß die von Ihm gemachte Mäuse natürlich wären? und da er dies bejahte, so habe er ja schon ausdrücklich eingestanden, daß er die Mäuse gemacht habe. Was er hiezu sage?

Ad 49.

Dieses sey ihm zu gelehrt. Er sey ein glatter Mann, und habe sich auf solche Spitzfindigkeiten nicht gefaßt gemacht.

Int. 50.

Verstrickter solle angeben, was befundenes schwarzbraunes Mal bedeute?

Ad 50.

Was werde dieses Mal bedeuten: es sey halt ein Muttermal.

Int. 51.

Durch was er diese seine Angabe beweisen könne?

Ad 51.

Wie werde er ums Himmelswillen sein Muttermal beweisen? Er

Er habe vor seiner Gefangenschaft selbst nicht gewußt, daß er ein Mal am Leibe hätte, und seine Aeltern, die schon lange verstorben, haben es, wie er glaubt, auch kaum gewußt.

Int. 52.

Man lasse ihm aber unverhalten, daß der an ihm vorgefundene braune Flecken kein Muttermal sey. Er solle also die reine Wahrheit eingestehen.

Ad 52.

Nun in Gottes Namen! Weñ der Fleck kein Muttermal ist, so wisse er bey seiner Seele nicht was es seyn solle. Und was wird denn dieser Fleck wohl zu bedeuten haben?

Int. 53.

Was er aber hiezu sage, wenn man ihm eröfnet, daß bereits eidliche Erfahrungen vor-

Ad 53.

Das mag wohl seyn; aber er könne sich nicht einbilden, was denn dies

haußen sind, welche ausdrücklich beweisen, woher dieser Flecken komme.

dieser Flecken mit seinem Proceß für einen Zusammen-hang haben kön-ne?

Hierauf wurden noch mehr dergleichen Fragen von dem Kriminalrichter an den Gefangenen gestellt, und zu Ende des Verhörprotocolls folgende Anmerkung hingeschrieben.

Anmerkung.

Der Inquisit hat sich während dem Verhör folgendergestalt betragen, daß er ad Inter. 45 erröthet, ad 46 erschrocken, und ad 53 erwiesen hat, daß er ein verstockter Bösewicht sey. Uebrigens ist seine Constitution so beschaffen, daß man ihn keck mit der stärksten Tortur angreifen darf.

So waren die Akten, als sie der Magistrat zu N., der mit dem Iure gladii begabt war, zur Entscheidung empfieng. Es wurde hierüber auf dem Rathhause der Vortrag gemacht, und die Stimmen waren sehr verschieden. Einige behaupteten, daß Veit Pratzer gänzlich unschuldig und zu entlassen sey; andere bekräftigten, daß er durch die bereits abgehörte Zeugen des Mäusemachens überwiesen, und folglich ohne

ohne weitere Umstände sogleich lebendig
verbrannt werden sollte. Einige endlich
fanden, daß nur eine halbe Probe in Rückficht des Mäusemachens vorhanden, und
daß also nach den peinlichen Gesetzen mit
dem Praxeried torturam müsse geschritten
werden.) Die Majora (dann die Majora
entscheiden) fielen auch mit dieser Meinung
aus, und das Resultat des magistratischen
Spruchs war folgendes:

Conclusum.

Der poto Sortilegii et Murisfactio-
nis in Arrest sitzende Veit Pratzer, vulgo
Hexenveith, ist durch die Aussage des Johann Kohlmuth, Bader, ad Num. 1c. 1c.
und durch die Aussage des Medicinæ Doctoris ratione stigmatis zu convinciren, in
Rückficht des Mäusemachens aber nochma-
len gütlich zu constituiren. Sollte er noch
in negativis verharren: so ist selbet durch
die Aussagen der Elisabetha Spieglinn, der
Gevatterinn Dorothee, denn der Baumeisterkathl und der Spinnergreit zu confrontiren, auf ferneres Läugnen ad locum tor-
turæ abzuführen, und mit einer dreyfa-
chen Tortur, mittelst Aufziehung und An-
hängung der Steine, dann des Knie- und
Beinschraubens, nebst Kordaschlagung,
dann

dann die intercalari mit 5 maliger Wiegelung in der eisernen Wiege anzugreifen.

Dieses Conclusum ergieng an den Richter des Orts, wo Pratzer im Verhaft lag. Es wurde in Vollziehung gebracht. Der Unglückliche ward wieder vorgeführt, und nach einem langen Constituto stellte man an ihn nachstehende Fragen.

Extract
aus dem *Constituts =* und *Convictions=* Protokoll des Veit Pratzers, *vulgo* Herenveitl, *puncto stigmatis.*

Int. 50.	Ad 50.
Ob Verhafter also, aller richterlichen Ermahnungen ungeacht, noch hierauf beharre, daß er unschuldig sey?	Ja er müsse es bey Gott bekennen.
Int. 51.	Ad 51.
Er solle, als ein so bekannter Bösewicht, den Nahmen Gottes nicht lange eitel nennen: sonst würde man ihm gleich sein boshaftes Freveln austreiben.	Ums Himmelswillen! Wen sollte er dann, als Gott zum Zeugen seiner Unschuld anrufen? denn dieser wisse es ja am besten.

Int.

Int. 52.

Ob er also noch immer läugne, und ob er noch nichts von dem an ihm vorgefundenen braunen Fleck wissen will?

Int. 53.

Diese Ausflüchte sind vergebens, indem bereits eidliche Erfahrungen vorhanden, die das Gegentheil beweisen.

Int. 54.

Ob er es also gar darauf wolle ankommen lassen, daß ihn diese Leute seiner Unwahrheit und seines boshaften Läugnens überführen sollen?

Int. 55.

Ob Inquisit den Johannes Kollmuth, Wundbader allhier, und den M. Medicinæ Doktor kenne?

Ad 52.

Er könne nichts anders sagen, als daß dieser Fleck ein Muttermal sey.

Ad 53.

Das könne unmöglich seyn.

Ad 54.

In Gottes Namen! er sey unschuldig.

Ad 55.

Den Bader kenne er wohl, aber den Doktor nicht.

Int.

Int. 56.

Ob er diese zwo Personen für ehrliche und rechtschaffene Leute halte?

Ad 56.

Ja; denn er vernuthe von jedem Menschen Gutes.

Int. 57.

Inquisit solle also wissen, daß eben diese zwo Personen wider ihn aussagen, und ihn seiner Bosheit überzeugen.

Ad 57.

Das könne unmöglich seyn, wenn sie je einen ehrlichen Blutstropfen im Leibe haben.

Int. 58.

Ob er es also wirklich wolle darauf ankommen lassen, daß man ihm diese Leute unter das Augesicht stelle, und ob er ihre Aussagen hören wolle?

Ad 58.

Ja!

Hierauf ist man Gerichtsseits zur wirklichen Confrontation des Inquisiten geschritten, wie folgt.

Confrontans.

Int. 1.

Johann Kollmuth, 62 Jahr alt, guten Leumunds, katholischer Re-

Confrontatus.

Ad 1.

Er könne hierauf nichts antworten.

Int.

ligion, fagt aus, daß
der an dem Veit Pra=
ßer vorgefundene
fchwarzbraune Fleck,
kein Muttermal, fon=
dern ganz was anders
feye. Was er hierzu
fage?

Int. 2.

Imgleichen fagt aus,
MM. Medicinæ Do-
ctor, daß der an dem
Veit Praßer vorge=
fundene fchwarzbraune
Fleck kein Muttermal,
fondern ganz etwas an=
ders fey. Was er hier=
zu fage?

Ad 2.

Was folle er fa=
gen! man glaubt
ja feinen Worten
nicht.

Hierauf hat man Confrontato die
Auffagen des Baders und Medicinæ Doctoris quoad paſſus concernentes vorgele=
fen; und weil er ungeachtet der gefchehe=
nen confrontation noch immer in negativis verharrte, nachftehende gütliche Inter-
rogtoria zu allem Ueberfluß noch an ihn
gefeßt.

Int. 59.

Inquifit habe nun

Ad 59.

Er habe es
ge=

gehört, was diese zween
unverwerfliche Zeugen
gegen ihn ausgesagt
haben; er solle sich
also nicht länger mit
Lügen aufhalten.

Int. 60.

Inquisit solle den=
ken, daß man solchen
Leuten mehr Glauben
beymessen werde, als
ihm; solle also in sich
gehen, und die Gott
gefällige Wahrheit ge=
stehen.

Int. 61.

Ob er es also wirk=
lich auf die Ueberwei=
sung wolle ankommen
lassen?

freylich gehört;
aber demungeach=
tet sey er doch un=
schuldig.

Ad 60.

Im Namen
Gottes! er leide
unschuldig.

Ad 61.

Es stehe ja
nichts in seiner
Macht; er müsse
sich gefallen las=
sen, was man
mit ihm mache.

Weil also alles Zusprechen bey Ver=
stricktem vergebens war, so ist man mit
vinculirtem zur Conviction geschritten.
Man las selbem die Aussagen des Ba=
ders so wohl als des Doktors umständlich
vor; wornach man den Convictionsfall nach
stehendermaßen vorgenommen.

Int.

Int. 1.

Inquiſit habe nun die Ausſagen der unverwerflichen Zeugen gehört; er habe gehört, daß ſie das bey ihm vorgefundene und vorgebliche Muttermal als rin wirkliches Teufelszeichen angeben. Ob er alſo noch nicht in ſich gehe?

Int. 2.

Man laſſe ihm alſo unverhalten, daß ungeachtet ſeines läugnens, die Gerechtigkeit den Ausſagen dieſer zween Zeugen mehr Glauben beymißt, als den ſeinigen, und daß er alſo durch dieſe Ausſagen convincirt, id eſt überwieſen iſt; daß der bey ihm vorgefundene ſchwarzbraune Fleck ein wirkliches ſtigma und Teufelszeichen ſey; daß er überwieſen ſey,

Uhuhu, 4s Part.

Ad 1.

Er ſeye aller Ausſagen ungeachtet unſchuldig.

Ad 2.

Um Gotteswillen! Was iſt doch dieſes alles wunderlich!

E   daß

daß er ein Erzzauberer.
Es ist und bleibt also
der bey ihm vorgefun=
de**n:** schwarzbraune
Fleck ein wahres Teu=
felszeichen.

Hierauf wurde der arme Präßer we=
gen des Mäusmachen weiter von den Be=
amten examinirt: und als nun der Un=
glückliche immer bey der Wahrheit der
Sache blieb, so wurde er nach allen For=
malitäten des Rechts in die Marterstube
gebracht, allwo er auf der Folterbank, ehe
seine Pein anfieng, einen Becher voll sau=
ern aber geweihten Wein auf St. Johan=
nis Segen austrinken mußte, welchen
Wein ihm der Scharfrichter ohngefähr so
in den Mund goß, wie man einem Pfer=
de durch den Schinder den Arzneytrank
einschütten läßt. Der Unglückliche
konnte sich auf der Folter auch nicht schul=
dig geben, sondern schrie immer zum Him=
mel: Ich wollte gern gestehen, wenn
ich nur was gestehen könnte! Diese
Formalien machten den Richter aufmerk=
samer, er getraute sich mit der Tortur
nicht weiter fortzufahren. Er ließ den
unglücklichen Veit wieder in seinen He=
xen=

renkessel schliessen, und erstattete zur Gerichtsstelle folgenden Bericht:

P. T.

Aus den beyliegenden Akten wird
der hohe Richter zu ersehen belieben, wie
weit sich die Akten mit dem p𝔠ᵗᵒ sortilegü
in Arrest sitzenden Veit Pratzer, vulgo
Hexenveitl, ergeben haben.

Von Seiten des Untergerichts getraute man sich mit der geschlossenen Tortur
gegen den Vinkulirten darum nicht fortzufahren, weil er immer unter der Marter sagte, Formalia: Er möchte gern
gestehen, wenn er nur könnte. Aus
welchem sich wahrscheinlich vermuthen
läßt, daß Inquisit mit der Taciturnität
oder sogenannten Teufelsmaulsperre,
behaftet sey. Man hat also diesen Vorfall Gerichtseits einberichten und um weitere Entschließung bitten wollen.

Gericht allda.

Hierauf wurde bey dem Magistrat
wieder Vortrag gemacht; und da man
sich über diesen unverhofften Zufall sehr
wunderte, auch sich in Sachen nicht recht

E 2 zu

zu helfen wußte, so fielen die Meinungen
per unanimia dahin aus, daß man die
Akten einer Universität um ihr Parere zuschicken sollte.

Dieß geschah, und nach 3 Monaten kamen die Akten von der Universität
wieder zurück, mit beygefügtem lateini-
schem Parere, (das man aber deutsch
mittheilt.)

Meinung der Universität.

Wir haben die Akten durchgelesen,
die die gelehrten und edlen Herren des
Magistrats zu N. wegen des in puncto
magiæ im Arreſt ſitzenden Veit Pratzer,
vulgo Hexenveitl, uns communicirt, und
beliebt haben, unſere Meynung hierüber
einzuholen.

Wir durchſuchten die Sache genau,
und waren aus ſichern Grundſätzen ſchlüſ-
ſig, daß gedachter Veit Pratzer wirklich
in die Zahl boshafter Zauberer zu ſetzen
ſey.

Seine des Verhafteten durch die
Akten beſtätigte Bosheit, und die mit-
verknüpfte Verblendung des Satans gab
auch unſern geſchickteſten Männern der
Univerſität, ſowohl im theologiſchen als
juridiſchen Fach, unendlich viel zu ſchaffen, bis ſie endlich von Grund aus das
Inner-

Innerſte dieſer Vorfallenheit entwickelt
haben.

Die Frage iſt dermalen nur von der
Taciturnität, oder von der ſogenannten
Teufelsmaulſperre, und wir ſind überzeugt
und des ſichern Dafürhaltens, daß die
von Praßer bisher bezeigte Hartnäckig-
keit im Stillſchweigen nur durch Hülfe des
Teufels verurſacht worden ſey, der die
Zauberer der Hand der rächenden Gerechtigkeit zu entziehen ſich äußerſt bemüht, wie
Paulus Crillandus (J. C. ein alter Rechts-
lehrer) das Mehrere bezeugt.

Es bleibt daher kein Zweifel übrig,
daß oftgenannter Praßer nur durch Teu-
felsgewalt verhindert wird, auf der Folter die Wahrheit zu geſtehen, es werden
auch alle Bemühungen der Richter vergebens ſeyn, den Gefeſſelten zum Geſtänd-
niß zu bringen, wenn man nicht zu über-
natürlichen Mitteln Zuflucht nehmen will.

Es iſt keinem von uns die Gewalt
unbekannt, mit welcher geweihte und heilige Sachen auf Zauberer wirken, und
durch dieſe kann der Endzweck der Geſeße
erreicht werden.

Es iſt nothwendig, daß der verſtrick-
te Praßer nackend ausgezogen, und mit
heiligen, benedizirten Wachskerzen bis auf

9.   E 3   das

das Blut gepeitſcht werde: dann wird durch die heilige Gewalt ſeine Zunge los-gebunden und des Teufelsmacht zerſtöhrt werden.

Dieſe iſt unſere Meinung. Sie gründ-et ſich auf Erfahrung und Untrüglichkeit, und iſt mit dem Wohl des gemeinen Be-ſten genau übereinſtimmend, welchem dar-an liegt, daß die Welt von dem Gift der Zauberei gereinigt und geſäubert werde.

Beſchloſſen von der theologiſch- und juridiſchen Fakultät der Univerſität zu —

NN.

Rektor Magnificus.

N.

Dechant der theologiſchen und

N.

der juridiſchen Fakultät.

Als dieſes Parere im Rath bey dem Magiſtrat verleſen wurde, ſo wunderte ſich alles über die große Einſicht der Uni-verſität, und der Magiſtrat wollte nun ſelbſt die Ehre haben, dieſen entſetzlichen Zauberer durch einige aus ihrem gremio weiter prozeſſiren zu laſſen, und befahl ſo-gleich dem Gericht, den Veit Pratzer wohlverwahrlich in die Eiſenfrohnfeſte nach der Stadt zu bringen.

Die

Die Sache ward bald ruchtbar, und alles war in größter Erwartung, den Herzueilt ankommen zu sehen. Endlich kam Veit Pratzer auf einem hohen Wagen, in dem kupfernen Keſſel angeſchloſſen, von 4 Gerichtsdienern, und 25 Bauern begleitet. Alles ſah den Unglücklichen an, Groß und Klein fluchte dem Elenden, und die Buben warfen mit Koth auf ihn, und ſpieen ihn an. So ganz verunſtaltet kam er bey der Frohnfeſte an. Ein Kerker, der bereits gegen 8 Jahr nicht mehr geöfnet worden war, der viele Klaftern tief unter der Erde war, den keine Sonne beſchien, den kein Lüftchen durchwehte, ward Veiten zur Wohnung angewieſen.

Da ſchmachtete er noch einige Wochen im gräßlichen Kerker, bis endlich die Meinung der Univerſität an ihm vollzogen wurde. Jede der Magiſtratsperſonen wollte der Commiſſair dieſes Unglücklichen ſeyn; ein jeder bildete ſich ein, daß er ſich um ſein Vaterland unendlich verdient machen würde, wenn Veit Pratzer zum Scheiterhaufen kommen ſollte. Der Zank unter den Magiſtratsperſonen war ſo ſtark, daß bald Uneinigkeiten unter ihnen entſtänden wären. Endlich wurde nach der Meynung des Vorſtandes die Sache durch das loos ausgemacht. E 4 Veit

Veit hatte das Glück, einen alten erfahrnen Rath zum Commissair zu bekommen, dem dergleichen Prozesse schon geläufig waren: denn er hatte schon gegen 20 bis 30 Hexenprozesse geführt.

Alles freute sich in der Stadt, daß diese wichtige Causa in die Hände eines solchen Mannes fiel. Nun gieng der Prozeß weiter fort.

Nachdem Pratzer nochmal constituirt ward, und derselbe noch immer auf seiner Aussage blieb, daß er unschuldig sey, so fragte ihn sein Commissarius: ob er wohl des Teufels Maulsperre habe? Veit antwortete hierauf gar nichts mehr, vermuthlich, weil ihm dieses Wort unbekannt war; und nun hatte der Commissär keinen Zweifel mehr, nach der Vorschrift der Universität zu verfahren.

Veit wurde wieder in den Kerker zurückgetragen. Der Commissär ließ zween schon bestellte Geistliche in das Examinirzimmer treten. Da lagen vier lange gelbe Wachskerzen auf dem Tisch. Die Priester nahmen die Weihe vor. Dann traten sie wieder ab, und Pratzer wurde wieder entkleidet und bis zur Thür geschleppt. Vier starke Gerichtsdiener warteten seiner in der Gerichtsstube; ein jeder war mit

mit einer geweihten Kerze versehen. Der Commissär gab das Signal. Pratzer wurde in Ketten herein getragen, und im Augenblick wurde er von den 4 Gerichts: dienern, wie von 4 Tiegern, angefallen, und so erbärmlich mit den Wachskerzen geschla: gen, daß er schier wie todt da lag. Nach einer Weile erholte sich der Unglückliche wieder. Nun ists Zeit zur Tortur, schrie der Commissär, und Pratzer wurde mit seinem wunden Körper zur Tortur abge: holt. Habt doch Erbarmen mit mir, schrie er aus, als man ihm die Beinschrauben anlegte. Gut! wenn ihr es also so haben wollt: so bin ich also ein Zauberer, so ist mein Mal ein Teufelszeichen, und meine Mäuse sind widernatürliche Mäuse! Dank der Universität, schrie der Commissär, des Teufels Maulsperre ist gelöst. Pratzer wurde wieder auf die gewöhnliche Art in dem Hexenkessel in das Examinirzimmer zurückgetragen. Dann fragte ihn der Com: missär mehrmalen, ob er also wirklich auf seiner Aussage verharre, daß er durch Teu: felskunst die Mäuse gemacht habe.

Pratzer sagte freylich, daß ihn der Schmerz zu diesem Geständnis gezwun: gen habe, und daß er unschuldig sey; al: lein diese Aussage begnügte den Richter

nicht

nicht, wie es sich aus nachstehendem Ex-
trakt des Verhörprotokolls umständlicher
bezeugt.

Extraƨt

aus dem Verhörprotokoll des Veit
Pratzers, *vulgo* Herenveitl,
de dato — —

Int. 12.

Konstitut sey nun
einmal in sich gegan-
gen, und habe aufrich-
tig eingestanden, daß
er mit Teufelshülfe die
Mäuse gemacht habe.
Er solle also nochma-
ken umständlich in die-
sem freyen Ort, wo
er von allen Fesseln und
von der Furcht der
Matter befreit ist, auf-
richtig sein Verbrechen
wieder eingestehen.

Ad 12.

Wenn er die
Wahrheit sagen
muß, und wenn
der Richter diese
Wahrheit zu be-
gehren von dem
Gefangnen schul-
dig ist, so müsse
er in Gottes Na-
men sagen, daß
er unschuldig sey.

Int. 13.

Weil Verhafter schon
wieder boshaft läugnen
will; so lasse man ihm
unverhalten, daß man
selben sogleich wieder

Ad 13.

Man werde ihn
ja ums Himmels-
willen nicht wie-
derum neuerdings
martern: denn ehe
er.

zurück auf die Tortur
führen werde.

er die Folter wie-
der ausstünde, so
wolle er lieber ster-
ben.

Int. 14.

Es komme nicht dar-
auf an, ob Inquisit die
Folter ausstehen wolle
oder nicht: sondern es
kömmt auf die Frage
an, ob er sein gemach-
tes Geständnis wider-
rufe.

Ad 14

Er widerrufe
es nicht, und weil
er sehe, daß es oh-
nehin nichts mehr
nütze: so müsse er
halt sagen, daß
er ein Zauberer
sey.

Der unglückliche Pratzer wurde noch
weiter durch den Commissär über verschiedene Punkte befragt, endlich wieder in seinen Kerker zurückgebracht, und der äu-
ßersten Verzweiflung überlassen. Nach
einem Zeitraum von 14 Tagen wurde bey
dem Magistrat über Pratzers Leben entschieden, und derselbe wurde als ein ordentlicher Hexenmeister durch die Mehr-
heit der Stimmen zum Scheiterhaufen verurtheilt.

Hier folgt ein Auszug aus dem peinlichen Parere.

Extract

aus dem peinlichen Parere wider den
Hexenmeister Pratzer.

§. 26

§. 26

Es scheint zwar, daß das von dem Praßer abgelegte Bekenntnis nicht so beschaffen sey, wie es die Gesetze zur Verurtheilung eines Uebelthäters erfordern. Es scheint, als wenn alles dasjenige, was Praßer eingestanden hat, mehr aus Furcht der Tortur, als aus eigenem freien Willen geschehen sey; allein wenn man in Erwägung zieht, daß gegen Inquisiten eine Menge unverwerflicher Zeugen in Rücksicht des Mäusemachens vorhanden sind, so bleibt kein Zweifel übrig, daß derselbe schon wirklich seines Verbrechens mehr als einmal überwiesen ist.

Wir wissen auch quod omnia improbitatis genera, quae magi in usu habent, de mago homine praesumi necesse sit, wie Joseph Bodinus *) in seinem Traktat de magorum demonomania l. 4. c. 4· gar schön schreibt: Si qua itaque, fährt er fort, saga damnata fuerit sortium magicarum, saga semper esse praesumetur, ac proinde omnibus impiis sceleribus inquinata, de quibus notantur magi & quamvis non pro-

*) Ein einfaltiger boshafter Zauberberserbent und Sabelhans.

U. d. H.

procefferit adverfus eam condemnatio, fuf-
ficiet tamen accufatio, rumor, pudlicus
fermo etc. etc.

Wenn man nun zu diefen Anzeigen
das bey dem Pratzer vorgefundene und von
den Doctoribus und von denen in arte pe-
ritis wirklich als ein ſtigma erkannte Mal
rechnet: ſo läßt ſich gar im geringſten kein
Zweifel mehr haben, daß man nicht intre-
pide mit dem Inquiſiten ad mortem ſchreiten könne, als Fröhlich in ſeinem Tractat
luce clarius beweiſet, parte 2. l. 1. t. 3.
p. 19. daß die Zauberer mit einem dergleichen ſtigmate am Leibe bezeichnet werden, wann dieſelbe ein pactum folenne
mit dem böſen Geiſt ſchließen, wie noch
mit mehrerem in dem Girlando de forti-
legio, dann in des zitirten Bodini dæmo-
nomania, dann in des del Rio disquiſitio-
ne magica kann nachgeleſen werden. Re-
gula autem juris eſt juncta dictum Bodi-
num l. 4. c, 4. probationem minus legi-
timam in atrocibus et nocturnis maxime
criminibus (quale iſtud eſt) ſuffieere,
quoties probatio certa non poteſt obti-
neri.

Alle dieſe Gründe bewegen mich daher, der ſichern Meynung zu ſeyn, daß
Veit Pratzer zu dem Scheiterhaufen geführt,

führt, und alldort lebendig, andern Zau=
berern zum abschreckenden Beyspiel, ver=
brannt werden solle. Salvo meliori.

Der Rath war durch die überzeugen=
den Gründe und wichtigen Zitationen über=
führt, und Veit Pratzer wurde, wie ge=
sagt, zum Scheiterhaufen verurtheilt.

Nun war alles richtig; nur ergab
sich noch ein wichtiger Anstand wegen
Veits Kindern. Der Commissär fand
nöthig, diesen Anstand zu erinnern, und
nach abgesch lossenem Rathschlus fieng er
also an:

Propositio in causa criminali des Veit Pratzers.

Meine Herren! Sie haben nun das
Todesurtheil über den Erzzauberer Veit
Pratzer gesprochen, und die Engel im
Himmel werden sich über Ihren Ausspruch
erfreuen. Da uns aber, meine Herren
Kollegen, wirklich daran liegt, daß wir
dieses Laster der Zauberey vertilgen, so ha=
be ich nur eine Anfrage zu machen: was
Sie beschliessen wollen, daß man mit Veit
Pratzers Kindern anfangen solle? Er
hat 2 Kinder, und vermuthlich sind diesel=
ben

ben auch schon zur Hexerey und Zauberey
abgerichtet: denn eines der größten Indi-
zien ist, wenn man vonf Aeltern geboren
ist, die in puncto magiae gravirt sind.
Der gelehrte Bodinus sagt: ante omnia ve-
re maximum indicium, si uno aut utro-
que parente natus est. L. 4. c. 4. Und
da nun überdas, nach oftgedachter Meinung des adzitirten Bodinus, wiederum
richtig ist, daß solche Zauberer alle ihre
Kinder dem Teufel verschreiben, quia nullum est sacrificium, sagt er, quod ab istis
hominibus diabolus expectat, quam ut
suos ipsorum liberos simul ac hauserunt
lucem voveant, dicentque diabolo so bleibt
kein Zweifel mehr übrig, daß nicht des
Veit Pratzers Kinder ratione magiae schon
wirklich convincirt sind. Aus welchen Gründen ich der unzielsetzlichen Meinung wäre,
daß man gedachte Kinder in Arrest setzen,
dann als convictis in einer Badwanne
zu Tode aderlassen solle.

Conclusum

Der Rath hat sich der gelehrten Meinung des Referenten durchgehends verstanden.

Dem unglücklichen Veit Pratzer wurde das Todesurtheil angekündiget. Er
hat

bat sich weiter keine Gnade aus, als, noch
vor seinem Tode seine Kinder zu sehen;
allein auch dieses wurde ihm abgeschlagen;
und endlich erfuhr er von dem Kerkerknecht,
daß man solche in der Keiche zu Tode ader=
gelassen habe. Diese Begegnung brach=
te den Elenden aus seiner ganzen Fassung.
Er ward wie ein Rasender. Diese seine
Raserey sah man aber mehrmalen für ei=
ne Wirkung des Teufels an, und der ge=
lehrte Commissär machte den Vorschlag,
daß man zur Erleichterung der letzten Le=
benstage des Verurtheilten, nach der heil=
samen Meinung der Universität, mit den
geweihten Kerzen den Teufel reiterato ka=
stigiren solle, welches Mittel auch mehr=
malen nach gemachtem Vortrag von dem
Rath approbirt worden ist.

Veit wurde wieder erbärmlich zerschla=
gen, und noch muthloser, als er jemals
war.

Endlich drang auch der Beichtvater
in ihm, daß er ihm doch seine Sünden
und Hexereyen aufrichtig beichten möge;
und da nun diesem der Pratzer aufrichtig
entdeckte, daß er in der That unschuldig
sey: so verließ ihn auch der Beichtvater,
und behandelte ihn als einen unbußfußfer=
tigen und boshaften Sünder. — Veit
wur=

Veit wurde, wie ein Vieh zur Richtstadt geschleppt, mit Koth geworfen, angespieen und verhöhnt. Und so endete der Unschuldige sein Leben.

Verordnung des Magistrats zur Execution des Veit Pratzers, vulgo Hexenveitl.

Der Scharfrichter hat eine eichene Säule zu setzen, welche ungefähr 1 1/2 Elle tief in die Erde gegraben, und 4 bis 4 1/2 über der Erde herausgelassen werden muß.

Diese Säule, nebst dem benöthigten Holz, haben des Scharfrichters Knechte gegen Empfang ihrer Gebühren herzuführen, und auf den Richtplatz aufzurichten. Um die Säule soll der Holzhaufen errichtet werden, wozu man 10 Klaftern trocken Holz, auch einige Bund Reiser, 3 Bunde Stroh, einen Stein hartes Pech, und 1 Pfund gezogenen Schwefel begnehmigt haben will.

An die Säule soll der Delinquent mit 3 Ketten angemacht werden, deren eine ihm um den Hals, die andere um den Leib, und die dritte um die Beine geht. Diese 3 Ketten sollen mit 3 Haken, vermittelst einer Art, welche nebst Haken und Ketten das Schmiedehandwerk eigens zu verfertigen,

hat, an die Säule an = und eingeschlagen
werden. Bey der Execution soll der Schei=
terhaufen von den Henkersknechten ange=
steckt, des Veit Pratzers Körper langsam
verbrannt und seine Asche in der Luft zer=
streuet werden.

Urtheil.

Der von dem Malefizgericht öffentlich
vorgestellte Inquisit hat in seinen mit ihm
vorgenommenen theils gütlich = theils pein=
lichen Verhören quoad generalia ausge=
sagt:

1) Daß er Veit Pratzer, vulgo He=
renveitl heiße, 38jährigen Alters, katho=
lischer Religion, von N. gebürtig, ver=
heyratheten Standes, und daß er ein an=
säßiger Bauer zu N. seye.

2) Gestunde Malefikant, jedoch erst
bey seinem dritten Verhör, wo es wirklich
auf die peinliche Frage angekommen ist,
daß er sich in verschiedenen Teufelskünsten
habe sträflich betreten lassen, wie er auch,
wie sich durch die eidlich eingeholten Erfah=
rungen durchgehends bestätigt, in dem
Wirthshause zu N. öffentlich übernatürli=
che Mäuse gemacht hat. Da nun

3) Maleficant und zwar hauptsächlich
aber puncto stigmatis, oder eines bey ihm
vor=

vorgefundenen Teufelszeichen vollkommen
überwiesen worden ist: so hat der hiesige
Magistrat gedachten Veit Pratzer zum
Scheiterhaufen gerechtest verurtheilt, und
obstehendes Endurtheil an ihm durch den
Scharfrichter zu exequiren gnädigst anbefohlen.

Unterthänigster Commissions-
bericht.

Einer P. T. hochwächterlichen Stelle
will man unterthänigst und pflichtmäßig
einberichten, daß die Exekution mit dem
zum Scheiterhaufen verurtheilten Veit
Pratzer, vulgo Hexenveitl durch den
Scharfrichter auf das beste vollzogen
worden. Nur wird misfälligst zu vernehmen seyn, daß der Veit Pratzer ganz
unbußfertig dahingestorben sey, indem er
noch auf dem Scheiterhaufen, da er schon
ringsum mit Flammen umgeben war, aus-
geschrien habe, daß er unschuldig sey; auch
hat sich mittlerweile der vorgehenden Exekution bezeugt, daß eine Menge Raben
über das Hochgericht geflogen sind, welche vermuthlich ihres Kameraden Seele in
die Ewigkeit werden abgeholt haben (o!
o! o!)

F 2 Con-

Conclusum.

Ist unter die wichtigsten Hexenakten ad perpetuam rei memoriam ad registraturam zu hinterlegen.

———

5.

Die magische oder unsichtbare Leyer. *)

Gerade vor hundert Jahren, als noch stupider Aberglaube, die fürchterlichste Geisel der Menschheit, den Verstand unsrer Vorfähren fesselte, und zu Zerstörung der leidigen Werke des Teufels mancher Scheiterhaufen loderte, lebte in einer der

*) Diese von einem thüringischen Beamten mir mitgetheilte, wahrscheinlich nach alten Akten oder archivalischen Traditionen so modernisirte Geschichte eines der Magic wegen peinlich behandelten biedermannischen Leyermanns, verdient hier einen Platz, so romantisch auch der wahrhafte Erfolg des Ausganges ist.

Der Herausgeber.

der ältesten Grafschaften Thüringens ein
Leyermann, der wahre Orpheus seiner Zeit.
Kaum ertönte sein Zauberspiel auf irgend
einem Marktplatz in lieblichen Volkslie-
dern oder raschen Nationaltänzen, so stunden plötzlich alle Geschäfte still. Käufer
Verkäufer, Beutelschneider und Müssig-
gänger drängten sich um den berufnen Ton-
zauberer, und vergaßen entweder in der
Trunkenheit des Wonnegefühls, ihrer Exi-
stenz, oder tanzten ohne Unterschied des
Standes in bunten Spirallinien um den
Spielmann, als die Are ihrer Bewegung.
Selbst Pastoren wurden oft genug unein-
gedenk ihres abstechenden Ornats, durch
unwiderstehliche Attraction, in dergleichen
Zauberkreiße verflochten, und baten alsdann, das ihrer lieben Gemeine gegebene
Aergernis, in öffentlicher Versammlung,
mit heisen Bußthränen ab, glücklich genug,
wenn sie durch dieses Sünopfer der strengen
Censur unerbittlicher Consistorien entschlü-
pfen konnten.

Gehäufte Hutköpfe voll Geld, gro-
ber Sorten und Scheidemünze, war bey
dergleichen lyrischen Intermezzo's, die gewöhnliche Belohnung unsers allgewaltigen
Leyermanns.

Mit

Mit diesem beluſtigenden Talent verband er annoch das nüzliche einer nicht gemeinen Kräuterkenntniß, deren er ſich in unſchuldigen Tränken, Tropfen, Pulvern, Pillen, Pflaſtern, Bähungen, und andern willführlichen Vehikeln, zu augenblicklicher Stillung wüthender Zahn = und Kopfſchmerzen, Abtreibung verſtockter Blähungen, Erweichung hartnäckiger Verſtopfungen, Heilung geringer Verwundungen, und andrer minder verwickelter Uebel zum Beſten der leidenden Menſchheit bediente, und unzählichen preßhaften Perſonen ſeiner Gegend, gegen eine mäſige Belohnung, oder waren es Arme, ohnentgeltlich faſt unfehlbare Hülfe ſchaffte. So war ſeine Exiſtenz, in die zwo Hauptgeſchäfte der niedern Ton = und Heilungskunſt getheilet, die er beyde auf allen benachbarten Jahrmärkten und Kirmſen, wohin ihm ſeine Gattinn die kleine Hausapotheke nachtrug, mit gleichem Succes abwartete.

Und es konnte nicht fehlen, daß bey dieſem eben ſo redlichen als verdoppelten Erwerb ſein kleines Vermögen einen augenſcheinlichen Zuwachs gewinnen mußte.

Denn nach wenig Jahren hatte unſer thüringiſcher Orpheus ſchon ein anſehnlich

lich Bauergut und seine Kapitale erworben,
wovon er nach seiner Weise ungemein be=
haglich lebte, und zugleich jede Pflicht ei=
nes gute Unnterthans aufs pünktlichste aus=
übte.

Leider! waren aber auch jene Quel=
len seines hervorstechenden Wohlstandes der=
Grund seines nahen Untergangs.

Der Justizbeamte, einer der geübte=
sten Hexenspäher seiner Zeit, dürstete schon
längst nach einer bequemen Gelegenheit, die
ihm anvertraute Justiz durch ein feierliches
Brandopfer bestätigen zu können.

Die famosen Wirkungen der einträg=
lichen Talente unsers Leyermanns, und
der schnelle Zuwachs seines Glücks, leite=
te die, von unzählichen Teufeleyen beschwän=
gerte Phantasie des Beamten, auf die da=
mals sehr natürliche Hypothese eines pacti
cum diabolo. Und der Geistliche des Orts
verfehlte, nach dem angenommenen Prin=
cip seines Ordens, nicht durch allerhand
bedenkliche data, welche er in dem erfor=
derten priesterlichen Gutachten mit from=
men Wendungen einfließen ließ, im vor=
aus, einige brennbare Materialien, zu
dem künftigen Scheiterhaufen beyzutragen.

Grund und Beruf genug, den He=
xenproceß, wie gewöhnlich, mit unvermuthe=

F 4 ter

ter Verhafftnehmung des schuldlosen Leyermanns zu eröfnen, der so fort, unverhörter Sache an Händen und Füßen kreuzweis gefesselt, in ein grausenvolles unterirdisches Gefängnis auf der Burg hinabgelassen wurde, dessen enger Schlund sich in der dunkeln Marterkammer öfnete, welche unmittelbar an die Gerichtsstube gränzte. Schlangen, Kröten, Spinnen und andere Scheusale der Natur, waren die einzigen Gefährten der schrecklichsten Langenweile, und man war grausam genug, dem unglücklichen Wicht, sogar den Gebrauch seines Lieblingsinstrumentes zu versagen.

In dem Gerichtsarchiv stand seit den Zeiten der Reformation, des berüchtigten Thomas Münzers *) Kriegscasse, die in der berühmten Bauernniederlage erbeutet worden war. Darein wurde die unschuldige Leyer als ein leidiges Werkzeug des Teufels mit größter Behutsamkeit verbannet, und der Schlüs-

*) Pfarrer zu Alstädt und Rädelsführer einer wüthenden Bauernrotte, welche im Jahr 1525. ohnweit Frankenhausen zerstreuet, er selbst aber gefangen und enthauptet, oder wie ein sicherer Chronikenschreiber will, zu Tode gemartert wurde.

Schlüßel dazu, um den Vorwitz allen Zu-
gang zu versperren, in den tiefen Brünnen
des Schloßes versenket.

Der damaligen Verfassung gemäs,
entwarf der Inquisitor nach seiner schwarzen Laune diejenigen Punkte, welche In-
kulpat, in Güte oder unter der Folter,
schlechterdings eingestehen sollte.

Eher nicht als bey dem ersten Verhör erfuhr der Gefangene, zu seinem tief-
sten Erstaunen, die Ursache der über ihn
verhangenen Procedur. Mit aller Frey-
müthigkeit eines unbefangenen Bieder-
manns, verneinete er die ihm angedichte-
ten Unthaten. Von einer Menge wider
ihn aufgeforderten Zeugen, sagten nur wenige neidische Mitnachbarn seines Orts,
einige verfängliche Umstände von minder
wichtigem Belang aus. Denn da er seinen Wirkungskreis, der Gesundheit und
den Freuden seiner Mitbrüder widmete, so
konnte er nur die niederträchtigsten unter
ihnen zu Feinden haben.

Desto thätiger aber bewies sich der
Herr Pastor loci. Nach einem, dem Gefangenen aufgedrungenen Zuspruch, wobey er durch den Gebrauch des elenchi-
schen Bindeschlüssels, der menschlichen
Schwachheit einige ungeduldige Verwün-
schun-

schungen abzupressen wußte, reichte er
beym Amte ein hämisches visum repertum
über den unheilbaren Seelenzustand des
Beschuldigten ein, vermöge dessen er,
die unfehlbare Gewißheit eines, von
dem unglücklichen Leyermann, an den
bösen Feind, auf seine arme Seele aus:
gestellten Sola-Wechsels, bey Priester:
Pflicht bekräftigte.

Nun konnte nur die Gottheit selbst
den armen Leyermann von dem zubereite:
ten Untergange retten.

Die allgemein anerkannte Präsum:
tion für die Gewißheit des Hexenwesens,
gegen welche die menschlichere præsumtio
viri boni unkräftig war, die Aeuserungen
zwar verdächtiger, aber propter atrocita-
rem delicti nicht ganz verwerflicher Zeu:
gen, und das untrügliche Gutachten des
Pfarrers, waren die sichere Grundfeste
eines Zwischenurtels, Kraft dessen

Inquisit zuvörderst in Güte, bey
verweigertem Geständnis, mit:
telst ziemlicher Tortur, über die
eigends vorgeschriebenen Punkte,
befragt werden sollte, ferner dar:
auf zu beschehen was Recht ist.

Fast erlag die untergrabene Natur
des unglücklichen Virtuosen, angeneh:
mer

mer Scenen gewohnt, unter dem Anblick
des fürchterlichsten Apparatus von Hand-
und Beinschrauben, Schnüren und Fol-
terleiter, deren mörderischen Gebrauch
der gedungene Peiniger, mit teuflischer
Suada zu erklären wußte.

Doch sammlet er alle Kräfte, um
noch einmal seine Unschuld standhaft zu
betheuren, und das äusserste abzuwarten.
Kaum war er auf die Folter gespannt und
mit den Daumenschrauben der Anfang
gemacht, als ihm die Pressung über-
schwenglicher Schmerzen, einen unwill-
kührlichen Laut,*) abdrung, den man für
ein desto gewisseres Zeichen der Logisver-
änderung des bösen Feindes anerkannte,
da nunmehr der arme Sünder sich zu einem freywilligen Bekenntniß bequemte.

er

---

*) Hierüber soll das gerichtliche Protocoll
in dem Styl damaliger Zeiten, folgendes besagt haben: — — ließ der arme Sünder einen so entsetzlichen bom-
bum streichen, daß dominus præfectus
und wir alle vor Schrecken zusammen
fuhren, und vor Pech- und Schwefelgeruch kaum bleiben konnten, daraus
wir scheinbarlich vermark't, daß ihn der
böse Feind verlassen u. s. w.

Er geſtand demnach, daß er ſich dem Satan auf funfzehn Jahr mit Leib und Seele verſchrieben, dagegen die Leyer mit der
anklebenden talismanniſchen Qualität der
möglichſten Fertigkeit und Harmonie, erhalten habe, auch von ihm mit medizini-
ſcher Zauberkraft begabet worden ſey; bey
den nächtlichen Walpurgisgelagen auf dem
Blocksberge als perpetuirlicher Spielmann
aufwarten müſſen, u. ſ. w. mit allen Um-
ſtänden, die ihm die Furcht einer neuen
Marter eingab.

Nach einer blos um des Ceremo-
niels willen verſtatteten ſeichten Defen-
ſion, ergieng folgendes Endurtel:

Daß Inquiſit der getriebenen Zau-
berey halber, mit dem Feuer vom
Leben zum Tode zu bringen. V.
R. W.

Schon hatte der Amtmann den Plan zu
dem feyerlichſten hochnothpeinlichen Hals-
gericht, und der Geiſtliche, zu der erbau-
lichſten Begleitung des armen Sünders
auf den Richtplatz, entworfen, beyde
auch ihre Collegenſchaft und Confrater-
nität aus der Nachbarſchaft, zu dieſem
Feſt eingeladen, ſchon war eine ungeheu-
re Menge Holz aus dem nahen Forſt,

zum

zum Scheiterhaufen angefahren, und das Schlachtopfer zur Todesbereitung, in ein bequemeres Behältnis gebracht. Schon putzte ein Heer verworfener Büttel und Henkersknechte seine verrosteten Plenipen zur fürchterlichen Parade.*) ben dem unmenschlichen Schauspiel, als ein deus ex machina dem schadenfrohen Gesindel mit einemmale den Spaß verdarb.

Unmöglich konnte das feinere Nervensystem eines Virtuosen, dem nagenden Verdruß über ein unverdientes Schicksal, und dem Uebergewicht körperlicher Leiden, lang' entgegen streben.

Seine Maschine begann plötzlich zu stocken, und wenig Minuten vor ihrem gänzlichen Stillestande, redete der Sterbende den herbeygerufenen Amtmann und seine Gehülfen, in dem pathetischen Tone eines entzückten Sehers folgendermaßen an:

»Ich litt unschuldig — und das habt zum Zeichen: von nun an wird aus der Gruft, worinnen du

---

*) Concilium horrendum nennet Virgil einen ähnlichen Clubb. Aen. III., 679.

du mich lebendig begraben ließest,
der kreischende Schall einer ver-
stimmten Baßleyer, mit gräßli-
chem Schnarrwerk, in Todesme-
lodien eure Ruhe stöhren, bis
nach hundert Jahren, einer deiner
Nachfolger, wird die verachtete
Leyer zu Ehren bringen, in die
Hauptstadt ziehen, und mit
stattlicher Kunst Gnade finden
vor dem ersten der Menschenfreunde.

Er sagt's und verschied. Sogleich
gieng die Prophezeyhung buchstäblich in
Erfüllung.

Nicht selten ertönte die unsichtbare
Leyer, gerade zur ungelegensten Zeit,
wenn in der nahen Gerichtsstube ergiebi-
ge Prozesse keimten, und verleitete die er-
bitterten Partheyen durch melancholische
Sterbegesänge, zu einem unzeitigen
Vergleich.

Um dem Unwesen zu steuern, wurde
der Eingang des seit der Zeit unbrauchbaren
Gefängnisses verschüttet, aber vergebens.
Doch wurde man dieser Spukerey, wie
aller andern Uebel, nach und nach so gewohnt, daß man sie eben so wenig em-
pfand,

pfand, als die Bewohner der Mühle das
betäubende Getöße des Triebwerks.

Nur zwey Jahre fehlten noch an
dem endlichen Ziele der Verwünschung,
als der dermalige Gerichtshalter bey Auf-
räumung des verwilderten Archivs, vor-
witzig und entschlossen genug war, die
Münzerische Kriegskasse, durch den Haupt-
schlüssel einer unwiderstehlichen Holzart
öffnen zu lassen.

Hier fand er die längst vergessene
und bey ermangelnden Inquisitionsakten,
nur in ungewissen Traditionen erwähnte
Leyer des unglücklichen Spielmanns, aber
o Wunder! seit acht und neunzig Jahren
noch in den reinsten Akford gestimmt.

Eine kleine Kenntniß der Tonkunst erweck-
te in ihm die Idee, daß dies verachtete Instrument höherer Bestimmung fähig sey, und
ein Kunstverwandter, dessen Namen das
räsonnirende Dorfkonvent *) mit Recht
celebriret hat, vollendete diese Vermuthung bis zum Entschluß, die vaterländi-
sche Leyer der unverdienten levis notae
macula zu entreißen.

Nach

*) S. achter Diskurs, S. 125. Erfurt 1785.

Nach einer zwenjährigen Uebung
wagt' er es jüngst, sein Spiel in Thüringens Hauptstadt öffentlich hören zu
lassen, und fand Gnade vor dem ersten
der Menschenfreunde. Seit der Zeit
verstummte die unsichtbare Leyer.

6.

Beytrag zum Uhuhu, von einem Leser desselben in Franken.

(mittelst eines anonymischen Briefes an
die Verlagsbuchhandlung mitgetheilt.)

Zu R.., einem Dorfe in Franken,
wurde (im Jahr 1786. *)) von einer
Bauersfrau erzählt, daß sie behext sey;
wie denn dergleichen Gerüchte von Hexereyen und Gespenstererscheinungen in jener von Katholiken und Protestanten be-
wohnten Gegend nicht selten sind. Diesmal

---

*) Diese Jahrzahl, wohl angesehen! —
und nachfolgende Bayerische Pfaffenbe-
trugsgeschichte, — beweisen die Meynungen des Herausgebers des Uhuhu, und widerlegen manche in aufgeklärten Städ-
ten lebende Stubengelehrte, die sich nicht
vorstellen können, daß es noch immer so
schwachköpfige Richter gebe.

A. d. H.

mal hielt der dortige Beamte die Sache
seiner Aufmerksamkeit werth. Er bestellte zu
der Untersuchung der ihm angezeigten
abenteuerlichen Geschichte den benachbarten Centbeamten und Physikus, und schien
von der Wahrscheinlichkeit eines so abge-
schmackten Gerüchts sich desto leichter zu
überzeugen, weil es eine ehrliche und einfältige (ja wohl einfältige!) Frau betraf.

Diese Frau hatte ein kleines Geschwür
in der Gegend des Gesäßes, welches sie
nicht sehen noch selbst behandeln konnte.
Sie zeigte eine Menge von Federn, Bind-
faden, Stückchen Wachstuch, Strohhalmen
mit den Aehren, und andern seltsamen
Dingen, welche ihre Tochter, ein schel-
misches Mädchen von 11 Jahren, aus
dem bejahrten Geschwüre herausgezogen
haben sollte.

Man untersuchte das Geschwür, und
fand die Oeffnung desselben so eng und so
wenig tief, daß es eine physische Unmög-
lichkeit war, nur eins von allen diesen
Stücken dahinein oder herausgebracht zu
haben. Aber was ist einer Hexe nicht
möglich?

Man betrachtete auch die vorgezeig-
ten corpora delicti, welche das Kind der
Mutter überliefert hätte, und ganz ohne

Schmerzen herausgezogen haben, sollte; da fanden sich die Federn so rein und pfläumig, wie sie von der Gans kommen, die feinsten Spitzen der Aehren, welche doch, zur Vermehrung des Wunderbaren, zum theil auch verkehrt herausgekommen waren, unversehrt und ganz im natürlichen Zustande, überhaupt nirgends Spuhren von der schmutzigen Herkunft dieses Teufelszwirns. Das muste nun selbst dem eifrigsten Vertheidiger aller lächerlichen Hexengeschichten verdächtig scheinen.

Es wurde dem herbeygerufenen Kinde ein Stück Geld gebothen, wenn es einmal in Gegenwart einer Gerichtsperson ein solches Wunderding herausziehen würde, und seit der Zeit ist nichts mehr, weder von der ganzen Alfanzerey, noch von einem Hexenprozesse zum Vorschein gekommen.

Daß man das Kind wegen seiner Schelmereyen, zum abschreckenden Beyspiel für andere, nachdrücklich gezüchtigt, und daß der Beamte, welcher weder Ihren Uhuhu, noch den Thomasius kennen mag, sich von der wahren Beschaffenheit dieser Sache überzeugt habe, sollte man ja wohl meynen. Aber ob überhaupt die Fackel der Aufklärung, wenn sie auch ein hell-
den

denkender Menschenfreund daselbst anzün=
den wollte, nicht im Dunst alter Vorur=
theile verlöschen werde, und ob der von
Dummheit und Bosheit genährte Aber=
glaube jemals werde aus seinem verjähr=
ten Besitz verdrängt, oder zu Grabe ge=
bracht werden können, das wird die Zeit
lehren.

Zusatz des Herausgebers des Uhuhu.

O ja! zur Ehre unsers Jahrhunderts
hoffe ich dies und freue mich, daß doch
dieser mir unbekannte aufgeklärte Corre=
spondent den Zweck dieses Büchleins nicht
verkennet, und er selbst zu glauben scheint,
daß die entwickelten Geschichten bey den
Claßen besonders viel beytragen möchte, wo
solche Dummheit und gefährlicher Aberglau=
be schlimme Folgen hat. Möchte es ihm gefäl=
lig seyn, auf gewähltem Weg den Nahmen des
Beamten bekant zu machen; so wollte ich ihm
ein Exemplar des Uhuhu postfrey zuschicken,
vielleicht daß er dadurch die Schuppen von
seinen Augen fallen sähe, und sich künftig
schämte, solche Schmutzereyen nur anzu=
hören. Uebrigens danke ich dem Mitthei=
ler dieser römischen Herengeschichte herzlich
und bitte, auf solche altfränkische Justiz=
geschichtchen ferner sein Augenmerk zu rich=
ten, und wo es ferner spukt und hext, solche
Nachrichten mitzutheilen.

K. d. H.

G 2   6.

6.

Aus der Berl. Monatsſchrift, Mo=
nat Septbr. pag. 249. *)

Zu Neuberg, im Gericht Pfädter,
Regierung Str..b..g, heyrathete ein jun=
ger Bauer eine Bäuerin von Martenbach.
Des Jungen Großmutter lebte noch, ein
Mütterchen von neunzig Jahren, die wei=
ter nichts zu thun hatte, als daß ſie hin=
term Ofen ſaß, die Hühner zuſammen=
pipperte, und ſich in der Früh die
Kuh ſelbſt melkte, welche (wie es bey der=
gleichen Leuten Sitte und Gewohnheit iſt)
ſie bey ihrem Guthsbeſitzenden Enkel im
Beſtand hatte.   Die 2 Eheleute liebten
einander zärtlich.   Der junge Bauer hat=
te zugleich viel Liebe und Achtung für ſei=
ne Großmutter; auch die junge Bäuerin
liebte ſie.

Es

*) Faſt wörtlich abgedruckt aus der im Jun.
   ausgetheilten Schrift eines verſtändigen
   Patrioten: "Neuſter Hexenprozeß aus dem
   aufgeklärten heutigen Jahrhundert, oder:
   So dumm liegt mein bayeriſches Vater=
   land noch unter dem Joch der Mönche
   und des Aberglaubens.   Von A. v. M.
   786. 1 Bog.

Es war um das Frühjahr, als auf einmal die Kühe des Bauern keine Milch mehr
gaben, indeß die Kuh der alten immerfort ihre Milch von sich gab, wovon sie ihrer Enkelin
darreichte, so viel sie entbehren konnte. —
Eheleute würden stets in Einigkeit leben,
wenn nicht die Dienstboten so viel Hader
und Zank stifteten. Eine leider durch hundert Erfahrungen bestätigte Wahrheit!
So geschah auch unserm jungen Paar. Unter den Dienstmägden war eine, welche
mit der Wirthschaft nicht zu redlich um-
gieng, und immer mehr ihren Nutzen, selbst
zum Schaden ihres Herrn, suchte. Die
alte Mutter ertappte sie einmal auf einer Un-
treue und verwies es ihr mit der Drohung,
solches zu entdecken, wenn sie sichs wieder
gelüsten ließe, dergleichen zu begehen.
Von diesem Augenblicke an dachte das
Mädchen an Rache, welche zu nehmen sie
nun Gelegenheit zu haben glaubte, als die
Kühe keine Milch gaben. Die Alte ist
eine Hexe, die hat die Kühe bezaubert
daß sie keine Milch mehr geben. Mit
diesen Worten lief sie das ganze Dorf aus
und erzählte Allen und Jeden: Die Alte
ist eine Hexe, und so weiters. Der Lärm
wurde groß, und der junge rechtschaffene
Bauer hatte Mühe, seine Grosmutter

vor Mishandlungen des dummen Pöbels
zu schützen. Er verwies es der Magd sehr
scharf und drohte, sie zur Rechenschaft zu
ziehen, wenn sie dergleichen Ungereimtheiten nochmals anfienge.

Die Magd arbeitete nun in der Stille, und gar bald hatte ihre Rachsucht Mittel auszufinden gesucht, die die alte und
junge Bäuerin zum Schlachtopfer machten.
Sie wußte die junge Bäuerin darauf aufmerksam zu machen, daß die Kuh der Alten
nur allein, und die ihrigen keine Milch gaben. Diese war im Anfange gleichgültig,
wurd' aber, weil die Sache immer länger
sich verzog, und die Kühe sogar Blut gaben, sehr wieder die Alte eingenommen und
hielt sie auch für eine Hexe. Ganz natürlich,
daß die Magd nun schon sicherer in ihrem
Plan fortfahren konnte. Sie brachte
mit einer sehr geheimnißvollen, aber zuversichtlichen Miene der jungen Bäuerin
ein Nest Haare, Eyerschalen und so mehreres, welches sie unter dem Boden gefunden zu haben vorgäb. Hierdurch wurde
der Glaube bey der jungen Frau noch
mehr bestärkt, und schon wär sie darauf
gestorben, die Alte sey wirklich eine Hexe;
denn die Haare waren denen des alten Graukopfs ganz ähnlich. Das erste also, was
dar

darauf erfolgte, war: die Alte soll nicht
mehr sich unterstehen, in den Stall zu gehen. — Man muß sich ganz in die Lage
eines alten guten Mütterchen setzen, und
wissen, wie hart solche Leute von ihrer täg-
lichen Gewohnheit abstehen, um das zu
fühlen, was unser altes Mütterchen fühlte. Etwas thränenähnliches quoll aus ihren rothen Augen hervor, als sie dieses
Verbot vernahm; ihr Mund zog sich stark
gegen die Ohren, und ein Paar Stöße,
die ihren ganzen Körper schüttelten, waren der Anfang zu der tagelangen Kränkung der lieben Alten. Sie sollte ihre liebe Kuh nicht mehr melken, das war zu viel.
Einige Tage enthielt sie sich, aber am fünf-
ten Tage konnte sie sich nicht mehr enthalten, sie watschelte in den Stall, wurde
aber von der Magd grob abgewiesen. Sie
schlich sich wieder in die Stube, und wein-
te von neuem. Nun wurde also auch ihre Kuh mit den übrigen auf die Weide getrieben; denn vorhin genoß solche das
Futter ausbedungenermasen zu Häuße;
und nun gab auch diese keine Milch mehr.
Statt die Ursache der Milchvertrocknung in
natürlichen Zufällen, z. B. im Futter (wie
man itzt klar sah) zu suchen, mußte dieses aus
Zauberey der Alten geschehen. Die Magd

klagte

klagte der Bäuerin dieses mit entsetzlichen Flüchen auf die Alte. Die Bäurin klagte es dem jungen Mann, und forderte, er solle seine Großmutter — — — Verzeiht, ich kann nicht weiter schreiben, denkt euch das übrige. So ward Unruhe und Uneinigkeit zwischen den zwey sich bisher zärtlich liebenden Eheleuten gestiftet, die von Tage zu Tage zunahm.

Die Sache gedieh nun immer mehr und mehr zur Reise. Die junge Bäuerin gieng nach F. und beichtete einem Franziskaner die ganze Zauberey. Der gab ihr verschiedene Sächelchen, als Agnus-dei, Lucaszeddel u. dgl. Die Bäurin versprach reichliche Belohnung, und wanderte getrost nach Hauße, und noch selben Tages gebrauchte sie die Mittel. Von jeder Gattung wurde dem Vieh zu fressen gegeben, unter jede Schwelle vergraben, und in das Melkgefäß gehangen, und der Stall ausgeräuchert. — Und die Wirkung? — Die Kühe gaben so wenig Milch wie vor, und weit stärker Blut, weil es die Magd zwingen wollte. Nun war es vollends aus. Beynahe hätten sie, die junge Bäuerin und die Magd, die alte Mutter erwürgt, wäre nicht der Bauer ins Mittel getreten, und die Großmutter

in

in die Nebenkammer verschanzt worden.
Andern Tags Morgens wurde die Aus-
räucherung und Lukaszeddeleingebung wie-
derholt, und dies geschah noch vier Tage
hinter einander. Aber umsonst: die Kühe
gaben noch keine Milch, weil sie nach wie vor,
auf die Weide getrieben wurden, und einen
Viehdokter konnte man nicht zu Rathe
ziehen, weil bey uns (in Bayern) noch
gar nicht daran gedacht wird, dergleichen
Aerzte aufzustellen, und die Heilung des
Viehs blos den Mönchen überlassen wird.
Denn eine natürliche Krankheit des
Viehes wird nicht einmal geglaubt,
und der kleinste Zufall ist Zauberey.

Die junge Bäuerin gieng also wieder
nach F. in das Franziskanerkloster. —
Armer, bedaurenswürdiger junger Mann!
hättest du gewußt, wie schlimm die Reise
für deine Hälfte ausfiel, du hättest ihr
gewiß lieber die Füße entzwey geschlagen,
als zugegeben, daß sie das erfahren sollte,
was meine Leser auch bald hören werden.
— Sie kömmt an die Pforte und begehrt
den Herenpater. — Zeuge wider mich,
wer da kann! Haben wir nicht einen solchen Mann in jedem Kloster? *) Sind
nicht

G 5

*) Doch nur in jener Gegend.

U. d. H.

nicht in Straubingen und Amberg Männer
unter dem Nahmen Hexenpater bekannt?
Ich selbst habe von einem einen Zeddel
gesehen, worauf er aus eigner Kraft dem
Satan, den Hexen und allem Unheil be-
fiehlt, nie dieses Hauß zu betreten, und
so weiter; und unterschreibt es mit den
Worten: Ex hoc ego jubeo Fr. Aſtery de
S. E. E. a M. C. Wenige Häußer befinden sich in und um Straubingen auf 7 Stunden weit, wo nicht so ein Zeddel an jeder
Thür angebracht iſt; und dafür wird bezahlt wenigstens 1 Pfund Butter! — Ich
gehe zur Geschichte zurück.

Die junge Bäuerin begehrte also den
Hexenpater, den man ihr herab rief, und
welcher sie in ein dazu besonders bereitetes
Zimmer führte, und mit Bier bediente.
Anfänglich hörte man den jungen Pater
wenig sie unterbrechen. Als aber das
liebe Weibchen ausgeredt und ihre Noth
wegen der Zauberey geklagt hatte, fieng
er an: Bäurin! Bäurin! du muß was
anders als die Alte schuld seyn. Wie
meint ihr? B. Ich? ja mein Gott! wo
solls dann fehlen? P. Habt ihr euren
Mann treulieb? B. O ja, von Herzen
gern! P. Seyd ihr mit ihm zufrieden?
B.

B. Ja! Ihr Hochwürden! P. Thut er seine Schuldigkeit, seyd auch ihr zufrieden? B. Ja! P. Versteht mich wohl! Ich meyn's so, ob er —*) Glaubt ihr, ich habs gethan? Nein; behüt mich der Himmel vor solchen Sünden! Das hab ich thun müssen, um euch zu reinigen. Nun kann euch keine Hexe mehr schaden. B. Vergelts Gott! Ihr Hochwürden, mit Erlaubnis — Sie küßt ihm die Hand; darnach gehts noch lange in diesem Tone fort. Endlich kommt er wieder zur Sache, indessen die Bäuerin schon trunken wird. — P. Nun, Mütterchen, wißt ihr, was ihr zu thun habt? Heute,

schon

---

*) Die Besorgniß, daß manche meiner Leser und Leserin durch das sowohl in der gedruckten Broschüre als Berliner Monatsschrift wörtlich mitgetheilte Gespräch und detaillirte Handlung in Empfindungen gesetzt werden mögten, die ihr Blut und ihren Kopf über das Schändliche zu sehr in Wallung setzen könnte, und die Sittlichkeit — gebieten mir solches hier wegzulassen.

A. d. H.

sobald ihr nach Hause kommt, geht in
Stall, und da werdet ihr die Hexe antreffen. Versehrt euch mit einem Prügel, und
schlagt sodann so lange auf selbe, bis ihr
Blut fließen seht; mit diesem Blut be-
streicht die Brüste der Kühe, und in kurzer Zeit wird es sich zeigen, daß die Hexerey aufhört.

Mit diesem Rath entließ er die Arme.
Er lachte über seinen Schurkenstreich ins
Fäustchen, und glaubte, die Sache würde so übel nicht ausfallen, als es wirklich
geschah. Die Bäuerin kam nach Hause;
es war an einem Feyertag: Die Mägde
waren beym Tanz, und da hatte denn ganz
natürlich die alte arme Grosmutter die Gelegenheit benutzt und ihre treue Kuh im
Stalle besucht: Die trunkne Bäuerin bewafnet sich mit einem vier Schuh langen
und fünf Zoll breiten Prügel, der noch in
der Registratur zu St. zu sehen ist, und
wandert getrost in den Kuhstall, wo sie die
Alte bey der Kuh neben dem Born, woraus das Vieh frißt, stehen, und sie mit
Hausbrod füttern sieht. Sogleich schlug
sie dieselbe mit dem Prügel über den Kopf,
daß sie zu Boden fiel. Sie schlug zu, und
schlug

ſchlug ſo lange, weil ſie kein Blut fließen
ſah; und ſchrie jämmerlich; Im Nahmen des heil. Vaters Franciſci befehl
ich dir, die Zauberey aufzulöſen! (ſo
befahl es der brave Pater.) Kurz ſie ſchlug
ſie todt, ohne es zu wiſſen. Endlich
beſah ſie die Alte genauer, und da erwachte Menſchengefühl. Sie bebte, ſchauer-
te der gräulichen That; der Rauſch ver-
flog, und ſie ſank neben der armen Todten
hin in eine Ohnmacht; in der ſie die näm-
liche Magd, von der das ganze Unheil
herkam, antraf, welche aber wieder davon
und geradewegs zum Richter lief. Eigene
Stärke von Natur und Geſundheit rief die
junge Mutter in ein Leben zurück, das ihr
nun zur Marter iſt.

Der Richter ſchickte den Amtmann
(Schergen), kam ſelbſt und nahm den Au-
genſchein vor, protokollirte die Ausſagen
der Magd. Der Prügel war beſprützt
vom Blut der Alten und mit ihren grau-
en Haaren umwunden. Der Richter
— freylich keiner von den alltäglichen —
beſchleunigte die Sache, ſo viel es möglich
war, nahm das erſte und zweyte Verhör
vor, wo dann die Unglückliche auch das
Mis-

Mishandeln des Franziskaners gestand,
mit bittern reuevollen Thränen auch ihre
That gestand. Der rechtschaffene Richter
berichtete die Umstände genau an die höhere Stelle und Akten und Bericht wurden
abgefordert. Er war zu sehr Mensch, als
daß er nicht alles hätte thun sollen, um eine unschuldige Unglückliche zu retten. Er
reiste selbst nach St. gierg von Rath zu
Rath, und erzählte die ächte Lage, so daß
viele Räthe die Sache in ihrer wahren Gestalt erblickten. Die Verhaftete wurde ge-
liefert und von höchster Stelle selbst zwey
Kommissarien ernannt, die die Sache genau
untersuchen und denn im Pleno referiren
sollten. Es geschah; aber was wohl zu
merken: kein einziger Rath dachte daran,
den Urheber, den Stifter des Uebels, den
eigentlichen Mörder — denn das war doch
der Franziskaner! — in Sicherheit für
die beleidigte Menschheit zu bringen. Der
Prozeß dauerte drey Monate; eine so kurze Zeit, daß es der erste Malesizprozeß ist,
welcher in meinem Vaterland so kurz und
geschwind ist ausgemacht worden. Die
zwen aufgestellten Commissarien referirten
coram pleno und sprachen: bey der jungen
Bäuerin mit dem Schwerde, bey der
Magd

Magd auf Zuchthaußstrafe, und bey dem
ehrwürdigen Pater? der kam so wenig in
Achtung, als auf den Umstand, daß die
Bäuerin schwänger sey, reflektirt wurde.

Nun aber stand einer — Die meisten
hatten ohnehin die Relation schon ver-
schlafen, oder verschwatzt — aus den Ael-
testen, einer der geschicktesten und erfah-
rensten Räthe auf, und verlangte die Akten; denn er wußte von der ganze Sache
kein Wort, weil er in Kommission mit einem andern schon mehrere Wochen auf
dem Lande war. Diese zwey protestirten
wider die ganze Verhandlung, verlangten die Akten zur Einsicht und baten um
Instand. Nun gabs freylich Gründe
pro und kontra; ob man in einer Sache,
die schon so weit zur Reife gediehen, schon
bis zum Endurtheil angewachsen, noch
die Akten ad statum inspiciendi einem in
der ganzen Sache unerfahrnen Rath und
seinem Consorten hinausschliessen solle.
Besonders brachte der Rath G..., Ober-
richter des Orts, triftige Gründe wider
diese Aktenverwilligung vor, und sagte zu
seinem nächsten Collegen: mich ärgerts
nur, daß dem Publikum der Spaß ver-

dorben

dorben wird! Der alte Rath aber —
wie gerne nennte ich diesen Edlen! aber
ich würde seine Bescheidenheit beleidigen
— wußte mit der ihm eignen Würde und
Stärke, unterstützt von dem einsichtsvollen
edlen v. W. die ganze Sache so zu leiten, daß man zuletzt willig nachgab; und
ihn um Revision der Akten bat. Er stellte nemlich vor, daß er wieder die ganze
Verhandlung dieses Prozesses beym Hofrath appelliren werde. Alle schwiegen und
nun gings anders. Nach drey Tagen pro-
ponirt er: zeigte die Unschicklichkeiten, die
Fehler der beyden Commissarien, die solche in dem Prozeß wider alle Gerichtsord-
nung begangen hätten; stellte die Noth-
wendigkeit vor: Pater Benno (so hieß
der Herenpater) muste vor allen in Sicherheit, so wie die boshafte Magd zur
Verhaft gezogen werden: er entschuldigte die arme betrogene Bäurin; und zeigte mit vieler Wohlberedenheit, daß man
die Umstände der Milderung z. B. die List
der Magd, den schändlichen Betrug des
Mönchs und den Rausch der Bäurin in
Erwegung ziehen muste. Strafet den Betrug, den unerhörten abscheulichen Betrug
des Pfaffen, andern zum warnenden Bey-

spiel

spiel! die arme unschuldige Mörderin ge=
straft genug durch die Schmach des Ker=
kers, laßt los; und die beleidigte Mensch=
heit ist gerächt. — So schlos der mensch=
liche, rechtschaffene ehrwürdige Greis;
alle winkten ihm Beyfall zu: und sogleich
wurde die Sache ans Konsistorium berich=
tet, so weit sie die von dem Hexenpater vor=
genommene Schändung betraf. Zugleich
wurde um Verhaftnehmung, Degradi=
rung und Auslieferung des Paters an das
weltliche Gericht nachgesucht.

Das Konsistorium lies sogleich den
Befehl an den Guardian zu F.. ergehen:
er habe den Pater Benno dem Pedell aus=
zuliefern, der ihn an die Behörde überbrin=
gen würde. — Aber der Hexenpater war
nicht mehr da: der Guardian wisse nicht
wohin er gekommen sey, vermuthlich sey
er heimlich entflohen, u. s. w. Diese Lü=
ge getrauten sich die Bettelpfaffen an das
hochwürdige Konsistorium zu schreiben, wel=
ches davon den Bericht an die Regierung
St.. zurückgab. Der alte Greis hörte
kaum, daß der Hexenpater unsichtbar ge=
worden wäre, als er die volle Intrigue der
Pfaffen einsah. Aber er mußte Rath zu

Uhuhu, 4s Packt   H   schaffen

schaffen. Die Schandthat des Pfaffen
berichtete er sogleich nach der wahren Be=
schaffenheit an den geistlichen Rath. Man
sah daselbst die Niederträchtigkeit des Món=
ches ein; und es ward beschlossen: funfzig
Mann von den nächst F.. gelegenen Gar=
nison um Herausforderung des Hexenpa=
ters abzuordnen, welche so lang in dem
Kloster zu bleiben hätten, bis man ihnen
den bösen Hexenpater ausgeliefert hätte.
Sie hatten neben diesem genaue Obsicht zu
halten, daß kein Mensch aus dem Kloster
ohne Untersuchung, und nicht der minde=
ste Nahrungsbissen in solches gelassen wer=
de. Alles wurde pünktlich befolgt. Acht
Tage lagen die Grenadier auf Exekution,
und noch logen die Pfaffen: sie wüßten
vom Pater nichts. Aber am zehenden
Tage — was doch der Hunger nicht kann?
— da sie keine Lebensmittel mehr hat=
ten, da schlug man (wie kek von Bettel=
pfaffen!) Bedingnisse vor, unter denen
man den Hexenpater losgeben wollte. Der
kommandirende Offizier verstand sich nicht
dazu, und so kam denn der Nichtswürdige
unter 50 Mann der schönsten Grenadier
nach M.. und der Prozeß ward wieder
instruiret. Die höchste Stelle sprach: auf

Ent=

Entweihung des Mannes, der so schänd-
lich ein rechtschaffenes Weib zum Ehebruch
verleitet hatte, und dann auf ewigen Arrest in einer Festung zum Bau bey Wasser und Brod. — Wie Mönchsphiloso-
phie immer thätig ist, so war sie es diesmal. Der Ordensgeneral in N. ging oder
fuhr, meinetwegen, zum obersten P. —
Dieser lies eine Bull an unsern Landesva-
ter mit Schmeicheleyen ausfertigen; gab
einen neuen Ablas auf 10 Tage zu — — —
her, und bat um Milde für den ruchlosen
Schurken. Natürlich konnte man dem
Oberhaupt der .. keine abschlägige Antwort geben; die Strafe wurde dahin um-
geändert, daß er zehen Jahr vom Mes-
selesen suspendirt, und eben so lang im
klösterlichen Arrest bey Wasser und Brod
gehalten werde. Seht Leute! So gehts
bey uns in Bayern zu. Die Pfaffen
lachen über uns und mästen sich von unserm
Schweis. Die arme Bäuerin wurde los-
gelassen, aber sie lebt sehr unglücklich; indeß der Urheber ihres Unglücks seinen
Wanst mästet. Denn glaubt doch ja nicht,
daß er bey Wasser und Brod eingesperrt
ist; er frißt besser als mancher Bürger.
Und sein Gewissen? — Er hat keins!

H 2 um

um seine Leidenschaft zu befriedigen ist er alles zu thun fähig. Die listige boshafte Magd ward auf drey Jahr ins Zuchthaus geschickt.

7.

Zauberprozesse im Hennebergischen, aus dem vorigen Jahrhundert. Extrahirt aus dem Journal von und für Deutsch= land, 8 Jg. 786. 6. St.

Die Summe der in einigen Aemtern der Grafschaft Henneberg verbrannten und ge= köpften Hexen beträgt nach einer von dem verstorbenen Herzog Karl von Meiningen mitgetheilten, und in den Schlözerischen Staatsanzeigen, Band II. Heft 6. S. 166 befindlichen Liste, in 79 Jahren 197 Hexen. Die unschuldigen Opfer des Aberglaubens, welche Veranlassung zu nachfolgenden Ak= tenstücken gegeben haben, sind wahrschein= lich nicht mit unter den obigen Begriffen.

* * *

Actum Sula den 2ten April An. 1662. In Præsentia meiner des Ambtmanns Boppo, Christian Lauterbachs, des Centh= rich=

richters Herrn Sebaſtian Benzingers, bee=
den Gerichtsſchöpffen, Herrn Stephan
Klettens und Herrn Volkmar Philippens,
und Marcus Zihns Stadt= und Gerichts=
ſchreibers.

Heute dato iſt die in Haft ſitzende
Oſanna R. dem eingehaltnen Informat=
urtheil nach auf die in actis Fol. 22 &
ſeqq. befindliche Inquiſitionsarticul im
Beyſeyn des Scharfrichters und ſeiner
Inſtrumente anfänglich in der Güte exa=
miniret worden. Uud antwortete Inqui=
ſitin.

Art. 1. Ob Inquiſitin wiſſe, warum
Sie anjetzo zur gefänglichen Haft gebracht
worden? Antw. Were umb loſer Leute wil=
len geſchehen.

Art. 2. Ob ihr nicht wiſſent ſey, daß
jedermänniglich, wer ſie kenne, ſie vor eine
öffentliche Hexin halte, und Sie deswegen
ſehr ſcheue. Antwort. Wenn ſie eine He=
xin geweſen, warumb ſie denn von Leuten
zu ehrenſachen gebeten worden.

Art. 4. Ob Sie nicht bey Verluſt ih=
rer eignen Seligkeit ſagen und ſelbſt beken=
H 3 nen

nen müſſe, daß Sie mit dem Teufel einen
Packt gemacht, demſelben eine Gelübt gethan und ihme, zu ſeinen Willen ſie zu gebrauchen, ſich ergeben. Negat. (Nein!)

Art. 5. Ob Sie nicht den wahren
chriſtlichen Glauben, das H. Evangelium
und die H. Sakramenta verleugnet und
verſchworen, auch ſich der ewigen Seligkeit und alle Gnade Gottes verziehen.
Antwort. Negat (Nein!)

Art. 6. Ob Sie nicht Gott dem All-
mächtigen und der H. Dreyfaltigkeit abgeſagt, dieſelbe verleugnet, oder zur Ver-
leugnung dem Teufel verſprochen. Antwort. Negat (Nein!)

Art. 9. Ob nicht der böſe Feind zu
Befeſtigung ſolche ihm gethane Gelöbnis
Sie in ſeinen nahmen getauft? Antwort.
Sie hette ihren chriſtlichen Glauben von
Gott und nicht vom Teufel.

Art. 10. Ob er Sie nicht auch hierauf
mit einem gewiſſen wahrzeichen an ihrem
leibe bezeichnet. Antwort. Negat (Nein!)

Art. 11. Ob Sie nicht dem Teufel zu
ihrem Bulen gehabt, und öfters Ueberna-
türliche Unzucht mit demſelben getrieben.
Wie

Wie oft solches geschehen, Wie derselbe
sich selbst genennt, und wie er gekleidet gewesen. Antwort. Negat (Nein!)

Art. 12. Ob sie nicht mit ihrem Buhlen öfters die Teufelstänze besucht, wie oft
solches geschehen, und an welchem Ort sie
gehalten worden. Antwort. Negat.

Art. 13. Wer auf solchen Hexentänzen mehr gewesen, und wie es allda her-
gegangen. Antwort. Würde sie niemand
darauf gesehen haben.

Art. 24. Ob nicht wahr, daß noch vor
wenig Jahren Hans M.., der Diel-
schneider einsmals des Abends bey ihrem
Haus hingegangen, sie auf offener Gas-
sen eine Hexenhure, eine Milchdieben und
Drachenbrut gescholten. Antwort. Negat
hette es nicht gehöret, deswegen es auch
nicht klagen können.

Art. 28. Ob Sie nicht noch selbige
nacht sich an ihm gerechet, und durch Zauberey ihn blind gemacht. Antwort. Der
Teufel hette es gethan, und nicht Sie.

Art. 37. Ob Sie nicht zwey lederne
Strichen oben am Bette hangent gehabt,
aus welchen Sie Milch gemolken. Ant-
H 4 wort.

wort. Der Teufel müste die Milch beygebracht haben.

Art. 45. Ob nicht Hanß Heinrich
Kleit einsmals ihren Mägblein, als sie
ihm an Getreidig Schaden gethan, die
Kötze *) zu hauen. Antwort. Hette er
sie zerhauen, so hette er sie zerhauen.

Art. 46. Ob nicht wahr, daß Inquisitin solches verdrossen, und deswegen darnach getrachtet, wie sie ihm wieder einen
Schabernack thun mögte. Antwort. Negat. Wer nicht darbey gewesen.

Art. 47. Ob Sie sich nicht hierauf
zur einen Katzen gemacht, und ihm etlichemal in seine Kammer kommen. Antwort. Negat.

Art. 56. Ob Sie nicht auch vor dessen einen Menschendaumen gehabt, welchen hernachmals ein Mußquetier, so
in ihrem Hauße einquartiret gewesen,
gefunden. Antwort. Möchte nicht einmahl drüber antworten.

Art. 57. Wo sie solchen Daumen bekommen, und was Sie damit gemacht.
Antwort. Möchte nicht einmal drüber antworten.

Art.

---

*) Kütze oder Kötze ein Provinzialwort, bedeu-
tet einen Korb, den man mit Riemen um
die Achsel, auf dem Rücken trägt.

Art 58. Ob ihr Buhle Sie nicht je
bisweilen wacker herumgeschlagen. Ant=
wort. Möchte auch nicht darauf antworten.

Art. 59. Ob es nicht eben auch dar
mahls geschehen, alß Sie vor etlichen Jah=
ren nebens ihrer Schwester in der Küchen
gestandten, die Ofengabel oben bey bee=
den Spitzen gehabt, und sehr daben ge=
schrieen. Antwort. Der es von ihr gere=
det hette, lög es wie ein Hexenmann. *)

Nachdem nun die Inquisitin in der
Güte ganz nichts gestehen wollen, ist Sie
dem Scharfrichter, welcher vorhero das
Informaturthel gelesen, übergeben wor=
den, Alß Sie nun von ihme anfangs mit
dem Spanischen Stiefel angegriffen wor=
den, hat man fast keine schmerzen an Ihr
vermerket, ja sie hat auch fast nicht das
geringste Zeichen, weder mit Schreyen,
Zucken oder andern Geberden an sich ver=
spüren lassen, als wenn sie schmerzen em=
pfinde, Als Sie mit den Schnüren auß
gezogen worden, ware sie ebenfalls Unem=
pfindlich, so lang man mit diesen beeden
Instrumenten wechselsweise angehalten,

H 5   Und

*) Konte diese Frau vernünftiger antworten?
zum Erbarmen ist die Blindheit vieler
Richter jener Zeiten gewesen.

A. d. H.

Und weilen hierdurch bey ihr nichts zu er=
langen, wurde sie umb 11 Uhr zu Mit=
tage in den Bock *) gespannet, Alß ihr
der Scharfrichter die gesalzten Suppen ein=
geben wollen, hat er Ihr nicht daß gering=
ste, unerachtet man sie auf den Rücken ge=
leget, und das Maul aufgebrochen, bey=
bringen können, Weil Sie im Bock ge=
sessen, ist Sie zwar unterschiedlich zum
Bekenntniß erinnert worden, aber es hat
doch solches bey Ihr nichts geholfen, et=
lichemal hat sie sich zwar vernehmen las=
sen, man sollte sie ledig machen, Sie woll=
te sagen was sie wisse, aber sie alsobalden
allezeit wieder rückfällig worden, und hat
gleichfalls die Worte im munde wieder ver=
trehet, nachfolgende reden ließe sie sich
auch vernehmen, es würde den Sülern
nicht wohlgefallen, wenn eine Hexin
eingezogen wehre welche bekennen the=
te. Item man würde von ihr nichts aus=
bringen, daß sie eine Hexin wehre, es wür=
de

*) Dieses Marterinstrument wurde ehemals
   nur bey Hexen, Zauberern und mit dem
   Teufel verbündeten Personen gebraucht,
   und zwar statt der Leiter. Es gehört folg=
   lich zum 2ten Grad der Marter.   v. I.
   V. Beçmann, Tom. 2. Comment. ad Tit.
   de question. obs. Pract. 3. n. 10.

de den Sülern keine große ehre seyn,
wenn man sagen sollte, daß eine He=
xin allhier verbrant worden. *) So
oft man Sie zum Bekenntniß erinnert,
hat Sie jedesmal geantwortet, Sie were
keine Hexin, Als diese Nacht um 12 Uhr
der Centrichter, da er vom Gerichtsschrei=
ber abgelöset worden, und nachher Hau=
ße gehen wollen, (sie ermahnet) Sie soll=
te ihr Bekenntniß thun, ehe er weg gien=
ge, Hat Sie zwar Antwortt geben, Er
solle nur hingehen, Sie würden schon
wieder zusammen kommen.

Actum Sula den dritten Apr. Ao.
1662.

Heute frühe zwischen 4 und 5 Uh=
ren *) alß Sie kurz vorhero im Beysenn
des Gerichtsschreibers und des einen Ge=
richtsschöpfen Herrn Stephan Klettens,
noch geredet, aber ziemlich graß mit dem
Gesichte ausgesehen, gehet der Scharfrich=
ter

*) Da hat die Frau wahr geredet.
                                    A. d. H.

**) Man bemerke die Dauer der Marter —
Welch entsetzliches, barbarisches und
teuflisches Verfahren, vom 2ten April
11 Uhr bis den 3ten April früh gegen 5
Uhr zu peinigen!

ter zu Ihr und befindet daß Sie tod und
der Halß entzwey ist; Worauf sobalden
hiesigen Medico, Herrn Licentiat Deißlern
und den Bader Meister Christoff Drechßlern
ein Both geschicket, und ihnen anbefohlen
worden den Cörper zu besichtigen, da sie
dann befunden, daß der Halß hinten im Genicke ganz entzwey, als wenn es mit einer
großen Macht geschehen wehre, gebrochen gewesen,*) ist diesen beeden befohlen worden ihren Bericht schriftlich zu
thun und ad Acta zu bringen, soll auch
dieser Fall so balden an das Fürstl. Säch-
sische Naumburgische Oberamt berichtet,
und wie sich mit Wegschaffung des Cör-
pers zuverhalten, Bescheids erholet werden, Actum ut supra.

  Boppo Christian Lauterbach mppria.
   Sebastian Benzinger mppria
   Stephan Khlett, Elter.
  Volkmar Philipp.
   Marcus Zihn, Not. Publ. Cæs.
     mppria.

        Ex-

*) Das konnte nicht anders seyn und ist zu ver-
 wundern, daß sie so lange bey solchen ver-
 ruchten Martern leben geblieben, solche em-
 pfindungslose Richter hätte man nur 1/4
 St. so auffspannen sollen.
        h. d. h.

Extract aus dem Bericht des Amt=
mann Lauterbachs, an den Oberamtmann
Förster zu Schleusingen.

Heute früe vmb 5 Uhr ist sie in bey=
sein des Gerichtsschreibers, des einen
Gerichtsschöpfens Herrns Stephan Klet=
tens und des Scharfrichters ohne Zweifel
durch den bösen Feind hingerichtet wor=
den,*) Worauf ich sie so balden durch
Hrn. Licent. Deißlern Vnd Meister Stof=
fel Drexler, Badern, den Córper besichti=
gen lassen, deren schriftliche Berichte auch
noch ad Actu gebracht werden soll 2c.

Visum repertum.

Demnach wir Endes angesetzte von
Hochfürstlichen Ambt alhier Donnerstags
frühe zwischen 5 und 6 Uhr erfordert, Vmb
zu erkennen, ob der Halß Osanna Peter
K . . . ., S. Wittiben gebrochen oder nicht,
auch auf solches schriftlichen Berichts ab=
zugeben begehret worden, alß haben wir
nach fleißiger Besichtigung befunden,
daß das Genicke vollkommen verrucket,
und wie das gemeine wort, gebrochen,
gleich

---

*) Ja wohl durch böse Feinde, weils keine
bösere je in der Welt gegeben.

A. d. H.

gleich alß es mit großer Macht geschehen
wäre, welches zu bejahen folgende ursach
sich finden, 1) weil vertebra cervicis prima, quam saluto suſtentaculum cephali-
cum gänzlichen verrucket, also daß man
inter notarum suſtentaculum & occipitium
zu zwei bis drei gute Finger man hat bringen und einlegen können, welches für das
2) großes Bedenken nicht allein geben will,
sondern hoch anbringet, in anſehung bei
verletzten Perſonen ein ſolches nicht kann
geſucht noch gefunden werden. 3) Habe
ich Medicus ſonderlichen bei der Beſichti-
gung beobachtet, daß dens vertebræ cervicis ſecundæ per luxationem dubio ſine
violentam et (ſi licet autumare) *) diabo-
licam gleichfalls ausgetretten und also vertebra prima inter ſecundam et occiput
gleichſam ledig zufühlen geweſen, res patet, modus latet. **) Dieſes haben wir
berührten erkäntnüß nach mit eigener Hand
bezeugen und bekräftigen wollen. Geſchehen den 3ten April 1662.

Joh. Phil. Deißler, M. L.
Chriſtoffel Drechsler, Bader mppria.

Mei-

*) Was ſich der Mann für ein Anſehen giebt!
**) Hätte heißen ſollen res & modus patet!

Meine willige Dienſte zuvor, Ehrenve=
ſter, Vorachtbarer undt Wohlgelahr=
ter꛳. Beſonders Vielgünſtiger
Herr Gevatter!

Weil nach ſchriftlich überſchickten
Zeugniſſe des Herrn Medici und Baders
der Inquiſitin K . . . Halß, welcher doch
in der Tortur nicht mit leidet oder hardt
angegriffen wird, ganz entzwey gebrochen
gefunden worden, Sie auch vorhero ganz
keine Schmerzen gefühlet, undt nicht et=
wan krank, Sondern in wehrender Tor=
tur ganz friſch geweſen, auch alſo alle
umbſtändte bezeugen, daß der böſe Geiſt,
oder ihre Complices, ſie aus dem Wege ge=
räumet, Alß iſt der Cörper heute Abends
gegen 8 Uhr durch den Scharfrichter oder
deſſen Gehülfen an Orth undt ende, wo
ſonſt die Hexen verbrandt werden, zu ver=
ſcharren, Welches dann der Herr Gevat=
ter alſo anzuſtellen wiſſen wirdt, Verblei=
be Ihme zu dienen willig. Datum Schleu=
ſingen, den 4ten April Ao. 1662.

des Herren Gevatter

dienſtwilliger

Chriſtian Förſter,
mppria.

Re=

Regiſtratur.
Actum Suhla den 8ten April. Ao.
1662.

Hanß Albrecht, Metzgern allhier berich:
tet, Alß Oſanna K . . . vergangenen Frey:
tag abends um 8 Uhren in Sämer *) be:
graben worden, und er hernacher in der
nacht gegen 10 Uhr von Heinrichs nacher
Suhla gangen, hette er am ſelbigen Orth,
wo dieſes Weib hinbegraben unterſchiede:
ne Fewer geſehen, darauf wehre ihm ſo
angſt und bange worden, daß Er nicht
gewuſt wie Ihm wehre, ſeyn hund hette
auch recht erbärmlich gewinſelt, wehre Ih:
me unter den Beinen hin und wieder ge:
krochen, an Ihm aufgeſprungen und den
Kopf unter den Rock verſtecken wollen.
Als Er nun in ſolcher angſt und Schrecken
ſtark fort gangen, woher ein ſolch Getüm:
mel worden, nichts anders als wenn Pfer:
de und Vieh hinter Ihme herkehmen, het:
te,

*) Der Sehmer oder Semana ein Gehölze ohn:
weit Suhl: "Unter dem Melibocus, ſagt
Ptolomäus liegt der Wald Semana, folg:
lich iſt der Thüringer Wald noch ein
Theil von Ptolomæi Semana, vid. Gatte:
rers Einl. in die ſynchron. Univerſalhiſt.
II. 839.

te aber doch getöhnet, als wenn es in der
Luft über, neben, vor und hinter ihm ge-
schehe, darauf er stehen blieben und sich
umbgesehen, da wehre er gewahr worden
etliche große Feuer an selbigen Orte so licht
und helle gebrennet, daß Er sal. venia die
allda liegende Schindbeine von den gestor-
benen Vieh gar eigentlich erkennen können, und hette anders nichts gesehen, als
wenn viel Volkes dárbey wehre, und mit
Stangen in dem Fewer arbeitete und Schü-
rete, und wehren allda 13 bis 16 Fewer
in hellen Brand gestanden, darüber er noch
sehrer erschrocken und wieder fort bis an
die Schlegstange zu Ende der Wiesen in
großer Bang und mattigkeit kommen, Alß
er aber bald hinangewesen, wehren 3 Raben recht nach seinem Kopf auf Ihm zuge-
flogen, und Ihme mit den Flügeln so nahe kommen, daß Sie Ihm den Wind ins
Gesicht geschlagen und die Haare berüh-
ret hetten, worüber er folgendes in solchen Schrecken gar zu Boden gesunken,
und unter den Stangen auf den knien durch
und auf 2 stuben lang wegen großer mattigkeit, ehe er sich wieder erholen können,
kriechen müßen. Ehe er zu Boden gefallen, wehren die Raben über Ihm wegge-
flogen und gleichsam gegirret, als wenn

fie lacheten, *) er hette gerne schreyhen
und rufen wollen, aber er hette nicht ge-
könnt, daß Ihme ein dieses alles damah-
len begegnet, könnte Er mit gutem Gewißen sagen.

––––––––

Actum Suhla, den 23. Sept. 1662.

In präsentia des Herrn Abtmanns
Poppo Christian Lauterbachs, des Cent-
richters Herrn Sebastian Benzingers,
Herrn Stephan Kletten, und Herrn Volkmar Philipßen, beede Gerichtsschöpfen,
und meiner Marcus Zihns Stadt- und
Gerichtschreibers.

Auf eingeholtes Jehnische Informat-
Urthel **) ist die in Haft sitzende Anna
Lorenz D.. Wibbe, die Dommeln genannt,
in Gegenwart des Scharfrichters und seinen Instrumente, auf die supra fol. 40.
et seqq. befindliche Inquisitional-Articul,
mit gehöriger erinnerung, nochmals gütlich

*) Was Furcht und Einbildung nicht thun!
Lieber Himmel! und solch dummes Zeug
zu registrieren!

**) Wiebe von Jena!

X. d. H.

lich befraget worden. — — — — Nachdem nun die Inquisitin auf gütliches Befragen, nichts bekennen wollen, ist sie dem
Scharfrichter, das eingeholte Urthel an ihr
zu exequiren, übergeben worden.

Ob er nun Wohl anfangs Sie mit
denen Spanischen Stiefel ziemlich angegriffen nachgehends mit dem Zuge aufgezogen, und mit diesen beeden Instrumenten Wechselsweiß auf die 1 1/2 Stunden
continuiret, Sie auch sehr dabey geschrie-
en, hat Sie doch nichts bekennen wollen,
bis sie in den Bock gespannet und ihr die
gesalzene Suppe gegeben worden, da Sie
dann nach einer Stunde angefangen zu
bekennen, Sie sey eine Hexin, und der
böse Feindt von ihr gewichen rc. darauf sie
wegen verspürter Zufälle ledig gemacht worden; Nach dem Sie nun sich wieder in
etwas erholet, hat Sie zwar noch gestanden, daß Sie eine Hexin sey, aber darbey nicht recht herausgewollt, und etliche
vorher bekannte Facta wieder geleugnet,
daß der Scharfrichter ihr wieder eine
Beinschraube ansetzen müßen, darauf Sie
umb Erledigung gebeten und ausgesagt:
Nach den Feindlichen Einfall *) were

J 2   eins-

*) Dies ist der Kroatische Einfall vom Jahr
1634. wobey Suhl eingeäschert wurde.

mahls vormittags ein Mann in schwarzen
Kleidern zu ihr in die Stube kommen, und
hätte ihr zugemuthet, die Hexerey zu lernen, und Sie geheißen, Sie sollte auf das
Kehrig treten, welches Sie in der Stube
zusammen kehren müssen, und den Herrn
Christum verschweren. Welches Sie mit
diesen Worten gethan: Ich trete auf dieses Genist, und verschwere meinen Herrn
Jesum Christ, hierauf hette er ihr einen
Thaler gegeben, Sie mit Wasser aus der
Blasen getauft, und darauf in der Stuben
Unzucht mit ihr getrieben, were aber nicht
beschaffen gewesen, als wenn Sie sonst mit
ihrem manne zu thun gehabt, und hette
sich Hauß genennet, die Teuffelstänze, darbey sie gewesen, wären auf den Rö-
dern *) und auf der Sauffe gehalten worden, darben hette Sie Georg M.. Witbe, und ihre Tochter Annen, wie auch
Margarethen, Georg B. Schusters im
Schlauchgarten Weib **) gekennet, hette
allerley Eßen, auch Wein und Bier dabey gehabt, und wer das Bier im Rath-
keller, und der Wein in des jungen Sei-
fensie-

*) Zwey Gegenden der Stadt Suhl.

**) Sind wahrscheinlich auch zum Scheiter
haufen befördert worden.

fenſieders Hauſe geholet worden, *) Die
Hexerey hette ſie niemanden gelehret, Die
Hoſtien habe Sie vor 5 Jahren nur einmal
ihren Buhlen gegeben, wuſie nicht was
er damit gethan, den Trunk den ſie vor 4
Jahren Georg Kochen aus einer Zinnern
Kann zu trinken gegeben, hette Georg M.
Witbe und ihre Tochter Anna **) zugerich-
tet, wuſte nicht, was es geweſen, Georg
Kochs Kinder hätte ſie nichts gethan; ob
es aber jene beede gethan, das wuſte Sie
nicht, Baſtig Fiſchern ſeinen Sohn hette
Sie zwar mit den Beſen geſchlagen, aber
nicht zu dem ende, daß er ſterben ſollen,
Wäre aus Bosheit geſchehen, weil er aufm
guten Freytag ihre Kuh gejagt, daß ſie dieſelbe in 3 Tagen nicht vor den Hirten
bringen können.

Actum Suhla den 25. Sept. 1662.

In Beyſeyn des Herrn Amtmanns
Centhrichters, beede Gerichtsſchöpfe und
J 3　　　　　　　mei-

---

*) Ein galanter aber unvermögender Teufel!
　der nicht einmal Bier und Wein zu ſeinem
　Ball herheren konnte, ohne in Rathskel-
　ler zu ſchicken.
**) Man findet in Akten keine Spur, daß ſie
　mit dieſen confrontirt worden ſey.

meiner des Stad= und Gerichtsschrei=
bers.

Nachdeme die Inquiſitin Anna, Lo=
renz D. Witbe die D. genannt, vorge=
ſtern als ſie peinlich angegriffen worden,
ihr Bekenntnis gethan, iſt ihr ſolches heut
dato nochmals gütlich angehalten worden,
darbey ſie denn alles geſtanden, auch ſich
erkläret, daß ſie darauf ſterben wollte, und
begehret, daß man die Herren Geiſtlichen
zu ihr mögte kommen laßen.

Daß nun ſolches alles Gerichtlich al=
ſo vorgegangen, und treulich protokolliret
und niedergeſchrieben worden, Wird durch
unten befindliche Subſcriptiones bezeuget.
Actum ut ſupra.

Boppo Chriſtian Lauterbach
mppria
und voraufgeführte ſaubere Männer.

Unſere freudliche Dienſte zuvor, Eh=
renveſter, Wohlgelahrter, günſtiger guter
Freund, — Alß Ihr uns etliche wider
Verhaffte Annen, Lorenz D. ſeel. nach=
gelaſſene Witbe ergangene Inquiſitions=
Acta fernerweit zugeſchickt, und Euch dar=
über des Rechten Zuberichten gebeten.
Demnach Sprechen Wir nach fleißiger
Vorleß= und erwegung derſelben vor
Recht: Hatt Inquiſitin geſtandten und
be=

bekannt, daß Sie mit dem Satan einen
Bundt gemacht, sich von demselben taufen lassen, und hingegen den Herrn Christum verschworen, auch von dem bösen
Feinde einen Thaler empfangen, undt mit
Ihm Unzucht getrieben, auf den Teufels-
tänzen gewesen, und diesem ihren Buhlen
die consecrirte Hostien, ingleichen Georg
Kochen einen trunk gegeben, daran Er sehr
krank worden, Doferne Sie nun bey diesem ihrem gethanen Bekänntniß vor öffentlich gehegten Gericht verharret, ist Sie
mit dem Fewer vom Leben zum Tode zu
bringen, Sollte Sie aber ihre gethane
Aussage wieder zurück nehmen, und revo-
ciren, So ist Sie wieder in das Gefängnis zu bringen, und vermittelst anderwei-
tiger Tortur auf die Inquisitional-Articul
zu befragen, auch da Sie ihr allbereit gethanes Bekänntniß sodann wiederholen
wird, den andern oder dritten Tag nach
der Tortur in Beysein der Gerichtspersonen und eines Notary Wiederumb darüber zu vernehmen, Georg M. Wittbe aber
und dero Tochter betreffende, wird in derselben Leben und Wandel nicht unbillig
requiriret, Von Rechtswegen, Uhrkundli-
chen mit Unserm Insiegel besiegelt.
       Verordnete Dechant, Se-
                   nior

nior und andere Doctores des Schöppenstuels zu Jehna —!!!

Von Gottes Gnaden Moriß Herzog zu Sachsen ꝛc. postulirter Administrator des Stifts Naumburgk, und der Balley Thüringen Statthalter ꝛc.

Lieber Getreuer, Uff deinen nebenst denen hierbey zurückkommenden Acten außgefertigten unterthänigsten Bericht die wieder Anna D... ergangene Inquisition betreffende, und das von uns eröfnete Urthel begehren Wir, du wollest demselben gebührend nachgeben, jedoch und deferne inquisitin ihr allbereit in der Güte gethanes Bekentniß nochmals wiederholen wird, hastu sie aus erheblichen Uhrsachen gleichergestalt alß Marganrethen G... mit dem Schwerde vom Leben zum Tode zu bringen, und sodenn den Cörper verbrennen zulaßen, auch im übrigen wegen George M... Wittbe und dero Tochter dem Urthel gebührend nachzukommen. Hieran geschiehet Unser Wille und meinung, datum Naumburg am 4ten Oct. 1662.

Menius.
J. Schilter, Secret.

Die-

Diese Urthel wurde exequiret in Suhla, Mittewoche den 15ten Octobr. Ao. 1662.

7.

Actenmäßige Nachricht

von Mathes Jüngling, einem Knecht, der auf einem Bock von Bachra bis Großen-Ebersdorf durch die Luft geritten.

In dem Gerichtsarchiv zu Bach-ra,*) befindet sich ein merkwürdiges Stück-chen Acten, unter folgender Rubrik:

No. 35.

Acta

Mathes Jünglingen

Mens. Novbr. 1702.

in po. vorgegebenen Bockholens welches das seltsamste Geständnis eines durch die Gauckelen der Einbildung be-thörten, oder durch Fieberhitze betäubten jungen Menschen enthält, wie nachstehen-des Vernehmungsprotokoll besaget, wel-ches nach vorgängiger Abhörung einiger

J 5 Zeu-

*) Ohnweit Cölleda in Thüringen gelegen.

Zeugen, über die eigene Aussage der Haupt=
person, abgefaßt wurde:

Actum Bachra
am 7. Decembr. 1702.

Weiln der Knecht bishero nicht ein=
heimisch gewesen, und vernommen, daß
Er nunmehro wiederkommen, habe selbi=
gen an Gerichtsstelle fodern lassen, da Er
denn willig erschienen, und uff beschehene
Vorhaltung und Befragung folgendes be=
kennet:

nehmlich

Er hieße Mathes Jüchling, sein Vater
hette Andreas Jüchling und die Mutter
Christina geheisen, und zu Großen
Ebersdorf, so dem Hrn. von Meußebach
in sein Ambt Braunsdorff gehörig und
Gothaische Hoheit wäre, gewohnet, Er
wäre 8 Jahr alt gewesen, da seine besag=
te Eltern gestorben, da er denn sich als
ein Pferdejunge 7 Jahr in Großen Ebers=
dorf, als 2 Jahr bey einem Gerichtsschöp=
pen Hanßen N. (den Zunahmen wußte er
nicht) und 5 Jahr bey einem andern Bau=
er Nicol Albrechten um die Kost und
Kleidung gedienet, weiln nun sein Herr
Nicol Albrecht ein lahm Bein bekommen,

hette

hette er mit seiner Tochter, so jetzo eine
Ehefrau, nach Rastenberg zum Gesund-
brunnen reisen und solchen seinem Herrn
holen müssen, so hette ihm die hiesige Lan-
desgegend so wohl gefallen, daß Er sich
entschloßen, wenn sein Jahr um, hier einen Herrn zu suchen, welches er auch damals uf dem Wege seines Herrn Tochter
gesagt, Als nun vor 5 Jahren nach Wei-
nachten der Pulvermann von Olbersleben
nach Ebersdorf kommen, were er mit demselben herausgezogen und bey dem Pulvermann 2 Jahr, von dar alhier bey dem
Postilion Hannß Harraßen *) 2 und
ein halb Jahr, und von Johannis c. a.
bey seinem itzigen Herrn Christoph Thie-
men bis jetzo in Diensten gewesen und
noch were, weiln Er nun bey seinem itzigen
Herrn in Winzers Hauße uff dem Heustal-
le des Nachts gelegen, so were ohne Gefeh-
re 4 Wochen nach Johannis in der Ernde,
Abends nach 10 Uhr da Er schon im Bette gewesen, ein schwarzes Ding, wie ein
Bock kommen und wie ein Bock geschriehen,
Ihn an die Seiten gestoßen, als er nun
nicht

*) In Bachra existirte damals eine Post-
station, welche in der Folge nach Groß
Neuhaußen verlegt wurde.

nicht hören wollen, immer fort gestoßen,
da er endlich aufgestanden, sich anziehen,
und hinunter ins Hauß gehen wollen, so
bald Er aber im Hemde aus dem Bette
herauskommen, wäre der Bock ihm zwi=
schen die Beine gefahren, in der Lufft mit=
genommen, daß ihm die Haare gepfiffen,
und nach besagten Großen Ebersdorf in
seines alten Herrn Nicol Albrechts Hauß
gebracht, da Ihme dessen Tochter Elisa=
beth entgegen kommen, die Hand gegeben,
und gesaget, Kommestu mein Schatz, die=
ser Bock were mittelst zu einem Manne
worden, und sich im Hauße an ein tisch=
gen gesetzet, uff welchem Braten, Wein=
suppe und Fleisch gestanden, und gessen,
aber kein Wort geredet, Er der Knecht
hette auch mit essen sollen, so er aber nicht
gethan, darauf die besagte Frau Elisabeth
Unzucht Ihme angemuthet, so Er aber,
indem Er sehr erschrocken, nicht thun wol=
ten, sondern sich geschämt und hinter die
Haußthier verstecket, die Liesa aber hette
Ihm hinter der Thier vorgezogen, und mit
ihr Unzucht treiben müßen, immaßen Sie
Ihm bey dem Halse genommen, niederge=
zerret, sich entblöset, und Ihm daß Hemb=
de aufgehoben, und s. v. sein membrum
genommen, und in Ihres gestecket, und
alles

altes selbsten verrichtet, Alß nun diese Frau
Ihre Zeit erseßen, hette sie zu dem manne
am tischgen gesaget: fahre wieder hin und
hoch satt; da denn der Mann gleich zum
Bocke worden, Ihm zwischen die beine
gefahren, mit fort genommen, und wieder
uff den Heustall vors Bette gebracht, da Er
dann wieder ins Bette gestiegen, und dieses were um 12 Uhr gewesen, Er der Knecht
wäre hierauf etwas kranck worden, und am
Maule ausgefahren, seine Frau hette ihm
Qvickensafft und Brandewein eingeben,
und Er hette sich nicht mehr auf den Heustall geleget, sondern sein Herr eine Pocht
im Pferdestall gemachet, so were doch den
dritten Tag nach diesen der Bock wieder
kommen, und Ihn auch aus dem Stalle
gehoiet, und wieder dahin bracht, und Er
abermal mit dieser Frauen Unzucht treiben müßen, er hette aber damals der Frau-
en von ihrem Halse ein Schnuptuch oder
lappen mitgenommen, Nach diesem auch
ohngefähr den 4ten Abend darauf, were
der Bock abermal kommen und ihn holen
wollen, Er aber hätte dem Bock den mit-
genommenen lappen hingeworfen, da
der Bock den lappen genommen, löse
geworden, daß der Knecht nicht mit
gangen, were unter die pferde gefahren,

und eines so eine Stüde, am Halse und
unter dem Schwanze wund gestoßen, daß
es s. v. an den pudendis einen großen Hü-
gel bekommen, hierauf were der Bock nicht
wieder kommen, der Knecht saget, es were Ihm dieserwegens ganz bang und leid,
were darzu gezwungen, und wollte fleißig
bethen, daß der Satan an Ihm keine
Macht hette, giebt uff befragen ferner vor,
daß die Frau Elisabeth drey Kinder gehabt, were wohl ein 33 Jahr seyn, indem
Sie schon 20 Jahr gewesen, da Er in Ihres Vaters Dienste kommen, were stem-
migter Statur und etwas narbigt, der
Knecht, als Er noch da gedienet, hette gegen Ihr vorgegeben, Wann Er groß würde, wolle Er sie heurathen, hette aber Ihr
nichts zugesaget, Sie hette Ihm vor Wei-
nachten im letzten Jahre seines Dienstes,
ein neue hembde gemachet, und seinen
Nahmen mit schwarzen Buchstaben nein
geneet, dieses Hembde hette Er müßen 8
Tage anziehen und schwarz machen, alß
er nun am Weinacht heil. Abend Er Ihr
seine schwarze Wäsche und dieses hembde
mit zu waschen geben, hette Er dieses
hembde nicht wieder, wohl aber die andern
hembden gewaschen bekommen, was sie nun
darmit gemachet, wüste Er nicht, Sonsten
da

da Er noch bey Hanß Harraßen gedienet, und des Nachts im Bette gelegen, were ein langer schwarzer Mann kommen, Ihn zmahl mit Rahmen Mathes gerufen, Weiln Er nun gemeinet, es were eines von seinen Leuthen, und etwan die Post wegfahren sollte, hätte Er sich aufgericht, da Er gesehen, daß ein langer schwarzer Mann vor dem Bett stünde, ganz feurich ausgesehen, und ein Buch mit schwarzen tabeln und briefen in Händen gehabt, und der mann gesagt er sollte sich drein schrei= ben, Er aber hette dieses nicht gethan, so were der Mann wieder wegkommen, Ingleichen hette er den Hrn. Amtsschösser von Wei= sensee, da Er noch bey dem Postillion all= hier gedienet, zu Pferde helmbringen, und des Nacht hette er in der alten Amtstube zu Weisensee bleiben müßen, so were Er auch zu Ihm kommen und des Nachts aus dem Bette geworffen.

Herrl. Werth. Gerichte

Johann Ernst Hoyer.

Hier brechen die Akten gänzlich ab, ohne über Jüglings pathologischen Zu= stand und übrige Verhältnisse, einiges Licht zu verbreiten. Wir müßen uns also **blos**

blos mit der gegründeten Ueberzeugung be-
gnügen, daß auch bey diesem auffallenden
Abenteuer, etweder Bosheit oder anima-
lische Disposition eines leidenden Körpers
zum Grunde gelegen habe. *)

B—

———————

:8

*) Das letztere am allerwahrscheinlichsten.
Er mag ein Mondsüchtiger, oder Nacht-
wandler gewesen seyn, die schlafend alle
Verrichtungen des menschlichen Wir-
kungskreißes thun — und aus den Umständen kann man abmerken, daß er mit
der genannten Person in vertraulichem
Umgang gelebet, Heyrathsanträge in dem
frühesten Alter geschehen; mithin seine
Phantasie im Schlafe mit wollüstigen
Bildern unterhalten und wachend geglaubt und für Einwürkungen des sich
eben phantastisch vorgestellten Teufels
gehalten worden, was ihm nur schlafend begegnet.

A. d. H.

8.

Sonderbare Erscheinung eines mit Musqueten, Piquen, Degen und Fahnen streitenden Kriegsheers, am Himmel zu Chemnitz.

Aus Originalacten von einem Beamten mitgetheilt.

Actum auf dem Rahthauß zu Chemnitz, den 20ſten Septbr. 1680.

Demnach Andreas Uhlich, Pacht= mann, angezeiget, daß geſtern Abends Er, die Seinigen und andere mehr am Him= mel einige Wunderzeichen geſehen, als wur= de Dato deßwegen von E. E. Rath er= kundigung eingezogen, zufördert gegen= wärtiger Eydſchwur:

Ich N. N. ſchwere hiermit zu Gott im Himmel einen leiblichen Eyd, daß ich in Sachen, die geſtern Abend am Himmel erſchienenen Wunderzeichen betreffend, waß ich dabey ſelbſt wahr= genommen und mehr nicht ſagen oder anzeigen will, ſo war mir Gott helf= ſe undt ſein heilig wortt, durch Je= ſum Chriſtum Amen.

Uhuhu, 4s Packt   K   auf=

aufgeſetzet und nach dem ſolchen wohlbe=
melter Uhlich, als deſſen Weib Cathari=
na, Hanß, Großer Michel Hunger, und
Maria, Martin Kochens Tochter, nach
ſattſam beſchehener admonition würklich
präſtiret, antworttete:

1) Andreas Uhlich

Bey ordentlicher Raths Verſamblung,
Geſtern Abends were er aus ſeinem Hoffe
gleich da die Sonne were unter= hinaus
gegangen, und habe von ferne einen Männ
ſtehen ſehen, und weiln ſein treſcher Hanß
Große aufn Felde geweſen, habe er ihm
zu geruffen und geſagt, ob er denn auch
ſehe was dort were, der dann geantworttet
nein: Wie Sie beede näher zuſammen kom=
men hette Er Uhlich 3 große ſchwarze Män=
ner, wie geharniſcht am Himmel mit Hüt=
ten ſtehen ſehen; kurz darauf weren ein=
zelne Männer ſo Musqueten und Rothen
Habit gehabt, von der Sonnen nieder=
gang gekommen, welche ſich nach einander
jedoch ſo, daß zwiſchen jezlichen noch ein
Mann ſtehen können, in rechte Kriegsord=
nung geſtellet, und zwar in einer ſolchen
weite, als wohl von Johannis Thor bis
ans hieſige Rathhaus austragen möchte
Als nun die Männer alſo geſtanden, het=
te

te sich legen über nach Mittag zu ganz
schwarze Männer am Himmel gestellet, und
gleich da weren zwey Stücke dergestalt
loßgangen, daß die Kugeln recht an einander getroffen, Kurz zuvor aber zwey von
den drey großen schwarzen Männern verschwunden, und der dritte sey wie ein Baum
groß worden und gleich da, wie nur gedacht, die zwey Stücke weren loßgangen,
were alles dieses Schwarz und röthe gegen einander gestandene Kriegsvolck auf
einmahl darnieder gefallen und verschwunden, der Hauffe von Abend were nicht so
starck gewesen als der Hauffe von Mittag,
denn diesem unerhört viel Volck, wenn
Ihm gleich was drauf gegangen, zum Suc-
curs gekommen, der große Mann aber so
unter dem kleinen Häuflein gestanden, were stehen blieben und größer worden, Hierauff nun were zwar alles verschwunden,
bis auff diesen großen Mann, aber das
kleine häufflein von Abendt were gleich
wieder in lauter Mußqvetieren bestehend,
und zwar ganz dicke und etwas stärcker alß
zuvor, aufgeführet worden; Wiederumb
auch eine große schwarze Armee von Mittag, die von Sonnenniedergang nun weren nach dem großen Haufen zumarchiret,
und da hetten sich etliche Reuter mit stä-

ben-

ben, welche in beyden Armeen durchgerit-
ten, und gleichsam befehl ertheilet, und
gleich darauf hetten beede Armeen das
schlagen mit Degen angefangen, welches
so geschimmert, alß wenn das Wetter
leuchtete, und da habe er gesehen, daß die
Volck alles zu Boden gefallen, und nebst
dem großen Mann verschwunden, bis etwan auf 4 Mann, welche gegen einander
gestanden, als wann Sie sich mit einander balgten, jedoch weren von dem Haufen von Mittag jedesmahl neue frische
Völcker an, und Sie also nicht gar mit
weg kommen.   Nach diesem und drittens,
hätten sich die von abend wiederumb gestellet und zwar an der zahl weniger denn
sonst, und hetten noch mit sich gebracht einen Hauffen von etzlichen hundert Pieqve-
niren mit großen langen und hinden nie-
derhangenden Mützen, welche an einer jeden Piqve ein Fähnlein gehabt, und da sey
auch die Armee von Mittag und zwar viel
größer denn zuvor wieder aufgezogen, welche beyde Armeen denn wieder hart gegen
einander dreymahl getroffen, so also herge-
gangen, daß Sie allezeit einander zwar zū
Boden geschlagen, aber jedes mahl wieder
aufgestanden, welches gefechte mit Degen
viel heftiger, auch von viel mehrerm Volcke
                                   denn

cke denn das vorige gewesen; Dieses Schla=
gen habe der Kleine Hauffe abermahls zuerst
angefangen, und den großen herumb dem
Ansehn nach bis gegen Neu Kirchen getrie=
ben, alwo noch eine ganze neue Armee gestan=
den, aber nicht mit gestritten, die schlagen=
den Armeen wären verschwunden, ietzt ge=
dachte dritte kegen Mittag stehen blieben.

, Hierauff were es dunkel worden, ie=
doch habe er gesehen, daß Sich das Klei=
ne häufflein wieder an den orth gestellt,
und zwar in Kleinerer anzahl als zu vor,
über welchem Häufflein denn 3 Reüter
zu sehen gewesen, welche mit einander zwar
gefochten, dem Kleinen häufflein aber wei=
ter nichts gethan. So offt ein treffen vor=
gangen, were übern Volk eine Schwarze
Schnure etwa eines Daumen dicke zu se=
hen gewesen, welche jedesmahl, wo Volck
geschlagen worden, mit wegkommen und we=
re dieses alles so eigentlich anzusehen gewe=
sen alß wenn mann nahe dabey gestanden.

Sein Mägdlein von 9 Jahren So=
phia, hette es vor schrecken nicht mehr be=
schauen können, sondern were mit weinen=
den Augen darvon und ins Hauß gelauf=
fen, so fast nicht were zu bedeuten gewesen,
und dieses haben auch seine hauß leuthe,
die Er zu vorhero raus gerufft, wie auch

die

die nächsten Nachbarn aus dem in hiesi=
gem Ambte gelegenen Dorffe Bernsdorff
mit angesehen.

Anmerkung.

Sollte vielleicht diese sonderbare Er=
scheinung, an deren Zuverläßigkeit kaum
zu zweifeln ist, mit demjenigen natürlichen
Zauberspiel über der Meerenge von Mes=
sina, dessen P. Brydone in der Reise durch
Sicilien und Malta S. 70. erwähnet, in
analogischer Verwandschaft stehen?

B—
der Einsender.

Zusatz des Herausgebers.

Im ersten Packt dieser Schrift, p.
146. ist schon eine ähnliche von Ao. 1785.
in Oberschlesien bemerkte militairische Vi=
sion und p. 149. die Erklärung mitgetheilt
worden.

Diese Auflösung muß man auch hier
anwenden, und ermägen, daß Ausgangs
September, da diese Erscheinung bemerkt
wurde, die Abende und Nächte kalt zu wer=
den beginnen, die Tage aber noch warm
sind, und dadurch jene Ausdünstung erzeugt
wird

wird, bey welchen um die Zeit, wo diese
einfältigen Bauersleute das Kriegsheer zu
bemerken glaubten, sich Gegenstände von
Bäumen, Sträuchern auf entfernten Bergen und in solchen Schatten der einwirkenden Dämmerung, zeigen, die eine ohnehin bey aberglaubigen Leuten und bey eintretender Furcht bald so rege werdende erhitzte Einbildungskrafft zu Figuren bildet,
wie sie die eben beygehende wunderliche
Vorstellungen und Umstände, sich gern
denken lassen. Wenn nun, wie die ohnehin nicht allzu lichthelle Registratur angiebt, dies bey eben untergehender Sonne geschehen, und diese noch, in die, aus der
gährenden Erde aufsteigende Dünste wirkte, oder ein sogenanntes nach seinem Ursprung bekanntes Nordlicht über einem
See oder Teich gestanden; so lassen sich
auch die Täuschungen mancherley Farben
und Monturen erklären, die diesem streitbaren Lufthimmelsheer angepaßt worden, von welchen man indes aus dieser
ächtbäuerischen Erzählung nicht abmerken
kann, wie die Figuren wohl marschiret, ob
man die Soldaten von hinten oder vorne
natürlich gerade, die Beine herabpampelnd
und die Köpfe in den Wolken, oder etwa so
am Himmel schwebend gesehen, wie die

Kunst

Kunſtmahler jener Zeit in den Dorfkirchen
die Engelchen an dem Himmel gemahlt
und wie ſie denn nach Verſchiedenheit ih⸗
rer perſpectiviſch oder figürlichen Stellung
die Musqueten Piquen, Fähnlein, De⸗
gen, und die Reiter ihre Stäbe
manöuvriret und wie gar das zu Boden⸗
fallen der geſchlagenen Soldaten, die
doch immer nur in der Luft geſchwebt
haben können, zu verſtehen ſeyn ſoll.

Natürlicher läßt ſich aber das ver⸗
meintliche Krachen der phantaſtiſchen
Kanonen, oder wie der Seher ſich aus⸗
drückt, der zwey Stücke erklären; daß
nehmlich die aus der erwärmten Erde auf⸗
geſtiegene Dünſte ſich in der kältern Re⸗
gion gerieben und entzündet, wodurch ein
Donnern und Krachen, wie bey den be⸗
kannten Wirkungen der Gewitter entſtan⸗
den und dies natürliche Phänomen auch
das richtig vom Bauer dargeſtellte Wet⸗
terleuchten, erzeuget und nach Auflöſung
dieſer Dünſte die Soldatenfiguren wieder⸗
kommen, verſchwunden, und die, ſelbſt
baumartig erklärte, auf irgend einer na⸗
hen oder fernen Anhöhe, geblieben.

Welch ſcharfe Augen, und feine Ohren,
müßte übrigens der Himmelsgucker gehabt
haben, wenn er die Kugeln in den ſo ho⸗
hen

hen Wolken recht an einander getroffen
gesehen und gehört haben will?

Solch Zeug konnte nur ein Beam=
ter jener Zeiten, in welchen sich die mili=
tairische Himmels= Wolken= Luft= oder
Phantasiephänomen ergab, glauben und
registriren, das ein Klügerer unserer Zeit,
nach des Ort und Gegend oder Umstän=
den Beschaffenheit, erst genau untersucht
und wenn seine physikalische Kenntnisse zur
Ergründung nicht zureichen sollen, von
Sachverständigen, den Leuten gleich erklä=
ren lassen, und sie zu beruhigen wissen
wird.

Was für wunderliche Vorstellungen
haben sich nicht von jeher gemeine Leute
bey dergleichen gewöhnlich am Abend er=
scheinenden Nordlichtern, Himmelszei=
chen oder Cometen gemacht, was für
streitende Kriegsheere oder Krieg, Hun=
ger und alle Plagen der Menschheit
bedeutende Figuren gedacht, und sogar
Geistliche die Begriffe des gemeinen Man=
nes durch ihre schwachköpfige Sündenvor=
stellung auf der Kanzel zu verwirren ge=
wußt, und welch lächerliche Schreckbilder
haben nicht immer hungrige Reimschmid=
te, Holzschneider und Buchdrucker durch
ihre mit Buchdruckerschwärze auf gro=

K 5   ße

ße Papiere gekleckste auch wohl ge=
mahlte *) Figuren, veranlaßt, die sie
oder im Lande herum ziehende Bettler=
rotten auf grosse Stöcke banden, mit
gräulich grämlichen Geberden, durch
einen Stab und unter herzbrechenden
mit allen Plagen und Sünden ver=
brämten erbärmlichen Reimen, dem
herben gelockten gaffenden Dorfvolk,
recht sinnlich zeigten, entfernte, oft dem
klügsten Geographen, geschweige dem
dummen Volk, ganz unbekannte Orte
nannte, wo sich solche affentheuerliche
Wunderdinge und Zeichen zugetragen
haben sollten; dergleichen sich noch im
Böhmen= und Bayerlande ereignen sollen,
wohin solche Waare noch immer gehet.

Jeder kluge, durch einige Lectüre zu
seiner wahren Bestimmung vorbereite=
te Dorfgeistliche, mancher Schulmeister,
Schulze, Heimbürge und aufgeklärte Bau=
er, weis sich aber alle diese, auf natürli=
chen Gründen beruhende Himmels= oder
Lufterscheinungen zu erklären, bewundert
die göttliche Allmacht, und — legt sich ru=
hig zu Bette.

Der Herausgeber.

9.

*) Caccatum non est pictum.

Bürger.

9.

Erscheinung eines unsichtbaren Dom-
dechanten im Collegio oder bey der
Tafel der Herren *Patrum Societ.* Je-
su in Eichstedt.

Ob nachfolgende Erscheinung ein
Spielwerk traumschwangerer Phantasie,
oder eine wirkliche Vision war? — ist eine
Frage, zu deren umständlichen Erörterung
der Einsender weder Muße noch Beruf genug hat, sintemal derselbe überhaupt sein un-
bedeutsames Urtheil über die sublimen Gegenstände der Geisterlehre, zu suspendiren
gewohnt ist, und lieber unter die Klasse derjenigen Cosmopoliten zu gehören wünschet,
welche die Möglichkeiten des Geisterreichs
bescheidentlich dahin gestellt seyn lassen, ohne
dessen Emissarien zu fürchten, als derjenigen Weltweisler, welche die Gespenster geradezu leugnen, und sich dennoch ängstlich
vor ihnen fürchten.

Hier ist die Geschichtserzälung selbst,
und zwar wörtlich so, wie sie in einer be-
währten Sammlung archivalischer Nach-
rich-

richten aufbewahret wird, welche wenigstens für deren historische Glaubwürdig-
keit Bürge ist.

Als zur Zeit der Regierung Sr. Hochfürstl. Gnaden Bischoff Johann Martins
zu Eichstedt, gebohrnen von Eyb, höchst-
seel. Gedächtnüß, der damahlige Hr.
Dombechant von Spect eine geraume
Zeit am Podagra war Bettlägrich gewesen, ließen ermelt Se. Hochfürstl. Gnaden besagten Hr. Domdechant am Neu-
en Jahrs Tage Frühmorgens durch Dero Hof Capellan Hrn. D. Bernhard be-
suchen; und zu fragen, wie er sich befän-
de; Da dan dem Hrn. Domdechant vor
Freuden, daß der Fürst nach ihm fragen laßen, Die Thränen in die Augen ge-
tretten, und er dabey nebst beachteten gewöhnlichen Curialien in Antworth hinwieder laßen vermelden, er sey nur noch was
weniges an der Hand incommodirt, hoffe aber binnen Vier Tagen Seiner Hochfürstl. Gnaden in Persohn hinwieder
unterthänigst aufzuwarthen, über welche gute Post dan der Bischoff gantz er-
freut gewesen, Als aber an eben diesem
Neuen Jahrs Tage der Bischoff gewöhnlicher Maßen dem Gottesdienst in
der Kirche derer Patrum Societat. Jesu
beygewohnet, auch hierauf mit dem ge-
samten

samten Hochwürdigen Domcapitul bey
ersagten Patribus das Mittagsmahl ein-
nahme, und allerseits noch an der Tafel
saßen, fängt Nachmittags halb drey Uhr
auf einmahl der Herr Domprobst Von
Spiering an sich im Gesichte ungemein
zu verendern und zu Verblaßen, auch
mit denen Händen heftig zu zittern, wie
solches gleich viele Personen wahrgenommen, insonderheit auch Seine Hochfürstl. Gnaden, welche dann Hrn. Domprobsten alsobald befraget, was ihme
fehle, daß er sich so verendere, hat selbiger geantwortet, ob man dan nicht sehe, wie der Hr. Domdechant in seinem
Talar zur Thür des Refectorii eintrete,
umb die Tafel herumb gehe, sich der Tafel unten gegen über stelle, auch wieder
zur Thür sich hinaus begebe, über welcher rede jedermann sich entsetzt, jedoch
hat außer Hr. Domprobsten sonst niemand dieses Gesicht oder Erscheinung gesehen, Allein gleich hierauf kömt das
Geschrey, der Herr Domdechant wolle sterben, mithin der Pater Societatis Jesu . . . . . . enlends in die Domde-
chaney sich begeben, umb den Kranken
Hr. Domdechant beyzustehen, es war
auch ersagter Pater kaum in das Zimmer
eingetreten, und hatte die gewöhnliche
heil. Absolution diesem todt Kranken Herrn
ertheilet, so verschiedt Derselbe augenblicklich, Cujus anima requiescat in pace.

Diese.

Diese so unvermuthete Todespost er-
schreckte und betrübte Seine Hochfürstl.
Gnaden und gesammte hohe Gesellschaft ungemein, dergestalt, daß alles
unverzüglich sich retiriret, Der Fürst nach
seiner Residentz und übrigen Herren nach
Dero Behausungen, worauf denn hernach Hr. Anthon Maria Friederich, Graf
von Fürstenberg, Domherr zu Eychstedt,
zu einem Daselbstigen Herrn Domdechant hinwieder erwehlet worden, hat
aber solche Würde in einiger Zeit freywillig resigniret, wie er dann auch ferner
zu Anfang des Jahres 1721. das Eych-
stedtische Canonicat ebenfalls resigniret
und aufgegeben.

Die analogische Gewißheit einer un-
ermeßlichen Stufenleiter vom Menschen
bis zur Gottheit, wird hoffentlich kein be-
scheidener Denker zu verneinen wagen.
Wäre es also nicht zu voreilig, Ereignisse
obiger Art ganz aus dem Gebiete der Möglichkeit verbannen zu wollen?

B—

der Einsender.

Zusatz des Herausgebers.

Ich will die Gewisheit der Erzählung auf ihren historischen Werth beruhen
lass-

laſſen, und die mir mitgetheilte Original-
handſchrift läßt auch diplomatiſch auf das
Zeitalter ſchließen, worinne ſich dieſe Viſion zugetragen haben ſoll. Ich will auch
des ſinnreichen Cosmopoliten philoſophiſchen Meinungen und politiſchen Grundſätzen nicht zu nahe treten. Aber ich
kann doch dieſe Viſion für nichts weiter, als
Wirkung einer kranken Einbildung annehmen, die durch Zuſammentreffung der erzählten Umſtände, die Erſcheinung des kranken
Domdechant glauben laſſen und die körperliche Wirkung und Aeuſerung, bey dem
Herrn Probſt verurſacht. Was für
ſonderbare Erſcheinungen haben nicht Leute von ſchwachem Nervenſyſtem und zar-
ten Fibern, wenn zumal durch beſondere
Umſtände, ihre Phantaſie belebt wird? Wir
können uns dies aus dem Zuſtande eines,
im hefftigen Paroxismo leidenden Fieber-
patienten, zur Ueberzeugung ganz kurz erklären.

Wenn wir nun noch den Ort Zeit
und Perſonen in politiſch reifliche Erwegung ziehen und uns das Mahl einer ſolchen Geſellſchaft jener Zeiten dazu denken; ſo glaube ich einen jeden auf der
Bruſt

Bruſt reinen Philoſophen und Weltbürger, ohne weitere detaillirte Erklärungen
überzeugt zu haben, daß dieſer ohnehin nur
dem Einzigen Herrn erſchienene Geiſt
einen natürlichen Urſprung habe, und der
erfolgte Tod ſehr zufällig dazu getroffen,
aber freylich in damaligen Zeiten für ſehr
bedenklich gehalten worden.

Der Herausgeber.

10.

Schatzgräbergeschichten, aus der Grafschaft Lippe-Detmold.

— aus dem t. Museum.

Eine Bande Gauner, Conradt (Cordt) Hofmann, ein Quacksalber, Anton Häger, Barbier, beyde in Werther wohnhaft, Christoph Seving, ein Böttcher aus dem Kirchspiel Dornberg, Peter Blotenberg aus Bavenhausen, Vogten Werther und Arnold Gräve, nachmaliger Musketier unter des Major von Cansteins Compagnie in Herford, ein berüchtigter Dieb, hatten sich im Jahre 1715. auf das genaueste zusammengethan, die Einfalt zu prellen, und auf Kosten der Leichtgläubigen zu leben.   Man trift in den Inquisitionsacten verschiedentliche Spuren an, daß sie schon früher, hin und wieder, nach Schätzen gegraben, *) und sich für ein Nichts reichlich bezahlen lassen. Das rechte Meisterstück machten sie aber 1715.

*) Namentlich bey Groppen auf dem Berghagen, und Wagemann zu Bokhorst.

1715. bey einem dummen Bauer im Kirch-
spiele Borgholzhausen, Johann Evert
Holschermann. Eben so unverständig und
leichgläubig hätten sie allenthalben Klien-
ten haben können, als Holschermann war:
aber er konnte bezahlen, war geitzig und
hitzig, und diese Umstände brachten ihm
den Vorzug vor jedem andern zuwege, betrogen zu werden. Cordt Hofmann, auch
Doctor Cordt und Wurmcordt genannt,
scheint in dem allgemeinen Rufe gestanden
zu haben, ein Teufelsbanner zu seyn,
und diesen Ruf scheint der Barbier Häger mit ihm gemeinschaftlich gehabt zu haben. Cordt Hofmann und Arnold Grä-
ver wurden mit Holschermann nach einem
Diebstale bekannt, wo dem jungen Holschermann drey Schweine und dem alten
Leibzüchtner eins war gestohlen worden.
Gräve und Hofmann, muthmaßlich selbst
die Diebe, erboten sich den Thäter heraus-
zubringen, und wo möglich die Schweine
wieder zu schaffen: denn zu Bilisen in der
Grafschaft Lippe wohne Jost Dierk Oper-
meyer, ein Teufelsbanner mit samt seiner
Mutter, die eben so künstlich sey. *) Weil
Hol-

*) Noch jetzt wohnt ein solcher Teufelsban-
    ner in der Grafschaft Lippe-Detmold,
    auf

Holschermann zu gleicher Zeit Schätze graben wollte; so mußte auch dazu ein Teufelsbanner seyn, den die Schätze besitzen-
den Geist, den Vater des Bauern, zu bannen und zu beyden Behuf wollte man sich
des lippischen Gesindels bedienen.   Hof-

auf der sogenannten Knetterheide, ohnweit Schöttmar, der vielen Verdienst
aus der Grafschaft Ravensberg hat, ge-
stohlne Sachen nachweist, und alles zu
kuriren unternimmt, was ihm vor die
Faust kommt.   Daß sich solche Elende
Ruf und Glauben erwerben, wird wohl
so lange bleiben, als der Aberglaube
bleibt, und vor dem Teufelsbanner auf
der Knetterheide fürchten sich unsere Diebe mehr, als vor der Justiz.   Einem
Manne in meiner Gemeinde ward vor
einem Jahre alles sein Fleisch gestohlen,
worüber er so aufgebracht ward, daß er
öffentlich sagte: er wolle nach der Knetterheide, und dem Diebe ein Auge ausschlagen lassen.   Er gieng auch wirklich
dahin, traf aber den Wundermann nicht
zu Hause.   Nichts desto weniger war
ihm in seiner Abwesenheit sein Fleisch
wiedergebracht worden.   Hätte er den
sogenannten Teufelsbanner selbst zu Hause vorgefunden, so würde ihm dieser fürs
erste mit dem Troste wieder heimgeschickt
haben:

mann, der sich aus bloßer Freundschaft für
Holschermann der Reise unterzog, erhielt
19 Thaler, um sich dadurch Overmeyers
Beystand zu erkaufen, und theilte diese er=
ste Beute ehrlich mit Hägern, Blotenberg
und Seving, doch behielt er die größte
Porzion.   Weil Holschermann sich auch
mit seiner Frau nicht gut vertragen konnte,
so mußte Hofmann, auch wieder dies Ue=
bel, zu Bilisen, Rath suchen.   Er brachte
etwas mit, das ins Bettstroh mußte ge=
legt werden, und etwas, das Holscher=
manns Frau in's Hemd nähen und am Lei=
be

haben: Wenn sein Fleisch in 3 oder 4=
mal 24 Stunden nicht wiedergebracht
sey, so solle er wiederkommen, und der
Dieb solle um ein Auge kommen.   Wie
leicht ist es, den Pöbel zu betrügen! Vor
einigen Jahren starb hier ein Bauer mit
einem Auge, der plötzlich um das ande=
re, gewiß auf eine sehr natürliche Wei=
se gekommen war.   Zu seinem Unglücke
fiel aber der Verlust seines Auges gera=
de in die Zeit, wo ein Bestohlner dem
Diebe ein Auge ausschlagen lies, wie er
glaubte, und mein Einäugiger starb in
dem Verdachte hin, daß er der Dieb sey,
weil ihn ein Zweig im Walde um sein
Auge gebracht hatte.

be tragen mußte, ich weis aber nicht, obs
geholfen habe. Auch machte Hofmann
eine Reise nach Stromberg, bey den Mön=
chen guten Rath der Schatzgräberey we=
gen, für ein Geschenke an Butter zu su=
chen, die Mönche hätten ihn aber, wie
er klagte, schimpflich abgewiesen. Die
Schweine nebst den 19 Thalern bekam Hol=
schermann freilich nicht wieder, aber wohl
die Genugthuung: daß der Schweinedieb
des Nachts aufs freie Feld zitirt ward, laut
bekannte, eine Tracht Schläge bekam, und
so wieder erlassen ward. Holschermann
stand bey seinem Spielgesechte in geziemen=
der Entfernung, hörte alles und sahe
nichts und als er gefragt ward: ob er
mit dieser Satisfaktion zufrieden sey? muß=
te er ja sagen, und lernte seinen Dieb nicht
einmal kennen, denn so wollte es die Ban=
de. Weil der Bauer dumm und reich
genug war, sich noch weiter schröpfen zu las=
sen, so brachte man ihn nach und nach
auf die Gedanken, daß Geld auf seinem
Hofe vergraben sey. Bergknappen in der
Nachbarschaft bestätigten dies; sie giengen,
hies es, nie über seinen Hof, oder die
Wünschelruthe springe ihnen in der Ta=
sche.

sche. *) Holschermann hatte dies nicht
aus ihrem Munde; aber Hofmann und
Consorten hatten es sich mehr als einmal
von den Bergleuten ganz glaubhaftig erzählen lassen, bey welchen man freylich
nicht nachfragen konnte, denn sie waren
nicht mehr da. Gräve, der die Gabe zu
überreden in einem höhern Grade scheint
besessen zu haben, als seine Gesellen, ward
dazu deputirt, den Bauer erst kirre zu machen, und ihm goldene Berge zu versprechen, die übrigen liessen sich nachher erst
lange bitten.

Der erste Schatz, (denn es gab ihrer drey an drey verschiedenen Stellen)
befand sich vorgeblich unter einer Buche
auf dem Hofe. Sie wurde niedergehau-
en, man fieng unter allerhand Zeremoni-
en an zu graben, aber zur rechten Zeit lies
sich

*) Diese Wünschelruthe war ganz anderer
Art, als die gewöhnlichen, nur ein Meister der Kunst konnte sie schneiden, sie
mußte von einem Wacholderstrauche seyn,
und das Stück kostete einen Gulden.
Sie war des Geldes ehrlich werth, denn
andere Wünschelruthen schlagen nur in
der Hand, diese sprangen aber ohne
Handhaben in der Tasche.

sich der Geist hören, der den Schaß zu bewahren hatte, und dieser Geist war vorgeblich *) Holschermanns Väter, wirklich

L 4   aber

*) Nach der Regel haben abgeschiedene Men-
schen mit vergrabnen Schätzen, und hätten sie solche auch selbst vergraben, nichts
mehr zu thun, sondern der Teufel tritt
als Wächter und Besitzer in ihre Stelle.
Was es aber eigentlich für ein Teufel sey,
darüber sind die gelehrten Schatz-gräber
noch nicht einig. Beelzebub giebt sich
mit solchen Nebendingen nicht ab, da er
weit wichtigere Geschäfte hat. Bar-
batos, ein vornehmer Teufel, der 30
Legionen Teufel unter seinem Komman-
do hat, und Purson, alias Curson, dem
22 Legionen gehorchen, weisen zwar die
vergrabene Schätze nach, halten sich
muthmaßlich aber Subalternteufelchen
zur Wache über dieselben. S. Rei-
chards vermischte Beyträge zur Beför-
derung einer nähern Einsicht in das gesammte Geisterreich, Stück IV. Num. IV.
S. 583. f. Wieri Pseudomonarchia Dæmonum, so seinem größern Werke de
præstigiis Dæmonum, hinten an gedruckt
ist. Foras oder Forkas, Befehlshaber
über 29 Millionen Teufel, weist auch
Schätze nach, man muß sich aber in dieser vornehmen Teufel Laune zu finden

wis-

aber Anton Reuter aus Werther, den
die Bande als Geist in Dienste genom=
men hatte. Dieser machte ein fürchterli=
ches Gebrülle, bellte wie ein Bullenbei=
ser, warf mit Schwärmern um sich, schoß
mit Pistolen und zog sich nach und nach
bis aufs Feld zurück. Holschermann war
schon vorbereitet, den Geist abzukaufen,
denn ohne alle Entschädigung pflegen die
Gei=

wissen und sie beschwören können, sonst
behalten sie ihre Geheimnisse hübsch für
sich. Ein anders ist es, wenn man ei=
nen Heiligen oder eine Heilige z. B. die
heilige Corona auch Corâna genannt,
Erzschatzmeisterin über die verborgenen
Schätze ꝛc. auf seiner Seite hat, auf
deren Wink sich die Lotterbuben von Teu=
feln augenblicklich streichen, und dem von
der Heiligen begünstigten Schatzgräber
das Feld räumen. S. Reichard a. a. O.
St. III. N. IV. S. 374. Nur Ketzer
oder Protestanten dürfen auf ihren
Schutz nicht rechnen, und wenn ich ih=
nen wohl rathen soll, so mögen sie das
Schätzegraben, wovon die rechtgläubige
katholische Kirche sich nur allein im recht=
mäßigen und wohlerworbenen Besitz=
stande befindet, nur immer bleiben las=
sen. Denn nur katholische Priester
kön=

Geister, die ihnen anvertraute Schätze nicht
zu verlassen. Zu dem Ende stand ein
kleiner Tisch da, mit einem weißen Tuche
bedeckt, auf den die Abfindung des Geistes bezahlt werden, und von dem er sie
nehmen sollte. Der Geist mußte aber auch
zitirt werden, und da kein Franziscaner (oder
Jesuit) zur Hand, oder nöthig war, so ver-
richtete der Barbier Häger diese Gaukeley
selbst, indem er in seinem Barbierbeutel
ein paar alte Kräuterbücher mitgebracht
hatte, und daraus laut etwas herlas, das
völlig die Wirkung des kräftigsten Exorzismus hatte. Der erschienene Geist verlangte
50 Thaler für seinen Abstand, lies aber die
Hälfte schwinden, und verschwand mit den
erhaltnen 25 Thalern, doch blieb der Schatz
für diesmal ungegraben. Der Geist war
keiner der ehrlichsten, und hielt nur so lan-

L 5   ge

können die Geister bannen, Messe lesen,
Schwerter, Kleider, Kerzen, Heil. drey
Königswasser, Oel, Feuer, Räucherwerk,
Hacken und Spaten weyhen, und unge-
weyhtes Geräth nutzt zu nichts. Doch
hat man auch Beyspiele, daß die Kapuziner und andere Söhne des heil. Fran-
ziskus gegen die Gebühr, auch Protestanten mit den Gaben der Kirche gedient haben.

ge Wort, als es ihm gefiel. Man muß=
te demnach auf Mittel sinnen, die ihn fe=
ster binden konnten, und dies bestand
darinn: man setzte ein Scheffelmaaß hin=
ter Holschermanns Haus, band an jeden
Handgrif einen Stein und Holschermann
mußte 9 Thaler 21 gl. ein gekochtes Huhn
und frische Butter für den spukenden Geist
seines Vaters hineinschaffen, welches al=
les richtig abgeholt ward. Mit diesen ge=
machten Prisen war das Räubergesindel
nichts weniger als zufrieden, Holscher=
mann ward noch immer geschröpft, bis
Hofmann, Häger und Konsorten es von
sich sagten, daß sie dem Geiste nicht ge=
wachsen wären, und der Oberschatzmeister
vom Harze kommen müße, *) wenn der
Schatz unter der Buche, der allein 500
Thaler betrüge, gehoben werden solle. Es
sind

---

*) Das Ausserordentliche und Ungewöhnli=
che reißt die Aufmerksamkeit am stärk=
sten an sich, verblendet, zerstreut, und
hat die Vernunft bald übertölpelt. Ei=
nen überstudierten Priester konnte die
Wittwe Ruschken zu Quappendorf nicht
widerstehen. (S. Berl. Monatsschrift,
August 1784. S. 189.) Cagliostro wu=
ste sich in Achtung zu setzen, indem er
was ausserordentliches affektirte.

sind verschiedene eigenhändige Briefe des
vorgeblichen Sennor (Seigneur) Obristschatzmeister bey den Akten, wovon drey
von Anton Häger anerkannt worden, daß er sie auf Hofmanns Verlangen
geschrieben habe; Hand und Styl aller
sind sich aber so ähnlich, daß sie wohl von
einem Verfasser seyn können, wenigstens
ergiebt sichs aus den Akten, daß sie meist
alle in der Halle in einem Wirthshause sind
geschmiedet worden, und für den ersten
Brief, den Hofmann an den Bauer be-
stellen mußte, ließ er sich 5 Thaler bezahlen, ob Postgeld, oder Deserviten wird
nicht gesagt. Es lohnt sich schon der Mühe, einige dieser Briefe mitzutheilen, die
recht in dem populären Style geschrieben
sind, durch den sich der Bauer, wenigstens in Westphalen, so gern bey der Nase
herumführen läßt.

1. Lieber Herr Anton *) ich wunsche euch
und euer Frauen ein glückseliges Neues
Jahr, ich werde hoffen daß ich ihn werde
in guten stande antreffen. Waß anlanget
der böße Satan ist wieder hier er brüllt
wie

*) Diesen Brief agnoscirte Anton Häger
als eignes Machwerk.

wie der lebendige teufel leibhaftig also kann
es nich anders sein er (Anton) muß sich
noch einmal Mars fertig magen, daß er
noch einmal furt komp, den ich habe nicht
einen Kerl, den ich rechsinnig da zu gebrauchen kann, ich verlasse mich auff ihn, Kunf-
tigen mitwochen auff mittag bey mir zu
seyn, der ich verbleibe"

Sennor obrist schatz M.

2. "Ich tue zu wissen, daß ich von
Herfort nach roten Uflen gehe Vnd ihr
kont mir nachschreiben wies euch gehen
wirt, den ich habe meinen Knecht und
Hofmann nicht befohlen, daß sie das le-
dige schepfel sollen in die Erde setzen, den
Hofmann hat erst seinen theil daran *) den
der

*) Dieser Brief sollte, nach seiner Physio-
nomie, das Scheffel füllen helfen, wozu
Holschermann vielleicht nicht zu sehr eil-
te, als man wünschte; die Anspielung
auf Hofmanns Unfall, dem unbekannte Leute bey einer dieser nächtlichen Fahr-
ten ein Bein entzwey geschlagen hatten,
zeigt die Wichtigkeit eines Oberschatz-
meisters vom Harze, der pünktlichen Gehorsam verlangt, und wenn Holschermann

der Geist wird weiter mit ihm sprechen,
wenn er sich nicht einfindet mit 20 Rthlr.
seines eigen geltes, wovern er sich nicht ein=
findet, wirt er den schaden sein lebe tage
behalten, Vnd das Gelt muß diesen Don=
nerstag abent in Rotten uflen seyn, den es
soll bey die armen getheilt werden, alß
muß man hoffen, daß gnade ist zur Bef=
serung. Doch sendebe ich einen Votten
zum überfluß, wofern daß sie sich nicht
rathen lassen wollen, Kommen sieh um das
leben, den es ist nicht ein hundert thaler,
den der ganze Hof kan mit thalern wohl
belegt werden, darum sende ich einen Bot=
ten, der solte den Bauern das schepel ver=
waren helfen, jn das scheppel muß sein —
8 thl. 12 gl. um ein stucke lindewandt ein
gekocht Hun eine starke Butter also wirt
die Sache richtig gehn, den ihr must schnel
damit furt fahren.”

Jacob Klafrath.
Senjor ober Schatz meister.

3.

mann den Mann, der sich aus Liebe zu
ihm die Beine zerschlagen und in 20 thl.
Strafe nehmen lies, nicht auf den Hän=
den trug, und ihm allen Schaden unter
der Hand ersetzte, verdiente er da wohl
den mächtigen Schatz, mit dem ein gan=
zer großer Hofraum belegt werden konn=
te?

3. "Es wird Holschermann hiermit berichtet, daß er sich darnach richten, daß wir dießen abent alß Donnerstag abent da kom und sich in allen Dingen prat machen und werden hoffen, daß alle Dienge ihre richtigkeit haben, den uff ein uhr solte mir einer entiegen kommen in Jöllenbeck *) und wir da Bescheid entgegen bringen wie die sachen richtig seyn und sie können sich da nach richten da 3 da kommen thun und sich in allen Dingen prat machen den ich kan nicht lange auß."

Sennor oberster schatz meister.

4. "Lieber Anton ihr kent man (iyir) Holschermann sagen, daß wir mit gott kom= men werden, alß alten heiligen 3 König abent da kan er sich darnach richten, und lieber Anton ihr kent euch darnach richten wir werden bey ihm einkehren 1 tag 3 oder 4 daß er uns Tractier kan alß Den wirt alß

*) Der vom Harze kommende Oberstschatz= meister mußte über Herford, und von Herford führt der nächste Weg nach Borgholzhausen über Jöllenbeck. Bis hierher wenigstens, spiegelt er vor, hat= te ihm jemand sollen entgegen kommen.

alß einmahl gut werden der ich bin und verbleibe ade *)"

Sennor obrist Schatz Meister.

Man kam den Bauern nun immer näher; der Oberschatzmeister, der bis dahin nur mit Anton Häger Briefe gewechselt hatte, schrieb nunmehr selbst an Holschermann und verlangte, daß alle erforderlichen Anstalten in der Geschwindigkeit gemacht werden müßten, denn er habe wenig Zeit zu verlieren. Was solch Spitzbubengesindel unter Anstaltmachen verstand, läßt sich leicht denken. Holschermann mogte aber bedachtsamer geworden seyn, oder ob es sein Beutel nicht recht gern mehr erlauben wollte; gnug die Vorkehrungen entsprachen den Erwartungen des Mannes vom Harze, nicht recht, und folgender Brief an Holschermann beweißt seine entstehende Ungnade.

6. "Weilen ich solche große Klage vom Häger habe bekommen, daß Holschermann nicht die Unkosten hat nicht bezahlt, also

*) Auch diesen Brief an sich selbst, hätte Häger geschrieben, wie er bekannte.

also kann ich nicht dakomen|ehe und befohr
daß daß richtig ist, denn ich höre bey
meinen Diener (P. Blotenberg) haben
sie den Weg nicht mal bezahlt waß sollte
ich den dä machen wen daß nicht entrich-
tet ist den ich kann im streit nichts ausrich-
ten den es muß als erst bezahlt werden, den
der Holschermann kriegt soviel wieder, daß
er dieses kann wohl bezahlen.

Senyor Schatz Meist.

Holschermann scheint sich auf dieses
Schreiben gefügt und der Schatzmeister
an Ort und Stelle begeben zu haben, ob
der erste Versuch aber wirklich so unglücklich ablief, oder ob die erhaltnen Löcher
im Kopfe, worüber folgender Brief klagt,
ein blindes lärm gewesen, entscheiden die
Akten nicht.

7. "Dem nach ich nich umhin Kan
Dem gutten Holschermann die nachricht zu
schreiben, wie unglücklich daß sein Hoff ist den
alß (alles) was wir geredet haben weiß der
alte im Katen (der Stiefvater auf der Leib-
zucht) wir (wider) dän da ist noch ein Geist
aber daß ist sein Eigen leiblich Vatter von
den Sonnabent auf den Sontag hat es
uns

uns sehr schlecht gegangen, ich habe 2
große Locher im Kope wie (wenn) der Hof
nicht rein gemachet wirt so will (wird) er
ein armer man werden ich hoffe aber mein
Kop so bald wieder gut werden, ich muß
auch erst wißen waß daß vor Leute gewesen sein die uns so aufgewartet haben, und
wenn da kome so muß ich mit meinen leuten recht ins Hauß gehen daß ich sehe waß
da vor Leute in sint und wen ich komen
solt so kan ich nicht so schlich (schlecht) leben *) ich wil vor ihm sorge tragen den
meine Leute sorgen davor (fürchten sich)
Die

*) Ein Mann von so einem Gewichte, ein
   Seigneur und Obristschatzmeister und
   obendrein vom Harze, mußte sich durch
   etwas auszeichnen, und das that er
   durch seinen Standesmäßigen Tisch.
   Holschermann beklagt sich, daß der
   Seigneur kein Brod habe essen wollen,
   und in seinem Leben noch keins im Munde gehabt habe.   Ich vermuthe, daß
   dies nur von unserm Pompernickel zu
   verstehen sey, denn Walzenbrod wird der
   vornehme Herr wohl gemogt haben.
   Wer von der Bande den Seigneur per-
   söhnlich vorgestellt habe, sagen die
   Akten nicht, außer daß Hofmann einmal
   den Seving dafür ausgeben will.

die willen da nicht wieder hin wellen es
da so to (zu) gehet den ye macht (ihr
müßt) na den Leuten hin gaht und ma-
chet so mit ihm daß sie wieder mehr gahu
und schreibt mir dan so bald alß ich nur
kan so wil ich komen."

Senior obrist schatz M.

Holschermann war troz aller Ma-
schienen, und troz seiner herzlichen Dummheit, doch nicht völlig so bereitwillig, sich
plündern zu lassen, als es die Bande
wünschte, und es scheint, daß ihn verstän-
digere Leute, von denen sich auch die Schläge und Löcher im Kopfe, wenn anders etwas davon wahr ist, herschreiben mögen,
gewarnt haben ; und muthmaßlich war
sein eigner Stiefvater sein Schutzengel.
Dies wird mir daraus wahrscheinlich,
weil das Gesindel sich Mühe gab, Feind-
schaft und Mißtrauen zwischen beyden
Holschermännern zu säen, wozu nachfolgende Briefe des Wundarztes Häger sehr
zweckmäsig eingerichtet waren.

Vielgeehrter Herr Holzermann

Er muß nicht unterlaßen undt kommen Augenblicklich herüber denn der alte
Hol-

Holtzermann hat 3 Man laßen Komen
die sollen daß geldt weck Nehmen, und
wen in sein Hauß Ein fremder Kompt,
und Etwaß nach fraget, muß Er sich gahr
nichst Merken laßen all so muß er nicht
lange seimen undt kommen mit diesen Botten herüber, den der Herr *) ist in fulter-
manß Hauße der will ihm daß geldt schaffen, binnen 2 Tagen und sol ihm nicht einen Pfennig kosten sondern er will ihm
frey daß geldt herauß schaffen nehmlich die
600 thlr. All so muß Er hie in der Halle in deß Fulter Manß hauf komen da
warten wir seiner aber Er muß nicht auß
bleiben, sonsten ist es vergeblich, den die
Kördels (Kerls) die sindt bei seinem Vatter, und willen daß geldt ihm schaffen,
Allso muß er nicht die Zeit verseimen und
komen herüber daß wir mit Einander sprechen, sonsten ist die Sache alles verlohren
und es soll ihm nicht einen Pfennig kosten.
Er muß mit diesem Botten sogleich herüber komen den wir erwarten seiner in ful-
termanß Hause und er muß den Botten
den Weg bezahlen, Halle den 26. Feb.
1716.

Annthon Häger

M 2   Der

*) Seigneur.

Der Herr iſt auch hier und will
ihm alles ſchaffen undt ſoll ihm nicht
koſten.

Holſchermann konnte dieſer Einla-
dung nicht widerſtehen, begab ſich gleich
nach dem Woltermannſchen Wirthshauſe
in der Halle, wo er Cordt Hofmann und
Chriſtian Brunen, den Halliſchen Bauer-
richter antraf. Der leßtere hatte ſich die
leßte Zeit mit zum Komplot geſchlagen.
Aus dieſem Briefe ſowohl, als aus dem
ganzen Aktenverfolge, ſieht man, daß die
Gauner den Bauern, durch die anſchei-
nendſte Uneigennüßigkeit, immer in Odent
zu erhalten wuſten. Alles was er hergab,
war vorgeblich nicht für ſie, ſondern für
den filzigen Geiſt, und einige Leute, die
nicht mit zur Konföderation zu gehören
ſchienen; ſelbſt der Seigneur, kam vom
Harze unentgeltlich, außer daß er frey gehalten ward. Kann die Großmuth an einem unbekannten Bauer weiter getrieben
werden? und wäre Holſchermann, der
ſchon ſo viel gegeben hatte, und nun der
Hebung des Schaßes ſo nahe war, nicht
ein Narr geweſen, wenn er jeßt noch zu-
rückgezogen hätte? Geſeßt auch, der Geiſt
wäre ein Flegel geweſen, noch einen kleinen

nen Posten nachzufordern, oder hätte durch
seine Halsstarrigkeit noch eine kleine Aus=
gabe verursacht; konnten, sollten Holscher=
manns großmüthigsten Freunde, sollte ers
entgelten? Er selbst hatte nicht Kopfs ge=
nug, weitern Betrug zu argwohnen, und
wolte ihn sein Stiefvater auch warnen;
würde ers jetzt noch thun, nachdem er fol=
genden Brief von dem Erzgauner Häger
erhalten hatte?

    "Es wirt der alte Holschermann hie
durch erinnert daß er sol so vort, nach
werther kommen, den es ist ihme selber dar=
an gelegen den der junge Holschermann sa=
get daß er ein Hexenmeister und ein Sau=
berer (Zauberer) sey den ihr vergiften ihm
sein waßer und die kühe den er hat mir
dazu Begehrt daß ich euch sollte vergeffen
(vergeben, vergiften) warsten (bersten) sol=
tet zum Und solte euch ins Teufels nah=
men die ogen (Augen) außschlagen wan
solches nicht wahr ist, so wil ich mein Le=
ben verliehren."

                Anthon Häger
                 Chirurgus.

    Ob Holschermann den Seigueur im
Wirthshause angetroffen, sagt der Akten=

M 3

ver=

verfolg nicht, wohl aber, daß Christian
Brune, der Oberstschaßmeister, dem Hol=
schermann zugebracht, für seinen Weg ei=
nen Thaler, und der Seigneur, der keinen
Pfennig verlangte, wie es hies, zum
Handgelde 10 thlr. und eine Flinte bekom=
men habe, die Christoph Seving (der also
den Seigneur machte) nachher an den Co=
lonus Potthoff in Bavenhausen, für 2 thlr.
wieder verkaufte. Bey dieser Anwesenheit
des Oberschaßmeisters ward wirtlich ge=
graben und gegaukelt, und Anthon Häger,
der verschmißteste Bube beym Spiele,
hatte aus Eisendrath einen Ring mit vier
daran hängenden kleinern Ringen, gemacht,
die über dem Ort, wo der vorgebliche
Schaß vergraben liegen solte, aufgehängt
wurden. Wenn der Ring, sagte Häger,
still steht, so bleibt der Schaß auch still
liegen, bewegt er sich aber, so zieht sich der
Schaß tiefer herunter. Für diese Gau=
keley mußte Holschermann des andern Ta=
ges 22 Thaler an den Grosmüthigen vom
Harze, durch dessen Kammerdiener Peter
Blotenberg bezahlen.

Der Schaß von 500 Thalern unter
der Buche, den Holschermanns Vater soll=
te vergraben haben, und um dessenwillen all
Der

der Hokus Pokus von Geisterbannerey
und Geistesrelegation gemacht ward, war
der erste, nach dem man grub, und den
man nicht bekam.

Dann hieß es: der Schatz stecke unter einem Apfelbaume und betrage 1100
Thaler, nachdem die Buche vergebens ge-
fällt, und ihre Stelle umsonst durchwühlt
worden war. Anton Reuter spielte beym
Apfelbaume die erste Rolle, stieg auf ihn
hinauf, zeigte dem Bauer den Schatz,
als habe er ein Vogelnest ausgenommen,
wollte ihm die 1100 Thaler zuwerfen,
machte aber dabey eine so linke Wendung,
daß der Schatz in den anliegenden Teich
fiel. Reuter erbot sich, den Schatz wieder herauszufischen, erhielt dafür 10 Thaler, zum Unglück hatte sich aber der Schatz
im Teiche in einen Stein verwandelt.
Dergleichen Verwandlungen sollen in alten Zeiten häufig vorgefallen seyn, besonders wenn der Teufel die Wache hatte,
der das schönste Geld in Roßäpfel, Asche,
Sand, Haare u. s. w. verwandeln konnte. Verfuhr man beym Schatzgraben
nicht ganz pünktlich nach der Ordnung
und ward das geringste bey den Formali-
täten, wovon der Schwarze ein erklärter

Freund

Freund ist, versehen; so senkte sich entweder der Schatz oder er verschwand, oder er
verwandelte sich in das poßierlichste Zeug,
und nach der Regel hatte der Schatzgieri-
ge, den man für dasmal den Beutel seg-
te, allemal die Schuld. Es durfte z. E.
beym Schatzgraben nicht gesprochen, nicht
gefeyert und nicht im geringsten von der
verwickelten Vorschrift des Meisters abge-
gangen werden. Wie leicht ward wider
eins dieser Punkte angestoßen, wie leicht
ward nicht in der Angst ein Wörtchen gesagt, und — weg war der Schatz! Oder
beym Vergraben des Schatzes ward mit
demjenigen Geiste, dem man ihn zur Wache anvertraute, ein Vertrag gemacht, ihn
nicht eher herauszugeben, bis ihm ein ge-
wisses, genau bestimmtes Opfer, gebracht
würde. Dies mußte man wissen oder er-
rathen; denn der Teufel sprach nie aus
der Karte. War ihm z. E. eine schwarze
Katze versprochen, und man opferte ihm
einen schwarzen Hund; so war alles verdorben, und der Schatz verlohren.

Die Sage unter hiesigen Bauern z.
E. erhält ein Faktum ganz frisch, das vielleicht eben so alt seyn mag, als Holschermanns Geschichte, und das es beweißt,
daß der Teufel keine Umstände weiter
macht,

macht, wenn man auf die rechte Spur ge=
kommen ist. Ein Bauer vergrub in Ge=
genwart seines Knechts eine große Men=
ge Geldes, trug dem Teufel die Hut dar=
über auf, und band ihm ein, den Schatz
nicht eher fahren zu lassen, bis man ihm
einen schwarzen Ziegenbock würde gebracht
haben. Der Knecht reißte nach Holland,
wo er lange Jahre blieb, der Bauer starb
mit dem Geheimnisse dahin, und seine
Nachkommen verarmten. Der Knecht
kam endlich wieder, fand den Hof herun=
ter gebracht, erinnerte sich des vergrabenen
Schatzes und des schwarzen Ziegenbocks,
und war so ehrlich, den rechten Erben mit
einem aufgefundenen schwarzen Bocke zu
dem Ihrigen zu verhelfen. Diese Ge=
schichte wird noch immer wie ein Evange=
lium geglaubt, und erhält den Glauben an
die Schatzgräberey immer neu.

13.

Der Tod und der Teufel am Galgen zu Beford. *)

Zu Befort im Elsas wurde neu=
lich der Tod und mit ihm der Teufel selbst

M 5 an

*) Aus der Beckerischen deutschen Zeitung
1787. 36. St. den 19. Jan.

ah den Galgen gehenkt. Die Sache
gieng aber so zu. Es starb ein reicher
Bauer und hinterließ eine Witwe. In
der Nacht nach dem Begräbniß kam des
Verstorbenen Geist, nebst dem Tod und
dem leidigen Satan (also 3 Mann hoch)
zu der Frau. Der Geist klagte: er säße
im Fegfeuer und litte große Pein; und
der Teufel erbot sich, ihn gegen 40 Louis-
d'or loszugeben. Die Frau hatte nur 20,
und versprach, die andern den folgenden
Abend herbeyzuschaffen. Bey Strafe des
Halsumdrehens wurde ihr verboten, etwas zu sagen. Sie wollte also Geld bor-
gen, und man erstaunte darüber, da jedermann wußte, daß sie keins brauchte. Ihre Aengstlichkeit, die sie dabey bewies,
machte, daß man näher in sie drang, und
auf die Zusicherung des Predigers, daß
der Teufel nicht die Macht habe, einer
Taube, geschweige denn einem Menschen
den Hals umzudrehen, gestand sie endlich
den ganzen Handel. Nun ließ man des
Nachts etliche handfeste Kerl im Hause
wachen, und wie das Luftgesindel erschien,
packte man den verkappten Teufel und
Tod glücklich: aber der Geist entwischte.
Jene beyden sollen nach der geschwinden
französischen Justiz schon wirklich am
Gal-

Galgen paradiren. Die Proteſtanten, welche kein Fegefeuer glauben, können auf ſolche Art nicht betrogen werden, wie dieſe Frau, und überhaupt, je weniger Aber= glauben man hat, deſto ſicherer iſt man vor Betrug.

14.

Eine Schatzgräber= Betrugs = Ge= ſchichte zu Linden im Hannöveri= ſchen. *)

Im Dorfe Linden, wohnt ein wohlhabender Meyer Nahmens L... Zu dieſem kamen vor kurzem zwey Fremde. Davon gab ſich der eine für einen Fran= ziskanermönch aus, und ſagte, er beſitze das Geheimnis Geiſter zu bannen und Schätze zu finden; und die Urſache ſeines Beſuchs ſey keine andere, als ihm zum reichen Manne zu machen. Es ſtehe näm= lich im Lindner Berge ein unermeßlicher Schatz, ein großer Keſſel voll Gold und Silber, der dem Bauer beſchert ſey; wo= fern

*) Aus vorgeb. deutſch. Zeit.

fern er sich durch Gefälligkeit gegen die
Geister und durch Fasten, Beten, Wa=
chen und andere Vorbereitungen dazu tüch=
tig machen wolle. Er für seine Person
sey bereit, ihm aus christlicher Liebe gern
den nöthigen Unterricht zu ertheilen, und
sonst dazu behülflich zu seyn. Der Gefähr=
te des Franziskaners vertrat bey dieser
Marktschreyerey die Stelle des Hans=
wursts, und wußte sowol die Fröm=
migkeit, als die Kunst seines Prinzi=
pals, so meisterlich herauszustreichen, daß
der Bauer in das Netz gieng, wohin ihn
die Schelme zu locken suchten. Durch
die Hofnung eines großen Gewinns las=
sen sich ehrliche einfältige Leute eben so
leicht täuschen, als durch die Furcht vor
ausserordentlichen Unglücksfällen, wie z. B.
dem Ziehenschen Erdfall; zumahl wenn
das eine oder das andere durch eine heili=
ge Miene und Kleidung unterstützt wird.
Kurz, der Meyer nahm die Geisterbanner
auf, bewirthete sie eine Woche lang aufs
herrlichste, ließ sich manches Stück Geld
zu den, beym Schatzgraben erforderlichen
Geräthschaften, abschwatzen, und merkte
endlich — daß er betrogen war. Es
fand sich, daß der eine Hexenmeister, von
dem er nun, um sich schadlos zu hal=
ten,

ten, die Uhr und Stock inne behielt, und
ihn mit einer guten Tracht Prügel zum
Hause hinausjagte, ein verdorbener Schu-
ster war. Der Franziskaner war nichts
geringers als ein sogenannter Litteratus,
oder Gelehrter, der alles sein Geld, Stu-
direns halber, an die Kaufleute, Gastwir-
the, Pferdevermiether, Musikanten 2c. auf
der Universität zu M... und in der um-
liegenden Gegend ausgegeben, und nichts
gelernt hat, als Streiche machen. Dieser war so glücklich, dem Prügel des Bau-
ers zu entwischen: wird aber der Gerechtigkeit nicht entgehen; wenn er nicht, statt
solcher Betrügereyen, lieber die Holzaxt
oder das Grabscheid ergreift.

E n d e.

Zu verbessernde Druckfehler.

S. 17. unten in Note, statt, nachhero jetzt, l. nachhero und jetzt.

— 25. unten Custos, statt 3. l. 4.

— 63. oben, statt pag. 93 l. 63.

— 66. oben, statt pag. 67 l. 66.

— 67. oben, statt pag. 68 l. 67.

— 75. oben, statt pag. 57 l. 75.

— 90. Zeile 8 von unten, statt Güte bey, l. Güte
und bey.

— 92. Z. 5 von unten, statt Richtplatz, l. Richtplatz.

— 100. oben in der Nummer, statt 6. l. 7.

— 116. Zeile 5, statt 7 l. 8.

— 128. oben, statt pag. 228 l. 128.

— 137. Zeile 4, von oben, statt Nro. 7 l. 9.

— 143. oben, statt pag. 141 l. 142.

— 145. oben, statt Nro. 8 l. 10.

— 149. oben, erste Zeile, ist die erste Sylbe cke
wegzustreichen.

— 155. oben, statt Nro. 9 l. 10.

— 160. unten Custos, statt Nro. 10 l. 12.

— 161. oben, statt Nro. 10 l. 12.

Inhalt.

www.ingramcontent.com/pod-product-compliance
Lightning Source LLC
Chambersburg PA
CBHW021322110726
47900CB00005B/1312